陕西师范大学人文社会科学高等研究院资助出版（项目编号2018GY006）

"中国文学人类学原创书系"编委会

主　编

叶舒宪

副主编

李永平

编　委

冯晓立　刘东风　徐新建

彭兆荣　程金城

陕西师范大学人文社会科学高等研究院资助出版（项目编号2018GY006）

中国文学人类学原创书系
叶舒宪　主编

文学人类学批评
（增订本）

方克强　著

陕西师范大学出版总社

图书代号:SK19N0768

图书在版编目(CIP)数据

文学人类学批评／方克强著.—增订本.—西安：陕西师范大学出版总社有限公司,2019.6
(中国文学人类学原创书系／叶舒宪主编)
ISBN 978-7-5695-0854-3

Ⅰ.①文… Ⅱ.①方… Ⅲ.①文学评论—文学理论 ②文化人类学—应用—文学评论 Ⅳ.①I06②C912.4

中国版本图书馆 CIP 数据核字(2019)第 112882 号

文学人类学批评(增订本)
WENXUE RENLEIXUE PIPING
方克强　著

责任编辑	王文翠　王晓飞
责任校对	张旭升
装帧设计	锦　册
出版发行	陕西师范大学出版总社
	(西安市长安南路 199 号　邮编　710062)
网　　址	http://www.snupg.com
印　　刷	西安牵井印务有限公司
开　　本	720mm×1020mm　1/16
印　　张	16
插　　页	2
字　　数	241 千
版　　次	2019 年 6 月第 1 版
印　　次	2019 年 6 月第 1 次印刷
书　　号	ISBN 978-7-5695-0854-3
定　　价	75.00 元

读者购书、书店添货或发现印刷装订问题,影响阅读,请与营销部联系、调换。
电话:(029)85307864　85303635　　传真:(029)85303879

总 序

2018年，正值中国改革开放40周年纪念之际，陕西师范大学出版总社推出"中国文学人类学原创书系"，对改革开放的时代大潮在人文学界催生的这个新兴学科，给出一个较全面的回顾与总结，以便继往开来，积极拓展人文学科的教学与研究新局面，可谓恰逢其时。

50后这代人的青春岁月，激荡在汹涌澎湃的"文革"浪潮之中。"文革"后的改革开放，相当于天赐给这一代知识人第二次青春。1977年恢复高考，我们在1978年春天步入大学校园，那种只争朝夕、如饥似渴的求学景象，至今仍历历在目。改革开放带来"科学的春天"，也第一次带来人文科学方面的世界景观。正如改革的基本方向是向发达国家学习市场经济模式一样，人文学者们也投入全副精力，虚心学习借鉴国际上先进的理论与研究方法。"神话 – 原型批评"就是当时的新方法论讨论热潮中，最早进入我们视野的一个理论流派。1986年我编成译文集《神话 – 原型批评》时，先将长序刊发在《陕西师大学报》上，文中介绍原型理论的宗师弗莱的观点时讲道：

> 物理学和天文学形成于文艺复兴时期，化学形成于18世纪，生物学形成于19世纪，而社会科学则形成于20世纪。系统的文

学批评学只是到了今天才得以发展。……正像自然科学体系的建立有赖于把握自然界本身的规律。一部文学作品,它所体现的规律性因素不是作家个人天才创造发明的,而是在文学的历史发展中,在文化传统中所形成的,这种规律性的因素就是"原型"。……从文学史的考察中可以看到,文学作为一个有机整体,植根于原始文化,最初的文学模式必然要追溯到远古的宗教仪式、神话和民间传说中去。"这样说来,探求原型实际上就是一种文学上的人类学"。

当时无论如何也不曾想到,这样一段话,居然能够准确地预示这一批学人后来几十年学术探索的方向。"文学人类学"这个名称,也就由此在汉语学术界里发端。10年之后的1996年,在长春召开的中国比较文学学会第五届学术年会上,中国文学人类学研究会宣告成立(首任会长为萧兵先生),如今简称"文学人类学研究会"。从研究文学的神话原型,到探索华夏文明的思想、信仰和想象的原型,这一派学者如今正式提出的大小传统理论和文化文本符号编码理论,可以说早已全面超越了当年所借鉴学习的原型批评理论,走出文学本位的限制,走向融通文史哲、宗教、艺术、心理学的广阔领域。

从1986年到2018年,整整32年过去了,我们也经历了自己人生从而立到花甲的过程。如今我们要解读的是5000多年前的先于华夏文明国家的"文化文本",阐发的是河南灵宝西坡仰韶文化大墓的神话学内涵。这是当年完全没有预料到的。是问题意识,先把我们引入文化人类学的宽广领域,再度引入中国考古学的全新知识世界,这样的跨越幅度,的确是当初摸索文学人类学研究范式时所始料未及的。

从原型批评倡导的文学有机整体论,拓展到文化符号的有机整体论、史前与文明贯通的文化文本论,这就是我们努力探索近40年的基本方向。西周青铜器上出现"中国"这个词语,至今不过3000年时间。2018年2月4日,我第二次给国家图书馆"文津讲坛"开设讲座,题目是"九千年玉文化传承"。今日的学者能够在9000年延续不断的文化大背景中研究"中国"

和"中国文学",就是从先于文字的文化大传统,重新审视文字书写小传统的一套完整思路。相信这样一种前无古人的理论思路和研究范式,是学者们对西方原型批评方法的全面超越和深化,这将会引向未来的知识更新格局。

本丛书要展示这 40 年的探索历程,以萧兵先生为首的这一批兴趣广泛的学人是如何一路走来,并逐渐成长壮大的。本丛书将给这个新兴学科留下它及时的也最有说服力的存照。希望后来者能够继往开来,特别注重不断发展和完善中国版的文化理论和文学理论,包括作为文史研究当代新方法论的三重证据法和四重证据法。

是为丛书总序。

叶舒宪

2018 年 2 月 7 日于北京太阳宫

序 言

  文学是人类创造的,是反映和表现人类社会的生活,也是为人类自身的发展与创造而期望有所贡献的。按理,探讨文学问题,无疑应该同人类学的研究密切结合起来,无论在观点或方法上,两者都有不可分割的联系。但长期以来,从生物学、医学的角度来研究人类的成果,远比从社会学、文化学的角度来研究的成果丰富,也有更强的说服力。前者能给人一种深刻的印象,人类是一个整体,尽管肤色、语言、文字、风俗、习惯、感情、姿态、兴趣、嗜好等等有种种差异,但总体上、根本的东西都是相同的。尽管知识水平、文明程度可以相差很大,其为人类的差异,却小到无足称道。后者却颇不一样,似乎人类中存在很多不可逾越、极难融合的东西,使它很难被称为一个整体或真正成为一个整体。人类学的研究在学理上似曾为这种尴尬局面带来一线曙光,但这样的研究道路似乎并不平坦,某些受到重视的成果往往会受到非科学的怀疑。这就不仅阻碍了人类学本身的发展,同时也使文学研究难于有所突破和创新。现在我们都说文学要面向世界、面向全人类,还要面向未来,但如文学研究始终还只知局处一隅,限于某种陈说,拓展不开早就应该拓展开来的时空视野,对各种文学现象仍不能站在文学创造者的人类本位上来审视和考察,把各种文学现象都看成整个人类的文学现象,把其间的复杂多样看成是特殊阶段文学现象的复杂多样,而非整个人类历史本身固有的分野所致,那么,又怎能达到大家上述的这个共同的目标呢?

人类有作为一个人类整体的共同利益,人类社会得以经过几千、上万年的演进,达到今天这样绵延、发达的程度,实际存在着要求共同遵守的某些准则,虽然具体看来其表现样式是形形色色的。文化交流已越来越方便,越加不可阻挡,并已成为人类要求和平、发展、进步的共同需要,通过各种文艺样式的广泛传播,各族人类的思想感情越来越增进了相互的理解。理解带来了很多共识。无论是"东方中心"或"西方中心",以及诸如自命不凡、唯我独尊、唯我独革的想法,都已经越来越站不住脚,甚至愚妄得可笑了。在包括文学在内的文化诸现象中,人类文化在时间上的连续性与空间上的同一性之实例被发现得越来越多,这正是多年来文化人类学用具体实证方法给我们带来的贡献。文化交流必然促进文化交融,这种交融绝不是勉强的胶合,而是通过交流产生共识,自然而然地不约而同地"殊途同归""百虑一致",且在不少方面还都感到可以通过"互补"同登合作协进的发展坦途。当然,并不是一经交流就不会再有差异了,但有些差异例如民族表现之异,原有助于整个人类文化的丰富多彩,而另有些差异亦能使人明白,那不过是科学、文明发达程度的差异,这些差异随着社会进步就会逐渐缩小以至不再存在,并不妨碍从长远、从实践来看人类确是一个整体。

文学人类学批评,我看并不是一种求新求异的新说,古今中外许多文学批评资料都可证明,人们议论文化、文学,多从"人情""人性""人道"出发。随便举个例子,如司马迁《史记·礼书》中就有这几句:"余至大行礼官,观三代损益,乃知缘人情而制礼,依人性而作仪,其所由来尚矣。人道经纬万端,规矩无所不贯。"封建社会制礼作乐,必然带有某种阶级性,但"带有"怕也不能"全是",否则就行不通,反致生变。封建社会中产生的文化、文学成果,有些至今看来还未企及,就因其中也蕴有合理的,即能符合人民利益、社会进步要求的东西,亦即人类社会的普遍性因素。文化、文学发展的历史动因,也不能简单看,要多方面寻找。从人类学的角度去寻找,就是一条很重要的途径。在文化史、文学史、文学理论发展史的研究上都存在这一薄弱环节。应该把如何克服某些狭隘简单的观念,实现知识更新,以便真能提高科学研究解决新问题的能力,提到日程上来了。

　　人类有共同的利益,共同的需求,共同的愿望,这就是人类能够越来越扩大沟通的基础。求同,原就有同,求同就同处越多。存异,有些异不害于同,有些异经历时间,经过讨论、改革,会逐渐减小。这是时代的主流,在各种理论探索中找出这一规律,必然更有利于在实践中推动这一进程。这部《文学人类学批评》,我认为在这个系统工程中同样能起到它先行的作用。

　　克强同志英年好学,朴质勤奋,努力吸收新知,其意却不在追逐时髦。他力求把握新知的精神,在论证时密切联系当代创作实际,不为空泛之论。对这种学风、文风,我很赞赏。当然,对任何新知,都不是很快就能全部深刻把握的,既需要入乎其内,还需要出乎其外,能根据我们的实际,给以分析评价,择善而从,这才能算是真的全部深刻把握了。这对任何人来说都是一辈子的事,而且往往一辈子仍做不完。克强同志勉乎哉,我将乐于看到你做出更大的贡献。

徐中玉
1991 年 10 月 28 日

目 录

绪　论 …………………………………………………………… 001

上部　原始主义批评

第一章　原始主义与新时期寻根文学 ………………………… 015

第二章　原始主义与新文学的中国梦 ………………………… 030

第三章　刚性与柔性原始主义 ………………………………… 042

第四章　质朴性与神秘性原始主义 …………………………… 059

第五章　半原始主义：文化困惑的深结 ……………………… 071

第六章　反原始主义：原始心态的重塑 ……………………… 083

下部　神话原型批评

第七章　神话思维与人类艺术思维的建构 …………………… 101

第八章　神话与新时期小说的神话形态 ……………………… 113

第九章　原型题旨：《红楼梦》的女神崇拜 ………………… 125

第十章　原型模式：《西游记》的成年礼 …………………… 139

第十一章　我国古典小说中的原型意象 ……………………… 154

第十二章　现代动物小说的神话原型 …………… 169

附　录

鲁迅与人类学思想 ……………………………… 187
原始主义与文学批评 …………………………… 203
新时期文学人类学批评述评 …………………… 217

修订后记 …………………………………………… 240

绪　论

一、文学人类学批评的兴起与原则

各种文学研究新方法掀起的浪潮，一次次刷新着评论的沙滩，留下令人目不暇接的各色闪光珠贝。

近几年来，一种新的批评方法正在悄然兴起，那就是文学人类学批评。在一些批评文章中，神话、图腾、仪式、原型、自然崇拜、神秘互渗律、原始情操、原始意象、文化模式、集体潜意识、中国梦等等概念、术语开始频繁出现。一些将似乎不相关事物联系起来思考的有趣命题也纷纷出笼，诸如湖南小说创作与楚文化中的神话，知青文学与母性图腾，《小鲍庄》《麦秸垛》《河东寨》与《圣经·创世纪》故事，阿Q的精神胜利法与原始心态，神话的思维方式及表达方式与新时期小说，等等。它们显示出一种强烈的主观意向，即站在人类本位的立场上对文学现象做跨文化的探究，力求在常识确认的差异性中寻找出其中的同一性与连续性。事实上，他们借用的是人类学（主要指文化人类学与思维人类学，而不是体质人类学）的理论方法及研究成果，故而我称之为文学人类学批评。

显然,这种批评方法与人类学的当代发展相联系。人类学(Anthropology)的希腊文词源是 anthropos(人)和 logos(学说),意为"关于人的科学"。它与我们普遍认可的"文学是'人'学"有一目了然的内在沟通之处。人类学有狭义和广义两种解释。狭义单指体质人类学,苏联和我国1949年后一段时间采用这种解释;广义则还包括文化人类学、思维人类学、语言人类学、人种学、史前考古学等等,欧美和我国1949年前及现在都持这一观点。一般认为,人类学作为一门独立的学科,形成于18世纪末、19世纪初。但在20世纪,它已经繁衍出诸多分支,如体质人类学、考古人类学、文化人类学、社会人类学、语言人类学、宗教人类学、哲学人类学、心理人类学、结构人类学、经济人类学、应用人类学等等,成为"内容最丰富的、包含人的各种知识分支的学科"。① 人类学的兴起,是"全球意识"深化的反映,是世界性文化隔离转变为文化交流的必然产物。人类学实际上提供了一种研究人文科学(包括文学)的新方法。这种方法以地球共同体和人类意识为本位,强调在时间纵轴和空间横轴上都做了充分拓展前提下的宏观、整体和比较的研究。与之相呼应,现代人也已经不再满足囿于单一民族和单一文化形态的本位思考,而喜欢将之纳入人类整个进化链条和世界图景中去做系统检视。于是,文学与人类学的杂交融合也就势在必行。

同时,现代世界文化的整体格局也为文学人类学提供了现实课题。东、西方文化(包括文学)的双向对逆运动,西方文学中以原始来批判现代文明的原始主义创作思潮的涌起,西方现代派文学和拉美魔幻现实主义向神话的返归,都启发我们对文学做跨文化的思考,都激活我们将具体作品和文学现象放回到作为一个整体的人类文学系统(从原始神话到当代创作)中加以考察的宏观视野和整合性想象。

对于文学人类学批评来说,当然最直接的动因还在于新时期文学本身的发展。传统与现代、民族化与国际化的冲突,构成了"五四"以来整个新文学的文化背景和潜在母题。任何作家事实上都在作品中自觉或不自觉

---

① 《韦伯斯特大辞典》,转引自欧阳光伟:《现代哲学人类》,辽宁人民出版社1986年版,第6页。

地表达了自己的文化价值评判和选择意向。如果说鲁迅揭示出传统文化的原始性而予以否定,那么沈从文则赞美传统生存方式和原始情操。这只要比较《狂人日记》与《边城》这两部作品便可得知。在新时期文学中,这两种创作倾向都存在,但占据主流的却是介于两者之间的一种复杂情思,即对传统与现代文明都取既有肯定又存批判的双重性反思,并在"两难"的困惑情境中传递出整合两者长处的"两全"愿望。张承志的《黑骏马》、郑义的《老井》、李杭育的《最后一个渔佬儿》等作品都体现出这种富有新时期特色的"中国梦"。它不仅与我国从传统走向现代化的历史经验和现实进程密切相关,而且也是世界多元文化互渗互补格局影响和参照的结果。文学批评面对表现了现代文化反思和文化选择主题的巨量作品,单单运用人民性、阶级性、作家个性等一套文学社会学范畴便显得远远不够了。相反,研究原始文明、传统文明和现代文明的文化人类学,却日益显示其在方法论上的重要性和独到性。

另一个不容回避的事实是,国内的文学人类学批评得益于西方神话原型批评方法的影响和启发。后者以弗雷泽的文化人类学、荣格的分析心理学和列维-斯特劳斯的结构主义神话学为理论依据,强调从神话、宗教仪式、梦、个人隐秘幻想和文学作品之中,寻证出一套普遍的原初性的原型意象、象征、主旨和性格类型、叙述模式,发掘积淀在其中的种族以至人类的集体潜意识和深层心理特征。这种注重综合与宏观的研究方法是非常诱人的。它不仅使人观照到文化史和心态史的发展轨迹,而且令人更深地领悟到作为整体的人类和作为系统的文学内在的连续性和同一性。它的显著特点与长处,在提倡方法多样化的当今中国文学批评界,理所当然地得到了呼应。

然而,神话原型批评也有它本身的局限。诚如任何批评方法都有自己独到的长处和价值,也有由此带来的短处和"死角"一样。同时,这一方法在批评实践中还存在着一些具普遍性的失误。主要可以归纳为以下三点:

第一,跨文化研究的不彻底性。以整合人类的文学经验和原型模式为出发点,至少应该参照东方和西方这两种基本的文化源流和文学史实。但是西方中心主义的传统思想往往造成对东方文学的忽视与隔膜。有时,尽管论者无意于搞欧洲中心主义,但阅读范围和知识面的限制,往往决定了他们主要是在西方文学和文化的系统中加以总结。例如,弗莱建立的五种原型象征模式:神话、传奇、高级模拟、低级模拟、反讽,是凭借欧洲小说一千多年发展的视野。他们即使谈到东方,也是印度、日本稍多,中国极少。这倒不是论者主观上不想做,而是实际上做不了。这对于研究成果的文学人类学意义来说,不啻是一种削弱。

第二,过于重视共性而轻视个性,强调连续性而疏忽阶段性。荣格有句名言:"不是歌德创造了《浮士德》,而是《浮士德》创造了歌德。"他的意思是说,人类从远古遗传至今的集体无意识是一切作品的创造动因和源泉,相比之下,作家的意识、个性和创造能力则是微不足道的,仅仅赋予集体无意识一个外在形式而已。同样,当他从文学作品中归结出与人们世代遗传的心理结构相对应的暗影、人格面具和阿尼玛三种原型象征时,他也只关注其超时代和超地域的连续性一面,而不考虑原型在不同的文明阶段会有不同的演化。

第三,注重文化的、心理的价值标准,缺乏审美的价值标准。神话原型批评以人类文化心理为注意中心,作品只要是表现了人类的基本经验和潜意识,他们便认为具有真正的文学价值。至于表现得好与不好,作品的美学意义和形式、手段的差异性,他们是不屑辨认的。因此,尽管批评涉及意象、象征、叙述和情节等艺术元素,但本质上还是对作品内容的一种批评。

提出神话原型批评的不足和失误,其目的是在借鉴和扬弃中建立我们的文学人类学批评原则。如此,我们才能做到不简单照搬和重复人家的东西,在吸取有益养分的同时以自己的创造性丰富和补充之。我认为,文学人类学在开拓批评新天地时,应该注意以下三条原则:

第一,原始与现代相联系、中外各民族相比较的宏观文学视野和研究态度。也就是说,批评家的思想背景与主观图式,在时间和空间两方面都应大大拓展,树立以人类为本位的全球意识。从远古神话到当代作品,文学是一个不断重现不断流变的过程,各民族的文学也具有可比性和互动性。我们应把整个人类文学现象看成一个复杂多元的、未完成的有机系统,力求把具体作品纳入到它的系统联系中去考察和批评。这样,我们将易于发现作品与作品之间、作品与人类之间隐蔽的、往往被习惯所疏漏的联系与共性,透视作品浅层或深层的人类学本质及其意义。

第二,共时性方法与历时性方法并重。共时与历时是通用于文化(文学)研究的两种基本方法,前者从空间上展开人类社会,后者从时间上展开人类社会。列维-斯特劳斯与萨特之间关于人类思维的争论,其根源就在于这两种方法论之争。萨特认为原始民族没有现代文明人具有的智力分析和逻辑思维能力;列维-斯特劳斯则主张原始人与现代人一样都具备人类共同的智力结构和潜能。后者声称他的时间意识是地质学的(也就是说不是历史学的和进化论的),因此任何神话和文学作品都是独立的共时现实。这里,我们也可以看到神话原型批评执共时原则一端的偏颇,它们往往被指责为违背历史唯物主义。事实上,共时与历时这两种方法是互补的,因为任何事物的发生、发展,都是连续性与阶段性、继承性与变异性相统一的过程。文学人类学批评不仅要研究人类文化、心理和文学超越时空的共质性,而且要阐明它在不同地域、民族和文明阶段上的离散性和特异性。譬如,被称为现代神话的文学作品与原始神话,虽然在超现实的想象方式上有一致性,但前者已排斥了信仰与崇拜而渗透了理性因素。

第三,文化方法、心理方法与文学本体方法的融合。文化人类学、心理人类学方法和成果的挪用,无疑奠定了文学人类学批评的特色与地位。然而,如果它仅仅停留在这一点上,如果它不深扎于文学的审美土壤,那么它还是上述这两门学科的附庸,只是更注意于以文学作品为研究对象和材料而已。因此,文学人类学批评应该拥有自己的审美价值标准,它既可以遵循人类文学经验积淀的艺术惯例,也可以从其他批评方法和美学原则中引入多元的因子。总之,它应该是结合艺术内容与形式的有机批评。举例来说,张承志的"黑骏马",郑义的"老井",铁凝的"麦秸垛",都是与农业文明(包括游牧文明)及其生存方式息息相关的原型意象,隐喻着中华民族几千年代代相传的传统文化和集体意识。我们对这些作品的批评就不能止步于对其象征价值的揭示,论证它们成功的奥秘在于给祖先的无数次重复出现的典型经验赋以形式,在于对我们深层无意识残留物的激活和释放,而是要更进一步,发现和显示它们的审美价值,以及作为原型象征意象在整部作品艺术构造中的关系和意义,诸如与人物、情节、环境、情绪氛围、语言符号的结合程度和内在艺术张力。否则便会导致一种艺术错觉,即任何包含原型的作品全具有相等的价值。

文学人类学批评的原则是它确认自身的前提。然而,在具体的批评实践中,贯彻上述三条原则都将会遇到各自的困难。譬如,原始与现代相联系的纵深度与跳跃性,中外各民族文学相比较的涵盖面与客观上的限制,共时性方法与历时性方法原有的矛盾和侧重点,美学分析在批评中的附加性与融合性,等等。因此,文学人类学批评的发展,还需要不断积累成功的经验,还需要在摸索中随时做出自我调节,还需要对已有原则及理论深化修正和灵活运用。只有这样,它才能保持昂扬的势头和蓬勃的生气。

二、文学人类学批评的内容与前景

一个比较普遍的误解是:文学人类学批评就是指神话原型批评。诚然,弗莱在谈到神话原型批评时曾说过,"探讨原型实际上就是一种文学上的人类学:我们从文学产生以前的东西——如宗教仪式、神话和民间传说等,可以了解到文学的情况"[①]。但是将这两者等同起来就未必准确了。事实上,神话原型批评和文学人类学批评之间是一种从属关系。

文学人类学批评的实质,就是运用人类学的视野、方法和材料审视文学,就是对文学持一种远古与现代相联系、世界各民族相比较的宏观研究态度,就是把任何文学作品都看作人类整体经验的一部分或一个环节。凡是符合这一主导设想的批评方式和内容,都可以归入文学人类学批评的范畴。因此,不仅英国剑桥学派的仪式批评、美国学者对文学的"美国梦"批评,理所当然地属于此列;就是比较文学中的"平行研究"、结构主义的叙事学、比较神话学等,也由于方法与角度的部分交叉,可以视为广义上的文学人类学批评。譬如,弗莱关于神话、传奇、高级模拟、低级模拟、反讽五种

---

① 弗莱:《文学的若干原型》,见伍蠡甫主编:《现代西文文论选》,上海译文出版社1983年版,第343页。

模式循环的文学史理论,就既被一部分人看作一种文学人类学的建构,又被另一部分人划入结构主义叙事学的成果。

尽管在方法林立的文学批评领域里,互渗和界限模糊是难以避免的,但作为一种业已成熟的批评方法,文学人类学批评还是有其自身的内容特征的。它主要包括两个方面,即原始主义批评与神话原型批评。

原始主义是西方文学批评的一个常用术语,但又被认为"一向是个意义未定的临时性用语"。它可以指人的追怀往古、返璞归真的天性,也可以指怀疑文明、回归自然的文化思潮,还可以指用原始来对比和批判现代的文学创作倾向。这多种意指归结为一点,那就是以原始作为价值评判的准绳与理想。从外延上看,原始主义包容着许多相对的范畴,如原始主义与反原始主义,刚性原始主义与柔性原始主义,文化性原始主义与时代性原始主义,古典原始主义与现代原始主义,无意识的原始主义与有意识的原始主义,作家的原始主义与批评家的原始主义,等等。总之,凡是与原始主义这一独特角度有关的文学现象和作品,都可以称之为原始主义文学。

原始主义批评就是对原始主义文学的批评。在原始主义文学中,原始与现代、自然与文明的差异和冲突,始终是一个基本母题。它的主题导向,是对人类文化(包括心态)发展的两端(源头与现状)进行反省与选择的结果。而古老的神话、传说、宗教、仪式,原始的生存状态、心态、情操、信仰,以及现代人的困惑、文明的压抑、都市生活的厌倦、理性的束缚等等,则成为作品题材内容上的显著特色。这本身就具有文化人类学方面的意义。同时,它也为文学人类学批评提供了驰骋的天地。

对于原始主义批评来说,最重要的是文化人类学方法和材料的运用。美国学者布洛克曾经指出:"在当代文学批评中,文化人类学的作用具有特殊意义,不仅因为它通过种种途径影响了批评的标准,而且还因为人类学为人们提供了一个线索,从中可以找到当今伟大的创造性思想家们正在思索的许多问题。"[①]文明陷于困境是产生抛弃文明、返归原始情绪的主要

---

① 布洛克:《文化人类学与当代文学批评》,见周宪等编:《当代西方艺术文化学》,北京大学出版社1988年版,第283页。

土壤。因此,原始主义文学事实上反映了现代人所面临的各种文化危机及其解脱方案的思考,包含了人类文明从何处来、向何处去这个重大而又敏感的现实课题。对此,原始主义批评既要善于发现和开掘作品所蕴含的有意识或潜意识的原始题旨,并将其与相关的原始文化的形式或内涵做比较考察;同时,又要把这种原始倾向放回到现实文明的背景中,去揭示其产生的根源、动机、合理性和内在矛盾;从而在人类不同文明阶段、各民族不同文明形态各自长处与缺陷的宏观观照下,对作品的意义及启发性做出价值评判。总之,原始主义批评是现实性很强的人类文化批评。

文学人类学批评的另一翼是神话原型批评。其核心概念是"神话"与"原型"。所谓"神话",既特指远古人类创造的、用来解释世界万物并信以为真的荒诞故事,又泛指以超现实的想象方式和象征方式创作的一切作品。突破原有语义的后一种解释,正是神话原型批评的特色。所谓"原型",则包含着相关的两层意思,一是指原始模式、原始意象,二是指在不同时代、不同地域的大量文学作品中反复出现的同类型主题、情节、人物、意象或象征。这样,"神话"与"原型"这两个术语,不仅能够纵贯从原始到现代的全部文学史和人类意识演化史,而且在表现人类思维及经验的连续性和同一性上彼此沟通起来。对此,弗莱曾经说:"神话就成了原型,虽然我们为了方便,在讲到叙述的时候才说神话,在讲到意义的时候说原型。"①

神话原型批评的理论主要来自弗雷泽的文化人类学和荣格的分析心理学。弗雷泽的十二卷巨著《金枝》,追溯了差异悬殊的不同民族文化在传说和礼仪中重复出现的神话仪式的基本形式。其主要贡献在于证实了:"人类的需求,不管什么地方,也不管什么时候,基本上是相似的。"②这些需求尤其是通过古代的神话、巫术和宗教信仰反映出来的。他特别指出了

---

① 弗莱:《文学的若干原型》,见伍蠡甫主编:《现代西方文论选》,上海译文出版社 1983 年版,第 344 页。
② 转引自赖干坚编著:《西方文学批评方法评介》,厦门大学出版社 1986 年版,第 164 页。

受难和复活两种原型,认为它们源于原始人对自然节律和植物更替变化的模仿。荣格曾是弗洛伊德的学生,后在潜意识的解释上与其师分道扬镳。他把潜意识分为个人潜意识和集体潜意识两部分,前者的内容大部分是情结,后者主要是原型。荣格把原型概念运用于"原始意象"和人类远古经验类型复现的"心理残迹",认为它们都在人类的集体潜意识中遗传下来,并且表现在神话、宗教、梦和幻想性文学作品之中。如果说弗雷泽从文化方面强调人类集体意识在空间(不同民族、地域)上的同一性,那么荣格则从心理学方面突出人类集体潜意识在时间(从远古到当代)上的连续性。两者的合流,建构了神话原型批评方法的特征。

一般说来,神话原型批评在操作上有三个相连贯的必须环节,并且每个环节以一个对应的重要概念为其内核。其一是神话的概念与批评对象的选择。神话原型批评以狭义的神话(指远古的神话)和广义的神话(指运用超现实的想象方式创作的亚神话或现代神话)为批评的主要对象,因为它假设神话倾向的作品比写实倾向的作品更接近于原型。这样,对现代人的创作就要有所选择,需要确认作品的幻想性质或神话意味。其二是原型的概念与批评方法的运用。这主要是原型的归纳与溯源。在大量的五花八门的文学作品中,发现相同或相似的类型,然后再建立起它与某一原始意象或原始模式之间的原型联系;或者,将单一的文学作品放到预设的某一原型系统中去考察,证明其间的联系,而这一原型系统将描绘出从远古作品到现代作品相沟通的共性。其三是人类集体意识、集体潜意识的概念与批评目标的达成。这是确认原型形式之后的原型内容分析阶段。其目的是揭示原型所积淀和遗存的人类集体意识或集体潜意识的内蕴,并评判其在人类文化史或心态史方面的意义和价值。当然,在神话原型批评的实践中,这三个环节也有不甚分明或彼此打通的情形。

神话原型批评与原始主义批评都是人类学方法在文学领域的具体运用。但两者在批评对象、批评方法和批评目标等方面却各有不同的侧重。前者以超现实的想象为特征的神话类作品为主,后者则以反映文化困惑及其现实冲突的写实类作品为主;前者注重于从远古到现代人类在文化心理上的连续性,后者则强调原始与现代对立的人类文明的阶段性;前者揭示作品在显现原型方面的永久性价值,后者则评论作品在返归原始意向上的现实性意义。两者的差异与互补,使文学人类学批评具有更大的内在活力和发展潜力。

在我国,文学人类学批评目前还刚刚起步,但我们已经可以充满自信地预见它的未来。这是一股新的批评潮流。它不仅在一个更为宏阔的时空构架中重新审视和整合统一我们的文学经验,而且顺应着当代世界文化和文学日益走向交际与会通的大趋势。它所提供的新视野、新方法和新成果,将对当代的文学创作及广义的文学学所包括的各个分支产生巨大的影响。

中国文学走向世界,这是新时期文学企盼的一个目标。这里,有一个民族文学与世界文学、总体文学,传统文化背景与现代文化背景、人类文化背景的关系问题。文学人类学批评将在这两者之间建立起可比性和联系性的理论桥梁,从而为文学创作表现超越时代和地域的深层意蕴开拓思路与方法。

在文学评论领域,文学人类学批评所运用的人类学方法,将启示多元的批评理论提升到人类整体经验的高度。也就是说,诸如文学社会学、文学语言学、文学心理学这样的交叉批评,可以而且应该从拓展了的人类社会、人类语言、人类心理的角度去重新审视拓展了的人类文学。以往为传统方法所忽视而为人类学所重视的原始社会、原始语言、原始心理、原始文学,将被整合进各自的批评理论和批评对象中去。

对文学史的建构来说,文学人类学批评具有更加直接的方法论意义。它强调要把文学作品放回到从原始至现代的同一系统中去考察,认为有必要把作品所表现的内容视作跨地域的人类经验整体的一部分,将有助于发现更为隐蔽的"史"的纵向联系和"论"的横向联系。也就是说,以往的文学史的编撰,都突出一个时代的作家作品与现实社会的横向联系和与前代文学的纵向联系。这无疑是重要的和必要的。而文学人类学批评则提供和补充新的纵横坐标,即一个时代的作家作品与他国文学的横向比较和与原始文化、人类文化的纵向考察。这样，受我国几千年来记史传统框架影响的国别文学史和断代文学史，就有可能升华，更新为世界文学背景下的比较文学史和人类文化背景下的系统文学史。

　　文学人类学批评也将为建立人类学意义上的文学理论新体系做出贡献。理论的基础是概念和术语。以往的文学理论，常常在概念术语的释义上争论不休，这主要是它依赖的逻辑演绎方法和抽象思辨性质所决定的。人类学方法的引入，不仅拓展了文学理论的时空视野，而且还带来了具体实证的方法。因为从根本上说，人类学是一门具体实证的科学。实证方法将弥补逻辑、思辨方法的局限与不足，在概念术语上将澄清语义上的歧义和混乱，以及清扫形而上的武断。

　　譬如，关于文学的"真实"问题，各种定义界说纷呈、纠缠以至对立。一种流行的说法是："文学真实是对生活真实的正确反映。"这不仅有同义反复之嫌，而且实为现实主义观的一家之说。从人类学角度出发，我们将避开对"真实"的简单定义，而从考察原始到现代不同时期人们对"真实"的不同理解入手。在史前社会、人类跨进文明时代至近代、19世纪末以来的现代这三个阶段，人们对真实的理解和把握上，经历了非理性、非逻辑的真实——理性、逻辑的真实——非理性、非逻辑的真实，复杂的真实（主要表现为世界及主客观的神秘的统一性）——较为简单的真实（主要表现为世界的确定性和认识的精确性、绝对性）——更为复杂的真实（现代文明背景下的世界及主客观的有机性、系统性），主观的真实（主要是幻想的真实）——强调客观的真实——强调主观的真实（在理解上被开拓的思维领域，包括直觉、幻觉、潜意识、自由联想等等）这样几个否定之否定的跃进的螺旋。在历时态考察的实证基础上，我们将能够对文学的"真实"做出共时态的多元包容的定义。此定义无疑具有文学人类学理论的特色。因为人类不同时代的文学作品和同一时代不同流派的文学作品，都可以在"真实"的系统概念中找到自己的位置。此外，诸如文学的起源、性质、功能、思维方式、典型、象征等等理论问题，都能够运用人类学的方法与成果给予重新审视和解释。

文学人类学批评的前景是令人鼓舞的。虽然与西方相比,我们目前尚处于开创阶段。尤其在文学人类学理论的建树上,我们还缺乏有独到新意的创造和有特色的体系。然而,我们也有自己的优势。事实上,"西方中心主义"的残余影响与"西学东渐"的时代趋向,使我们看他们的文学作品要比他们看我们的文学作品多得多。这就有可能把文学人类学批评建筑在东西方文化、文学会通的更加坚实的基础上。此外,中国众多少数民族的神话传说是无比丰富的宝藏,它们将与汉族神话传说一起提供多元的原始文学的参照。基于此,建构不亚于西方神话原型学派的文学人类学批评理论,该不是一个"神话"!

上部

原始主义批评

第一章　原始主义与新时期寻根文学

一

原始主义是一股世界性文化思潮。它是以推崇原始状态下的本真、批判文明带来的痼疾为特征的。在现代社会，人们普遍信仰进化论的社会观，认为历史是沿着直线发展的。从原始的采集－狩猎社会到农业社会再到工业社会，每一个历史阶段的跨越都意味着一次进步。在这种世界观的支配下，"原始"不啻是"野蛮"与"愚昧"的同义语。然而，原始主义却从截然不同的思路进行文化反省，力图证明人类在得到的同时也失去了什么，每一次进步的同时也隐伏着某种更大的危险。因此，原始阶段并非一片混沌与黑暗，相反，返璞归真倒是补救现代文明种种缺陷的良方。

早在18世纪，法国的启蒙思想家卢梭在其名著《论人类不平等的起源和基础》里，就曾经描绘过一幅原始自然状态下和平悠闲的生活图景："漂泊于森林中的野蛮人，没有农工业、没有语言、没有住所、没有战争"[1]，人

---

[1] 卢梭：《论人类不平等的起源和基础》，李常山译，商务印书馆1982年版，第106页。

人都自由平等。只是随着知识的积累和技术的进步，社会才出现了贫富对立、不平等和一切罪恶。卢梭还认为文明人是野蛮人的退化，野蛮人比文明人更具生命活力："在森林里的马、猫、雄牛，甚至驴子，比在我们家里饲养的大都有更高大的身躯，更强壮的体质，更多的精力、体力和胆量。它们一旦变成了家畜，便失去这些优点的大半，而且可以说，我们照顾和饲养这些牲畜的一切细心，结果反而使它们趋于退化。人也是这样，在他变成社会的人和奴隶的时候，也就成为衰弱的、胆小的、卑躬屈节的人；他的安乐而萎靡的生活方式，把他的力量和勇气同时消磨殆尽。而且野蛮人和文明人之间的差异，比野兽和家畜之间的差异必然还要大一些。"①据此，他提出了"高尚的野蛮人"的赞语和"返归自然"的口号。这可以说是工业文明时代原始主义思潮的滥觞。

如果说卢梭还偏重于从体质方面去证明原始人的优势，那么，以《原始文化》一书被尊为"人类学之父"的英国学者泰勒，则从心智方面主张原始人并非低下。"在他看来原始人的智力并不比高度文明化了的人类社会要退化，在原始文化和高度发展了的文化之间有许多相似的地方，甚至前者有着更充分、更生动、更有意思的形式。"②另一位人类学家列维－斯特劳斯在《野性的思维》里对原始人必定没有智力分析能力的理论表示蔑视，并进而提出："如果我们承认，最现代化的科学精神会通过野性的思维本来能够独自预见到的两种思维方式的交汇，有助于使野性思维的原则合法化并恢复其权利，那么，我们仍然是忠实于野性思维的启迪的。"③这就是说，原始思维与现代思维既有相通的一面，也有互补的另一面。尽管他们两人在复原原始心智真相的努力中得出的结论不相同，但在肯定其独到的存在价值和做出不同于通常的否定性评价上，却是一致的。

最惊世骇俗的观点在于对原始生活质量的评价上。在马尔修斯学派后期代表作《熵：一种新的世界观》里，作者明确表示赞同古希腊诗人赫希

---

① 卢梭：《论人类不平等的起源和基础》，李常山译，商务印书馆1982年版，第80页。
② 朱狄：《原始文化研究》，生活·读书·新知三联书店1988年版，第33—34页。
③ 列维－斯特劳斯：《野性的思维》，李幼蒸译，商务印书馆1987年版，第309页。

俄德关于原始黄金时代的说法,认为原始人比现代人生活得更好:"那些坚信人类历史是从原始的辛苦劳作进化到20世纪美国的悠闲舒适的人们,只要读一下对非洲丛林人与其他狩猎-采集型社会的详细研究,一定会大吃一惊。我们这些现代人因为每周只需工作四十小时,而且每年又有两三星期的假期而沾沾自喜。但是绝大多数狩猎-采集型社会成员会觉得这样的生活简直无法忍受。当代的狩猎-采集型社会的成员实际上每周工作十二至二十小时,而且每年少则数周,多则数月根本不干活。他们有更多时间来进行各种娱乐活动,包括游戏、体育、艺术、音乐、舞蹈、宗教仪式和探亲访友。与一般人的看法恰恰相反,对世界上还存在的狩猎-采集型社会的研究表明,他们有些人也是世界上最健康的人。他们的食物十分有营养,许多人像非洲丛林人一样在根本没有现代医学帮助的情况下,能活到六七十岁。很多狩猎-采集社会十分重视合作与分享,彼此之间,甚至与外部民族也很少有战争或侵略行为。"[1]

心理学家卡尔·荣格则从精神生活方面对原始民族与现代人做了比较,也得到了同样的结论。他说:"居住在美国西南部和墨西哥等地的印第安人,相信他们是'太阳父亲'的儿子。这种信仰赋予他们的生活以超过他们有限生存条件的远景和目标。它给予他们足够的空间来开拓其人格,并使其有充实和完整的人生。他们的境况比我们现代文明社会令人满意得多,文明社会的人知道自己只不过是(将来也会是)没有任何内在生活意义的角逐中的失败者。"[2]这些观点都流露出明显的返归原始的情绪倾向。

一个有趣的现象是,不仅人文科学家,而且自然科学家也加入了原始主义的大合唱。量子力学创始人之一的海森伯在一次演说中曾说:"现代科学也已证明,随着对现象解释的广泛程度和抽象程度的增多,理解的困难也增长了。甚至关于客观性的要求,过去长时期来被认为是一切科学的

---

[1] 里夫金·霍华德:《熵:一种新的世界观》,吕明、袁舟译,上海译文出版社1987年版,第7—8页。
[2] 荣格:《人类及其象征》,张举文、荣文库译,辽宁教育出版社1988年版,第67页。

前提,现在在原子物理学中也受到下列事实的限制,即不再可能把一个受观测的现象完全与它的观测者相分离。哪里还有科学真理与宗教真理之间的矛盾呢? 在这个问题上,物理学家沃尔夫冈·泡利有一次谈到两个对立的极端概念,二者在人类思想史上都极其富有成果,虽然它们哪一个也不符合于真正的真理。一个极端是客观世界的概念,它在时空中按照不依赖于任何观察主体的规律而运动:这是现代科学的指导原则。另一极端是主体的概念,它神秘地体验了世界的统一,它不再面对着任何客体,也不面对客观世界:这是亚洲人的神秘主义。我们的思想大致在这两个对立的极端概念之间摆动,我们必须承受这两极产生的张力。"① 这里,他把现代科学精神与原始性的神秘主义放置在对等的地位上,看成是人类精神的互补体现,即理性能力和直觉能力的互补,从而表明现代物理学引申出的哲学结论,在某种程度上是向古代以至原始的有机整体的神秘世界观的复归。

这股原始主义文化思潮,在时间序列上表现为现代对古代和原始的推崇与重新评价,在地域空间上则转化为西方对东方文化的浓厚兴趣与敬意。具有鲜明东方文化特征的印度教、佛教、中国老庄哲学、日本禅宗以及瑜珈术、气功和针灸等,在当代西方都成为文化热点。正如在历时态比较中原始主义与传统的直线进化论观点背道而驰一样,在共时态的研究和评价中它也与根深蒂固的欧洲文明中心主义立场格格不入。对处于不同文明发展阶段的民族,它反对以西方现代社会的价值体系为评判标准,而宁愿采取文化相对主义的客观态度。这就是说,衡量文化没有绝对的判别尺度,不同民族的文化之间在价值上具有不可比性,因而无高低之分;它们对于满足各自社会机体和个人心理的需求都是富有价值功能的。这样,就为充分肯定较为原始的东方文化的独特性和长处开通了路径。同时,原始也不再意味着愚昧和无价值,相反,成为反省西方现代文明失落和缺陷的参照系,显示其作为人类精神文化成果的一支的互补性和交融性。

随着当代世界东西方文化交流的扩大,人类学对原始文化研究的拓展,以及西方文明自我危机感的加深,原始主义思潮也获得了日益广泛的

---

① 海森伯:《物理学和哲学》,范岱年译,商务印书馆1984年版,第171页。

呼应。西方社会生活中现代宗教的兴起、嬉皮士运动、生态环境保护主义者的"绿党"以至日光浴的盛行、对乡间别墅的追求等等,事实上都直接或间接与这一思潮相关。此外,对原始主义思潮来说,任何由现代文明弊端所激发的不满情绪和出自人之天性的怀旧心理,都会起到推动的作用。

二

从广义上看,原始主义指的是一种尚古的文化现象和思潮,反映了人性的一种基本情感和特征。也就是说,人类从能够自我反省时起,就具有追怀和向往远古的天性,往往会流露出崇古慕俗、返璞归真的情绪倾向。尤其是每当社会处于崩解混乱或曲折前进之际,人们更难免反思得失、疑虑丛生,以至产生怀疑文明现状和成就、要求返归原始的思想。从狭义上说,原始主义是一种文学思潮和创作倾向,以原始来批判现代文明是其主要特征。它或者重新塑造出原始人的心态和情操,或者运用神话的想象方式表现原始主题。

原始主义并非一种自觉的拥有内聚力的文学运动,并不是西方现代派中诸多流派的一支。然而,它却广泛弥漫于整个20世纪西方文学特别是现代派文学之中。现代派在思想内容方面的典型特征是表现人与社会、人与自然、人与人、人与自我这四种关系在现代条件下的全面扭曲和异化。这里隐藏着的理论前提恰恰是:只有在人的原始状态下,上述关系才拥有自己的本质,才是正常的和未被异化的。因此,这是对未曾异化的人的自然性与原始性的肯定及返归。同样,在艺术上现代派追求主观表现和歪曲客观事物的变形方法,强调艺术想象、自由联想、直觉和梦幻,这正好迎合了原始人的思维方式和创造神话的方式。字面意义如此对立的原始主义与现代主义竟然合二而一,这似乎是令人惊讶和难以理解的。但事实上,历史经常开着这类玩笑,复古的旗帜下是创新的内容,而理想的表述往往依据它的过去,是对过去某种意义上的回归和张扬,例如欧洲文艺复兴运动。

因此,大多数现代派作家同时又是原始主义作家。乔伊斯的《尤利西斯》和艾略特的《荒原》,分别是意识流小说和象征主义诗歌的代表作,它们都借用神话建构起内容的框架,以此对照和透视人们现实的心态、言行,隐喻并批判现代文明。艾略特在评论中更明确地认为,原始神话和宗教信仰能够稳定现代生活中的混乱,能够填补物质文明高涨所带来的人们心灵上的空虚。戈尔丁的《蝇王》在西方被称为现代神话。它描写一群孩子在核战争中沦落到大洋上的孤岛,回到原始蛮荒的生活境况之中,最后人的恶的本性战胜并取代了传统理性,揭示了现代文明的脆弱性。但与艾略特不同的是,戈尔丁对野蛮和文明均抱怀疑态度。由此亦可见原始主义文学内部的松散性和复杂性。

也许最能代表原始主义倾向的作家还是劳伦斯。他在一系列作品中,以颠覆性的姿态鼓动扬弃现代文明,返归原始人性。他的最后一部长篇小说《查特莱夫人的情人》,曾因赤裸裸地表现和歌颂了人的自然性本能而在西方引起一场轩然大波,并遭到英国当局的查禁。小说里的性其实是人的本能、本性和原始的一种象征。作者通过它表达的是这样的思想:崇高科学理性和过于发达的物质文明扭曲了人的本质即原始人性,导致了整个社会和资产阶级贵族的精神萎缩症和虚弱症,而下层人民之所以在灵与肉两方面都单纯强健、充满生命活力,是由于他们更多地贴近自然并与文明保持相当距离,使人性未遭泯灭。他的另一篇作品《骑马出走的女人》,则可以当作原始主义宣言来读。小说描写一位现代女性厌倦物质文明和由此带来的空虚、压抑的精神生活,向往原始生活方式的单纯和充满野性。她投奔印第安人部落,在古老的宗教崇拜迷狂中,体验到与世界万物融为一体的神秘而美妙的超验感觉,终于甘愿把自己作为祭品献给太阳神。这就从哲学高度和象征层次上表现了原始主义的共同母题:自然与社会的分离、对立,以及由文明向原始的寻找和返归。

20世纪西方原始主义文学的出现和兴旺不是偶然的,而是有其特定的文化背景和深刻的社会动因。我们可从四个方面来加以考察。

第一,原始主义文学是浪漫主义文学传统的延续。文艺复兴时期和18世纪文学对"高尚的野蛮人"的敬意,卢梭的"回返自然"思想,19世纪浪漫主义追求异国异域题材和情调,抛弃、敌视城市工业文明和向往、歌颂恬静的田园生活，这些都给原始主义以直接的借鉴和思想营养。

第二，原始主义与人类学的现代发展有密切关系。人类学的研究复原了原始民族和原始文化的真实情况，并且表明，人类思维的源头是原始思维，不管人类思维发展到多少类型、何等水平，都不可避免地或多或少显示出原始思维的痕迹。顺着这个思路，人们在原始人的艺术思维中寻找到许多现代人的观念、情感和思维方式，反之亦然。因此，人类学为原始主义作家表现现代生活提供了比较和沟通的原始参照系，不少原始主义作品更是直接引入或消化人类学资料和素材。

第三，原始主义是在弥漫整个西方文化的非理性主义思潮中产生的，并构成其中的一环。西方文化的传统精神是理性主义，它是对非理性非现实的原始思维和信仰的否定。理性主义在黑格尔哲学体系中臻于巅峰状态。但19世纪末20世纪初，现代哲学却趋向于非黑格尔化，致力于揭示人类理性的消极面和局限性，摧毁对理性作用的夸大和迷恋，以及由此而生的光荣感和梦想。同样，现代心理学强调潜意识、无意识和性本能，现代物理学家对神秘主义的原始世界观的重新评估等等，都纳入了对理性传统的怀疑、限定和批判潮流。这否定之否定的上升螺旋本身就包含着某种对原始的返归意味。

第四，从社会角度来看，两次世界大战的人类惨剧以及20世纪西方社会所经历的种种动乱和危机，深刻地动摇了人们对传统秩序和价值观的信仰。人们从怀疑现代资本主义文明进而怀疑到它的精神支柱科学和理性。同时，科学技术的迅猛发展加剧了科学与价值的分离和对立，高度的物质文明和理性化使人们在精神上感到失落、荒芜和窒息。人们生活在前所未有繁荣的第二自然（相对于第一自然即天然自然的人工自然，如城市、高楼群、电脑、高速公路等等）的包围之中。第二自然是人类支配和控制自然力量的体现，但人类对它日益加重的依赖又使它成为统治人的客观力量，反过来束缚和支配人的精神发展。这一切引起了对第一自然的向往和对精神领域的关注，从根本上孕育了返回原始的情绪意向。

三

考察了西方原始主义的文化与创作思潮,我们就易于理解世界开放格局中的我国新时期文学的原始主义倾向。西方原始主义思潮对现代文明持批判态度,对原始文化和东方文化则流露出肯定性的返归意向,这极大地激发了新时期作家做出新的文化和文学方面的思考。青年作家韩少功曾说:"西方大历史学家汤因比曾经对东方文明寄予厚望。他认为西方基督教文明已经衰落,而古老沉睡着的东方文明,可能在外来文明的'挑战'之下,隐退后而得'复出',光照整个地球。我们暂时不必追究汤氏的话是真知还是臆测,有意味的是,西方很多学者都抱有类似的观念。科学界的笛卡尔、莱布尼兹、爱因斯坦、海森堡等等,文学界的托尔斯泰、萨特、博尔赫斯,都极有兴趣于东方文化,尤其推崇老庄,十分向往中国和尊敬中国人民。传说张大千去找毕加索学画,毕加索也说:你到巴黎来做什么?巴黎有什么艺术?在你们东方,在非洲,才会有艺术。"[①]尽管韩少功本人的创作实践与理论表述有时是矛盾的,但他的这一段话倒是道出了许多作家的心声,道出了他们对西方原始主义思潮的敏感、兴趣和呼应。

如果把时隔六十年之久的"五四"时期与"文革"后的新时期做番比较,我们就会发现世界文化背景与民族主体选择方面的差异。"五四"新文化运动打出"科学"与"民主"的旗帜,对民族传统文化展开了猛烈的批判。陈独秀在《新青年》上说:"国人而欲脱蒙昧时代,……当以科学与人权(按,即民主)并重。"[②]当时,民族文化之所以不好是因为它的原始愚昧,科学与民主之所以好则由于它代表着西方现代文明——其理论基础正是进化论和欧洲文明中心论。在新时期,西方反正统文化、批判现代文明的原始主义思潮已经有了巨大声势,它为我们提供了一个区别于"五四"时期的新的文化参照系。于是,一部分作家开始在原始主义的启发下重新审视民族传统文化,并在西方现代文明危机的对照中自信地发掘东方文化的

---

① 韩少功:《文学的"根"》,载《作家》1985年第4期。
② 陈独秀:《敬告青年》,载《新青年》创刊号。

原始性光彩。同"五四"时代的思想家、文学家一样,他们并不否认民族文化相对于现代文明而言的原始性或半原始性,但对原始的评价态度却根本不同了。他们不再赞同东方向西方的单向靠拢和原始向现代的直线进化,而主张双向运动和彼此互补。文学中的原始主义倾向在这种新的文化思考的滋养下产生了。

从作品上不自觉地表露到理论上自觉地倡导,从少数几个人的不谋而合、孤军作战到相当数量作家的普遍响应、汇成潮流,这是现代文学运动的一个重要规律。时隔不久,新时期具有原始主义倾向的作家与作品,便聚集在"寻根文学"的旗帜之下,并且不断有新人、新作和新的因素加入。在随后的几年里,寻根文学继伤痕文学、反思文学之后,充当起文学的先锋和主要角色,进而代表着一种更广泛、更彻底、更纵深的反思态度和意向。同时,"寻根"的口号也引起了创作界的众说纷纭,并与理论界激烈交锋。如果说,伤痕文学、反思文学仍然未脱出原有的轨道,偏重于政治性思考的话;那么,寻根文学已经放弃了政治评判的角度,而力求在具有更大包容性的文化范畴内提出问题和解释世界。从这个意义上可以说,寻根文学是我国1949年后第一个具有不同特色,也是新时期十年最能代表时代特征的文学潮流。

我们不妨借用西方原始主义文学作为审视新时期寻根文学的一个跨文化参照系。当然,这种横向比较的立足点首先是对它们之间相似性的认识。与原始主义一样,"寻根"也是个缺乏严格定义的新起文学术语。作为文学思潮和创作倾向,它同样显得松散和漫无边界。自从韩少功、郑万隆、郑义等人提出文学寻根之后,争议频起,但对究竟什么是寻根文学、它的包容性多大等问题,大家都各说各的,不同的主观评价中渗透并依据着不同的解释和界定。这表明寻根文学本身并不是一个有纲领有向心力的统一的文学运动,它仅仅是一种拥有足够宽容性的共同创作意向,即由现实返身向过去以至原始探寻。与原始主义中有刚性与柔性、时代性与文化性等对立范畴的冲突类似,寻根文学也是由多种倾向构成的复合体。

其次,原始主义与寻根文学都把思考的触角深及历史文化层面,力图对现实做出文化上的评判和选择。如果说原始主义是对文艺复兴运动以来西方延续几百年的资本主义文明的重新审视,那么寻根文学则是对几千年来一直占支配地位的中国封建社会文明的深刻反思。它们都与各种各样的文化思潮和"文化热"密切相关,作品中表现出特有的文化素质和氛围。

再次,原始主义与寻根文学都以原始的或半原始的生活形态和心态作为表现对象。原始主义从远离欧洲文明中心的大陆和古老的宗教、神话中汲取题材,即使反映现代生活,也潜心于发掘和重新塑造出现代人的原始情操。寻根文学也是避开城市和经济发达地区,执意描写原始蛮荒和穷乡僻壤,表现那里初民的生存方式、奇风异俗和神话传说。这是两者最重要的共同点。

然而,在对原始题材所持的情感态度和价值标准上,寻根文学比原始主义显得更为复杂,更充满内在的矛盾性以至对抗性。总的来说,原始主义文学在西方具有较为一致的倾向,即赞美原始生活方式和人性;但寻根文学对此却三派鼎立,包括原始主义的肯定态度、原始主义的否定态度和介于两者之间的既继承又批判的态度。它们各有其独特的理论支点和文化参照。

四

寻根文学中的原始主义一派从人类的普遍情感和共时态的人性立场出发,认为原始人与现代人在人性的基本结构以及各种潜能方面是无所谓根本区别的,在未经现代文明教化的原始或半原始的生存状态中,人们不仅具有与现代人本质上相同的情操,而且还富于现代人已失落或贫乏的心态、品格,如质朴刚健、勇武坦诚、重诺言轻钱财、对自然的虔敬与和谐合一等等。乌热尔图的《老人和鹿》《七岔犄角的公鹿》《琥珀色的篝火》和郑万隆题为《异乡异闻》的系列短篇,典型地代表了这种倾向。他们努力发现和开掘原始情操中的人性美,以及人类与生俱来的各种潜能,予以歌颂和张扬。张承志的《北方的河》,邓刚的《迷人的海》,一直被誉为表现了男子汉阳刚之气的代表作,其实,作品骨子里渗透和隐藏着的正是对人类早期与原始自然独处时心态和气质的向往、迷恋。谭甫成的《荒原》重塑出现代人的原始心态和自然崇拜,表现出动物的灵性、大自然的神性与人类的本性这三者之间的神秘互渗意识,并把它置放在哲学思考的高度投以赞美的光环。这是一篇最接近西方原始主义主题的小说。

一般而言,这些作家主观上并不反对文明的现代进程,并不真的要求返归原始野蛮。他们中的许多人出于对传统文化心理的不满,企望以原始的蛮勇和活力来对比或批判封建文化导致的人性的病弱,从建设的角度探讨保存和发展原始人性、潜能,使之成为现代文化心理的建构要素。但另一方面,在他们的历史性选择中也或多或少地流露出对现代文明和理性的怀疑心理。他们或者受到西方非理性主义文化思潮和后工业社会群体心态的影响,或处于文明中心而深切感受到自然与社会的对立,敏锐地感到道德理性对人性的桎梏,从而耿耿于怀现代文明使人失去的东西,表现出对文明的困惑和对原始的皈依。其实,与西方原始主义一样,他们的想法本身就是基于现代理性的一种反思和选择,是文明的自我和改造文明的欲望相撞击的产物。需要指出的是,如果过分地沉溺于原始的冲动和幻想,将导致整个文明的毁灭和现代进程的中断。因此,应该看到文明对原始而言的历史性进步,在肯定和赞美原始心态、情操时,要强化现代意识以保持必要的张力。

与此相反的是反原始主义的一类作品。他们从历时态的角度考察人性,认为它是一个不断变更发展的序列。他们站在社会进化和现代文明的立场上看问题。因此以强烈的批判意识观照原始或半原始的生活方式。韩少功的《爸爸爸》有力地抨击了丙崽式的初民心态,而丙崽是我们民族几千年来积淀形成的集体意识和集体无意识的象征。中国几千年的传统文明由于与原始文明的近亲关系和相似性(如封建家族制度与原始部落氏族制、农业生产方式与农牧生产方式等),因而保留着相当大的原始遗迹,具有半原始性。这篇作品与劳伦斯的《骑马出走的女人》都花了大量篇幅描绘原始信仰和祭神仪典,但作者所持的态度是截然相反的。韩少功笔下的祭古神场面显得疯狂、野蛮、盲目,人物的心态充满愚昧和恐惧,祭神给群体带来的是更悲惨的命运。而劳伦斯写祭太阳神,则热情地赞美部落酋长目光中超然世外的神性力量:"这种力量抽象、玄奥到了极点,然而却又无比的深邃,一直深入到地球的中心,一直深入到太阳的中心。……这就是人类必须持有的、世代相传的支配力。"①而且,作为祭品的女主人公也同样升华到妙不可言的幻觉境界,以平静和新生感等待死亡。贾平凹的《古堡》写出了愚昧的乡民对自然神灵的虔诚和畏惧,揭示这种原始心态阻碍了改变他们命运的现代化步伐。这与谭甫成的《荒原》对原始信仰和心态的欣赏也是截然不同的。

寻根文学中原始主义与反原始主义的冲突表现在:前者以原始人性来否定儒家思想为正统的传统文化心理,后者则对原始和传统都持现代意识的批判态度;前者着眼于现代人性结构的建设,力求从过去提炼出于今天有益的精神元素,后者则侧重于对传统心态的批判,以断然拒绝传统的姿态为现代意识扫清道路;前者怀疑并要求转变现代文明,强调它的缺陷,后者则坚信和倾力拥戴现代文明,强调它的光明。从根本上说,这也是一切事物都必有的连续性与非连续性(阶段性、离散性)内在矛盾的反映。相比较而言,原始主义态度是西方后工业社会文化思潮的产物,而反原始主义则源于对我国从农业文明向工业文明历史过渡的时代特点和现实功利的思考。

原始与反原始对峙所形成的张力,熔铸了第三种寻根态度的特点。他们的创作往往表现出一种矛盾心态和复杂主题:既深感现代化的必要而摒弃与之不相容的传统心态(半原始心态),又因与传统切不断的情感联系而流露出留恋和赞赏。郑义的《老井》刻画了贫穷闭塞的山区旱村中传统意识与现代意识的历史性对比和交锋,女主人公的现代性格和观念是作品的光源和希望,但同时作者又对男主人公身上较多的传统气息表现出难以割舍的同情和美化;在神话、传说、村史和典故的原始氛围描写中,也是既体现出对愚昧野蛮的否定,又情不自禁地灌注进对勇武气质等原始情操的首肯。郑义的创作意图与作品的实际面貌是有一定距离的,这映射出作者理智与情感的矛盾,其中既有辩证审视的因素,又有主观尺度的游移和困

---

① 劳伦斯:《劳伦斯短篇小说集》,主万等译,上海译文出版社1983年版,第347页。

感。贾平凹的商州系列小说也是这种情况。他的《古堡》反原始主义倾向十分明显，《商州》却表现出厌倦城市、返归自然的思想，更多的作品则两者兼而有之。

这是当原始的或传统的生活方式处于剧烈解体过程时人们普遍心态的反映。社会进化思想和现代意识的参照使人认清历史发展的必然性，但不管失去的东西是否有价值，由于特定经历和文化熏陶所积淀的心理定式，由于人具有的追怀往古的天性，人们总会在精神上有种失落感和迷惘感。总的说来，寻根文学中的第三种态度，有时能达到肯定与否定双重辩证观照层次，将共时性与历时性两种方法熔为一炉；有时则不免表现为调和、折中传统意识与现代意识的矛盾，肯定了无价值的东西从而否定了有价值的事物。

西方原始主义的文化背景主要是非理性主义，而我国寻根文学的文化背景相比较来说却更显杂色。原始意识、传统意识、前工业社会的现代意识和后工业社会的当代意识在我们现实生活中是同时并存的。或者说，代表各种文明阶段的意识之间的冲突、涌汇，在我国具有区别于西方的性质和比例。一方面，我们处于农业文明向工业文明过渡的历史阶段，原始意识、传统意识与近代工业社会的科学理性尖锐对立，前者面临痛苦的解体，但几千年积蓄的惯性力量还顽固和普遍地存在着。另一方面，我们又置身在开放性的世界环境之中，西方发达国家已进入后工业社会，文化思潮出现了由西方向东方、由近代理性主义向原始非理性主义的寻根趋向，这在一定程度上又激活了我们固有的传统意识。也就是说，我们几千年积淀而成的民族文化心理具有传统性，特定的工业化阶段滋生的现代意识具有时代性，而西方后工业社会的影响和第三次浪潮的挑战，也使我们的意识具备了超前性因素。这一切，既是寻根文学三种态度对峙和复杂化的原因，也是寻根文学与西方原始主义文学又有联系又有区别的背景。

五

如果说，在对原始文化和心态的评判态度上，寻根文学由于内部存在的三种倾向而与西方原始主义基本单一的倾向不同；那么，在艺术思维和表达方式上，它们却有着较为一致的追求。

寻根不仅是寻文化的根，而且也包括寻文学的根。小说的源头是远古神话。神话的实质是把握世界和反映世界的一种非现实的想象模式和表达模式，它呈现荒诞的具象世界、超自然的人物和非理性的情节，通过隐喻和象征，表现对世界和人的纲领性看法。寻根派作家大多数都追溯到原始艺术中的神话和神话思维方式，或者熔铸已有的神话、传说，渲染作品的神话氛围，或者运用幻想和隐喻的神话式思维，创造现代神话片断。反原始主义一派从现代化现实功利出发，反对原始心态支配人们的精神生活，阻碍人类思维和社会向更高的阶段发展，但从艺术自身规律和世界文学潮流思考，他们恰恰表现出文学思维上的原始主义倾向。《爸爸爸》和《古堡》都不同程度地运用了神话思维，通过非现实的画面或人物表现否定原始心态的主题。这与西方原始主义主张文学是将人类经验以神话为骨干而绘成的蓝图这一观点，是相吻合的。

原始心态其实就是神话心态。它是以感知、想象和肖像表达为基本特征，受主客观神秘互渗律支配的前逻辑前理性思维。这和农业时代出现并在工业时代达到高峰的理性逻辑思维有着本质上的对立。神话思维如果在现代生活中占据了主导地位，必然会导致文明和历史的倒退。但是把神话思维运用在文学创作上，却能诞生富于艺术魅力的佳作。这是因为原始心态是不自觉的艺术心态，它和有意识的艺术心态异常相似。两者在构造世界和事物间的因果关系时，都只求在感觉上觉得可信就可以了，都具有想象性和虚构性的特征，都依靠直觉、情感、联想、幻想等心理潜能和肖像表达方式。当然两者也有区别，原始心态由于主观与客观尚未分化，因此对想象的现实性坚信不疑；而艺术心态则在主观与客观、现实与幻想之间有一道理性的界墙，只是暂且将这道界墙悬置一边去创作或鉴赏。

西方文学自启蒙主义运动以来，因为近代理性主义的崛起和强力渗透，一直是贬斥神话思维的。19世纪的批判现实主义文学更是与臻于巅峰状态的理性主义结缘，严格遵循生活的现实逻辑和人物的性格逻辑。20世纪西方原始主义进行反拨，重新肯定和运用神话思维。但这不是简单的复归或还原,而是现实理性思维和神话隐喻思维更高层次的契合。我国古代文学由于它的农业文明性质,故保留着相当比重的神话思维方式。"五四"开创的现代文学标举科学和理性,对神话持排斥态度,所以现实主义文学繁荣而神话式作品却极为鲜见。新时期的寻根文学在继承现代文学基础上重新挖掘和借鉴古代文学的神话传统,同样是一次螺旋形的上升。它不仅接通了20世纪艺术思维和表达方式的主潮,而且颇有凭借深厚文学传统的优势去世界文学占一片天地之雄心。

第二章　原始主义与新文学的中国梦

一

一个民族有一个民族的梦,一个时代有一个时代的梦。而文学,尤其是优秀的文学作品,总是忠实地充当着它的载体和传播工具。从原始神话到现代小说莫不如此。差别仅仅在于:神话是以"集体心象",而小说则通过作家私人性的虚构和幻想,赋予民族、时代之梦一个定型化和具象显现的形式。

弗洛伊德曾经给梦下了一个断语:"梦的内容是在于愿望的达成,其动机在于某种愿望。"①这不仅指生理性的夜梦,也涵盖着文学创作的白日梦。中国传统文学中典型的大团圆模式、清官模式、尽忠报国模式等等,事实上都是在不断重复着同一个民族之梦,即对贤明君主和太平盛世的向往,以及重建封建正统和大一统的理想。即使像屈原和杜甫这样富有现实批判精神的诗人,最终也逃脱不了"致君尧舜上,再使风俗淳"的民族集体

---

① 弗洛伊德:《梦的解析》,赖其万、符传孝译,作家出版社1986年版,第29页。

意识的梦思。

传统中国梦是文化内囿性的梦,似乎任何理想都可以从传统中发掘并在传统的修复中实现。然而到了近代,世界范围的文化交流代替了文化隔离,中国农业文化传统遭遇到前所未有的历史性挑战,并出现了异化和被同化的势头。于是,在现实危机意识的刺激下,在人类文化进化全景的参照中,孕育着超越性的新中国梦——文化复兴的梦。

文化复兴是近代中国以降东西方文化撞击背景下执着的民族之梦,也是"五四"开创的中国新文学一条贯通的主线。我国现当代作家把这个梦带入文学,表现于笔端。林林总总、不断流变的文学题材和主题,不是与此相关,就是由此派生的。鲁迅说过:"我在年青时候也曾经做过许多梦,后来大半忘却了……这不能全忘的一部分,到现在便成了《呐喊》的来由。"① 鲁迅的梦,在以文艺为武器复兴民族和文化这一点上,也是所有作家共通的梦。新文学从诞生起,就与现代中国梦结下了不解之缘。

作家作为知识分子,对文化发展负有特殊的历史责任。他们并不掌握文化决定权,但却拥有文化选择权。然而对他们来说,几千年延续的历史文化是一笔无法回避的遗产。不管何种选择,只有在对传统文化形态做出整体把握和评判后才成为可能。这是中国梦的"复兴"性质所决定的,它与美国文学中所体现出的美国梦恰成鲜明对照。后者是开创的梦,是欧洲受迫害的基督教移民在美洲新大陆重建伊甸园的宗教梦。美国文学中渗透这种梦意识的亚当式新世界英雄,都具有摆脱历史和种族继承性影响的品格。而中国梦则是古老民族在原生地环境里酝酿的梦。作家虽有外来文化的参照,但深层意识中毕竟不会否认或遗忘民族昔日的辉煌,于是任何开创的愿望在民族主体的意义上都成了复兴,任何对未来的设想首先要取决于对传统的态度。而且,文学所表现的中国梦的深度是与它所观照和评判的传统文化衍生的幅度成正比的。"五四"以来的那些优秀作品,大多寻向国民的根性,寻向民族心理中恒定的深层内涵,寻向传统中原始性、半原始性的文化,并以对此的取舍,作为表达现代文化反思和理想的焦点。

---

① 鲁迅:《呐喊·自序》,见《鲁迅全集》第1卷,人民文学出版社1981年版,第415页。

因此,新文学所表现的中国梦大致上可以概括为三种类型,即反原始主义的梦、原始主义的梦和现代原始主义的梦。鲁迅、沈从文、张承志的思想和创作,则分别代表着这三种不同的中国梦模式。

鲁迅思想的一个很重要特点,就在于对中国封建传统文化内在原始性的确认。他研读《资治通鉴》,悟到"中国人尚是食人民族"。而所谓"国粹",在他看来"没一件不与蛮人的文化恰合"。鲁迅的反传统事实上是以反原始为理论前提的,并由于后者才获取了独具深刻性和彻底性的强化。

这种反原始主义的倾向贯穿于鲁迅的创作之中。阿Q的"精神胜利法",将主观的情感、愿望投射于外在世界,认为它们具有客观真实性,并把它们当作实在来感受。这是鲁迅对主客观混淆不分和神秘互渗的原始心态的批判性重塑。原始心态的原逻辑性和非理性,导致了阿Q精神的退化萎缩和悲剧命运,同时也是落后的国民性的真正病源。在《祝福》里,原始信仰核心的灵魂观支配着人们的精神生活,成为广泛的社会氛围和集体意识。祥林嫂遭受的最大摧残,莫过于由此引起的对地狱的内心恐惧。《药》的情节主干是用人血馒头治痨病,它无疑是民众愚昧的一个象征。然而愚昧的根子还在于这一民间习俗所沉积着的民众思维的原始性特征。他们把痨病患者的咯血、脸无血色与活人的热血在现象上的接近想象为存在一种实在的因果关系,相信病人吃了人血就能获取与健康人的神秘感应。在这些作品中,鲁迅以西方文明为标尺,判定中国民族文化心理的滞后和原始根性,揭示出它所造成的灾难性现实。在他看来,东西方文化的差别和冲突恰恰表明它们在人类进化链上处于两个不同的文明阶段,半原始性的传统文明向现代文明的过渡和转折反映了历史必然性的要求。因此,更新文明的愿望和反原始主义的立场,与此相关的目标和途径,构成了鲁迅的中国梦的内容。

海外学者金介甫在研究沈从文时指出:鲁迅和沈从文是中国现代文学史上唯一可比肩的两位巨人;如果说鲁迅的伟大在于他毕生用作品表达了对中国人的恨,那么沈从文的伟大在于他表达了对中国人的爱。尽管这一说法不无商榷之处,但却正确地发现了这两位作家的独特性的巨大反差。在我看来,造成这一事实的深潜原因在于:鲁迅做的是反原始主义的梦,而沈从文则做的是原始主义的梦。

在沈从文的作品里,对乡村的眷恋与对都市的反感,对东方传统以至原始情操的赞美和对西方现代文明的讥讽,建构起他原始主义倾向互补的两面。他的笔下,湘西少数民族地区原始性的民风民俗,成了美和理想的所在;穴居山洞、猎兽充饥、对歌定情、原始野性的爱和无拘无束的生活,幻化为牧歌式的诗意描绘。《龙朱》中,郎家苗头人的儿子被誉为"人中模型"。作品通过他的恋爱故事表达了这一思想:女人们对恋爱不能发狂、不能超越一切利害去追求,都是"民族灭亡的先兆"。这里歌颂的是未经现代文明熏染的原始性婚姻方式和情操。与此相反,那些受过欧风美雨新式教育的中国人,在他笔下却表现得虚伪、怯懦和自私。《八骏图》里,八位教授都心灵空虚、行为乖离、精神异常,由于断了传统之根而害了很蹊跷的病。在作者看来,他们共通的病因是现代文明对自然人性的压抑和扭曲,只能通过龙朱式的原始情操才能得以拯救。这是返归原始的梦,是以古朴民风来救治民族老化病,达成复兴愿望。

现代原始主义是中国梦的第三种文学模式。它介于原始与反原始对立两极之间并力图保持一种张力平衡,对现代与传统两种文明都持既批判又吸取的复杂态度。这是充满矛盾又不无辩证的中庸价值取向。张承志的《绿夜》较早地表现了这种二元对立而又并存的文化意识。小说的主人公怀着对城市生活的厌倦和失望,到锡林郭勒草原去寻觅他理想的梦,似乎出路在于逃避现代文明和返归原始生存方式。然而,草原生活单调与丑陋的一面很快将他返璞归真的冲动和心造的幻影击得粉碎,原始主义转向了它的反面。因为尽管他不满城市文明现状,但在心灵深处仍潜伏着一个文明的自我,他无法克服现代人的文明优越感及其价值评判尺度。这种对文明与原始均抱怀疑态度的心境并不能维持很久,他终于醒悟,认识到两者都其合理性的一面,恰如绿与夜的混合。正是在这个意义上,原始与现代之间存在着沟通与整合的基础。从寻梦到梦的幻灭再到新梦的建立,这就是现代原始主义者所走过的精神历程。

新梦是从旧梦脱胎而来的,因而包容着旧梦的诸多因素。张承志的许多作品如《大坂》《北方的河》中,我们经常能听到一种原始主义的呼唤,即只有在返身原始蛮荒的大自然环境中,才能表现和重获现代城市人所丧失的勇武刚健的男子汉气质。然而这是经受现代文化洗礼的城市人的返归,而不是当地人生存方式和传统心态的重复,后者在他笔下恰恰是不那么美妙的。因此,原始倾向已经渗透着反原始的现代意识。张承志的理想模式是现代文明与原始情操某种有选择的结合,它是文明的自我与摒弃文明的心愿相互撞击的精神成果。有时它由于自身的固有矛盾陷于僵局,有时又能达到肯定与否定复合的辩证观照。

如果说,鲁迅的梦喷射着"五四"的科学和理性精神,沈从文的梦凝聚着抗战前后的民族主义意识,那么,张承志的梦则体现了新时期业已变化了的时代文化背景。一方面,东西方文化交流和对逆运动的倾向已经奠定了新的世界文化格局,在落后国家背离传统迈向现代化的同时,发达国家也在怀疑他们的传统和现代文明的局限,出现了寻求东方文化和原始主义的思潮。另一方面,国内全面实现现代化的现实进程,使现代意识与传统意识、民族化与国际化的固有矛盾,以前所未有的尖锐性和复杂性表现出来。于是,中国梦的主导走向,从反原始主义、原始主义演进为现代原始主义。这似乎应和着黑格尔哲学正题、反题、合题的事物发展模式。

二

弗莱认为:"文学的叙述方面乃是一种重复出现的象征交际活动,换句话说,是一种仪式。……意义内容是愿望与现实之间的冲突,这种冲突以梦的活动为其基础。这样,仪式和梦,就分别成了文学在其原型方面的叙述和意义内容了。"①当新文学表现了中国梦的主题时,它形成了与此相应的文学仪式。在我看来,仪式可以分解为一套互相关联的原型,它包括三个部分,即原型象征、原型人物和原型情结。三者之间的区别在于:原型象征是仪式的对象,是中国传统文化整体隐喻性的意象或氛围;原型人物是仪式的主体,是作者的自我形象或理想人物;原型情结是对象与主体之

---

① 叶舒宪:《神话-原型批评》,陕西师范大学出版社1987年版,第159页。

间存在的一种关系,一种主观态度,也是叙述活动和情节运转的内驱力。上述框架具体到中国梦的不同模式,于是便有了三种原型象征:食人者,女神,母亲;三种原型人物:狂人,良民,儿子;三种原型情结:反叛,崇拜,困惑。鲁迅的《狂人日记》,沈从文的《边城》,张承志的《黑骏马》分别代表着不同的原型组合。将这些作品放在整个新文学系统中去加以考察,我们还会发现那些典型的、反复出现的意象、人物和情结间的内在联系。

《狂人日记》中的"吃人"无疑是一个隐喻性意象。野蛮人的习俗和原始性的文化传统分别构成了它的喻体与喻本。一方面是真实发生过的人吃人现象,从古时候吃易牙的儿子到吃徐锡林、吃狼子村的恶人,从灾荒年易子而食、二十四孝里割肉喂母到人肉入药、吃人血馒头,这些都是中国尚未割断原始脐带的证明。另一方面,"吃人"意象又表达了纲领性的象征意蕴:在"歪歪斜斜的每页上都写着'仁义道德'几个字"的历史里,"满本都写着两个字是'吃人'!"揭示了中国几千年封建传统文化的半原始性本质。因此,食人者的意象跳出了作为文化构成之一的风俗意义,而上升为整个文化形态的象征。同时,这一意象又与吃人妖魔的原始意象有关,后者作为人类某一类典型经验和创造性幻想的心理凝结物,曾经重复出现在各种神话传说之中。食人者象征于是具有了原型意义,并易于激活积淀在人们心中的恐惧与憎恶的体验。与此对立的是狂人形象。在狂人看来,人类社会分为两类:一类是吃人的人组成的社会,另一类是不吃人的人组成的社会。前者是中国四千年的历史和现实,后者则属于中国的将来。这种确认缔造了他的反叛情结,整部作品可以看成是狂人对食人者象征意蕴的揭露和声讨仪式。

当我们不单单把食人者原型理解为作品中的具体意象,而且还看作一种广泛的氛围和整体性隐喻时,我们发现许多表现了反封建传统和黑暗现实主题的作品中,事实上都隐伏着这类原型象征。巴金的《激流三部曲》描写了一系列青年被迫害致死,食人者正是封建家庭、封建制度和传统。而敢于否定和反抗长辈的觉慧、觉民,也或多或少地具有"狂人"气质。老舍的《骆驼祥子》、茅盾的《农村三部曲》、曹禺的《日出》、张弦的《被爱情遗忘的角落》、陆文夫的《井》等一大批悲剧性作品中,都有人被"吞吃"了,充当食人者原型的或者是黑暗的社会,或者是愚昧的文化。尽管它们大多未达到《狂人日记》题旨的纲领性(对几千年历史文化作出整体评价)和深刻性(发现传统的原始性),但在社会和文化价值判断的历时性原则上,它们是相通和一致的。他们都有一个"救救孩子"的梦,一个呼唤现代社会和现代文明的梦。新时期文学中,"现代派青年"和"多余人"形象是屡见不鲜的,如徐星《无主题变奏》中的"我",刘索拉《你别无选择》中的音乐才子们,其原型就是鲁迅笔下的"狂人"。对现代文明的理想主义和对传统文化的虚无主义,使他们总感到与现实格格不入;他们在与环境的抗争中意识到对方的强大和自己的无力,在摆脱历史束缚的努力中又往往发现自己身上也盖着继承性的印章,于是他们的品格中便有孤独、偏激、愤世嫉俗的"狂人"特色和反叛情结。

如果说《狂人日记》呈现了梦魇的、悲剧的现实氛围,那么《边城》则被描绘成秀丽、安宁、纯朴和充满人情味的世外桃源。沈从文曾声明要"用一支笔来好好保留最后一个浪漫派在20世纪生命取予的形式"[①]。在浪漫的镜片后透视人生,则一切传统都是超稳定的合理存在,都是和谐与美的显现。边城人民情淳朴、重义轻利、守信自约。老船夫不收过渡者的钱,却情不过收了也必报之以免费茶叶和草烟。即使娼妓,"较之讲道德知羞耻的城市中绅士还更可信任"。德国社会学家滕尼斯认为,以小乡村为特征的"通体社会"是"活生生的机体",其成员由传统维系在一起,有共同的善恶观念,过着亲密无间、与世隔绝和排外的共同生活;以大城市为特征的"联组社会"则是"机械的结合",生活方式从群体转变为个体,人们更多理智并工于心计,人在城市中会"变坏"。[②] 沈从文贯彻了同样的文化比较方法及其价值结论。因此《边城》塑造的人物群像,属于生活在传统伦理道德和行为方式中的"良民"原型,他们也是作者心目中的理想人物。然而,翠翠这个形象却具有另外的意义。作品这样描述她:"翠翠在风日里长养着,把皮肤变得黑黑的,触目为青山绿水,一对眸子清明如水晶,自然既长

---

① 凌宇编:《沈从文小说选》第2集,人民文学出版社1982年版,第497页。
② 参见康少邦、张宁编译:《城市社会学》,人民文学出版社1982年版,第4—5页。

养她且教育她。为人天真活泼,处处俨然如一只小兽物。人又那么乖,和山头黄麂一样,从不想到残忍事情,从不发愁,从不动气。"如此完美、圣洁、与自然灵气融为一体,俨然是洛神再世和仙女下凡。可以说,翠翠是作品的灵魂,是作品整体氛围的人格化身,也是集传统之美于一身的文化象征。围绕着翠翠女神的,是边城人群体的崇拜。

在新时期文学中,有一类弥漫着回归自然和崇古慕俗情绪的文化小说,专写闭塞、超稳定状态的远村僻乡、深山野林和荒漠大川,发掘和歌颂初民遗风与传统人情。它们呈示的艺术世界里,往往田园生活恬静秀美,人与自然和谐融洽,人际关系温情脉脉,人物心态平和安宁。这样的整体氛围是非常符合女神精神气质的,而事实上它们也是传统文化巨大实体的抒写和象征。这类作品的理想人物也往往不是单个而是群体,是摸着良心生活的"良民"。他们重视传统胜于一切,所以总是在模仿和重复着老一辈的生活态度和方式。他们追求生活和内心的和谐恒定,没有过多的欲望贪求,也没有由此而来的过多的挫折和烦恼。一切不幸在他们看来皆是命中注定的,因此也很容易得到消解。他们的种种美德与其说得益于人性,不如说受制于一种文化。而且在这种文化的自我封闭和自我崇拜中,愚昧也会表现为一种天性或美德。

食人者与女神两个原型象征分别与描写恶魔和神明的神话结构相联系。他们出现在两个对立的整体隐喻性的作品艺术世界里:理想世界与非理想世界。这恰恰又与宗教的天堂、地狱世界相对应。母亲的原型象征是介于这两个世界中间的一个意象结构。她与人类心理和命运相关的原型因素,更多地来源于现实人生经验,而不是神话心态。

《黑骏马》,索米娅和奶奶是母亲的形象。她们不仅在忍辱负重、宽容大量中体现出母亲的传统素质,更重要的是,她们把女人能生育当作人生的第一要义,把哺养孩子视为自己的唯一责任和最大心愿。这种源于原始人性和情操的母亲意识,代表着一种古老的传统文明和生存方式。于是,母亲原型在作品中成为民族、土地和传统三位一体的象征。我们易于接受这一象征,文学作品也在不断地重复着这一象征(如"祖国啊母亲"),这是因为在人们的潜意识中,总有一个"恋母情结",总会感到自己与民族、土地、传统的血缘联结。白音宝力格则是儿子的形象。他是奶奶的儿子,对索米娅来说也同样如此,因为最终他对索米娅的爱不过是对母亲对民族之爱的一种置换变形,事实上他是把索米娅与草原、民族、传统重叠在一起的。爱读书、受过现代教育的白音宝力格体现着一种新的文明和对新的文明的追求。传统与现代两种文明的冲突在作品中是以儿子对母亲的情感方式展开的。这是一种充满矛盾和困惑的母子情结。他爱母亲(包括母亲所有的象征内蕴)一往情深,又不能容忍母亲的缺点和弱点;他感到母亲的优美,又感到母亲的悲怆;他回到母亲身边,但终究还要离开,离开时又答应将自己的儿子送来;他嫌母亲世界的狭小落后,然而在更为文明的外部世界里他又看到了种种弊端,感到茫然。在原型的意义上,这种困惑情结是我们祖先无数次重复产生的典型经验的回响:儿子依恋母亲但长大了终究要离开母亲独立自主,儿子最初受益于母亲的教育但很快会感到母亲的贫乏。从象征的角度看,这是一种传统向现代历史性转折中的文化困惑:既要摒弃传统又深感与传统割不断的血缘和情感联系,意识到历史的必然性又难免瞻前顾后。

这种困惑情结相当频繁地出现在新时期的小说创作之中,并成为一大批中青年作家表现文化选择主题时的典型倾向。有一类作品着重于塑造困惑的进取者的形象,两种文明冲突的背景往往置放在农村。如郑义《老井》中的孙旺泉就属于"儿子"原型,他既难以割舍与传统的血缘性恋情,又向往和追求现代文明的希望光环,因而常处于两难情境之中。他不像"狂人"那般孤独激愤,但比起"良民"来又很不安分。更多的作品则通过叙述氛围和主题,表现出作家主体尺度上的某种游移和困惑情结。李杭育的《最后一个渔佬儿》把现代工业发展看作文明的标志和历史的必然,但又对它所导致的人与自然、人与人传统和谐关系的丧失投诸怀疑。贾平凹的商州系列小说也经常流露出类似的复杂心境,既肯定现代生产和生活方式带给农村的巨大利益,又忧虑和感伤于传统中有价值的成分被人们轻视和抛弃。王安忆、马原和阿城的作品,如《小鲍庄》《冈底斯的诱惑》《棋王》等,则透露出克服困惑的整合愿望,力图以现代文明的信念,寻求和筛选传统文化的合理因素或原始人性力量。然而,传统的正值与负值往往是难以分清和剥离的,它们具有长处恰又是短处的自相缠绕性和整体有机性。因此,对对立因素的包容与平衡本身就意味着面临不断产生的矛盾与困惑。两全其美的愿望并不能免除两难的尴尬处境。这类作品事实上都包含着"母亲"和"儿子"的整体性隐喻,因为它们都是以祖先的巨大文化遗产与现代人的新文明追求之间的冲突为小说的广义象征框架和整体氛围的。

三

现代中国梦作为民族文化心理的文学显现,是由上下两层岩块组成的愿望结构,即民族集体意识与集体潜意识。前者是民族复兴论的显情结,后者是民族中心论的隐情结。它们之间存在着精神能量和形式的传递、转换关系。

在集体意识层面,反叛、崇拜和困惑三种主要情结表现了以复兴为目的的理性的民族自省。鲁迅、沈从文、张承志各自的中国梦之所以具有典型性,是因为他们对文化形态的级差都有切身体验,并做了深入的反思。这不仅仅是指一般意义上的对农村与城市生活的双重感受,对传统与外来文化的双向吸取,而且还包容着显见的经历独特性:鲁迅留学日本和对历史的长期研读,沈从文生长于汉苗杂居的湘西和他的苗族血统,张承志的回族身份、内蒙古草原的知青生涯和所从事的民族学专业。这一切使他们易于超越地理环境和自身文化基因的局限,去发现和把握各种不同文化形态的差异性,从而在人类文化的整体比较和宏观视野中去规划他们的复兴民族和文化的蓝图。

然而,他们的思维角度及侧重点是不同的。鲁迅遵循的是历时性原则。在他看来,所有的人类社会都沿着从落后、愚昧的"原始"向进步、文明的"现代"这一进化轨迹演变。这种进化论的信念恰如摩尔根所表达的:"由于人类起源只有一个,所以经历基本相同,他们在各个大陆上的发展,情况虽有所不同,但途径是一样的,凡是达到同等进步状态的部落和民族,其发展均极为相似。"①因此,中国传统文化与西方现代文明的差异在于它们所处的人类文化发展阶段的不同,前者被后者所取代也是历时性逻辑上的必然。鲁迅着眼于国民性的改造,而不考虑人性的普遍性和连续性,原因正在于此。

与之相反,沈从文在作品中则灌注着共时性原则和共同人性的观照。他关心的不是种族文化的差异及其在发展上的序列和水平问题,而是全人类在任何时代都共有的普遍同构的人性,即生命的自然本质和原始形态的现代遗存。他曾表达过这一信仰:"因为我活到这世界里有所爱。美丽,清洁,智慧,以及对全人类幸福的幻影,皆永远觉得是一种德性,也因此永远使我对它崇拜和倾心。"②共时性的人性尺度代替了历时性的国民性尺度。他的作品是对超乎文化形态之上的人性和生命的探索,这种本原的追寻造成了他的原始崇拜和传统崇拜的情结。

张承志则介于鲁迅与沈从文之间,持一种共时性与历时性、人性与国民性两元对立的复合透视。他既相信人类文化进化的阶段性,又维护着民族文化恒定不变的连续性;既表现了普遍人性和保持原始人性的主题,又反映了从愚昧到文明的国民性改造的历史要求。这不啻是一种新视角,既与传统的中庸有关,又与现代的辩证契合。它源于对一种既有对立文化因子又有混合文化因子的新文化形态的渴望。但是包容性、对称性即意味着复杂性、矛盾性。在历时原则与共时原则的对立并存中,仍然充满着困惑、冲突并流露出不同的主导倾向。

实际上,崇拜、反叛和困惑情结分别代表着三种主要的文化选择型。原始主义的梦主张保持民族文化传统基本要素的稳定选择,反原始主义的梦属于向某些现实中数量尚少,但与发展趋势相一致的外来文化表现型逼近的定向选择,而现代原始主义的梦则信奉择新旧两端取其中、整合中外有利的文化形态的歧化选择。不同的思维原则和选择倾向表明,它们都属

---

① 摩尔根:《古代社会》,杨东莼、马雍、马巨译,商务印书馆1983年版,序言第3页。
② 沈从文:《萧乾小说集题记》,见《沈从文全集》第16卷,北岳文艺出版社2002年版,第325页。

于复兴民族的集体意识范畴,是中国梦的表层心理和愿望。

构成中国梦下盘岩块的是民族中心论的深层情结,它是由中土、中原、中国(其本义是中央之国)等概念所表征和积淀的地理中心观念和文化中心观念。传统文化形态延续几千年而不中断,虽屡遭外族入侵而最终皆能凭借文化优势力量同化战胜者,这些事实不断加固着民族历来的自我中心意识。现代中国已不再被看作是世界的中心,不再是世界先进文化的代表,然而,它曾经是或曾经被认为是世界文化中心这一民族共同意识并不是能够轻易抹去的,它仍然具有强韧的心理能量。也就是说,它仅被挤出了民族的显意识圈,而进入了隐意识和无意识的领域。这是中华民族根深蒂固的梦中之梦。

荣格曾把集体无意识"视为所有能够转化为意识、并且确实经常转化为意识的心理活动和内容的总和,它由于与意识不相容而受到压抑,处于潜在状态。艺术也受益于这一领域,不过其渊源关系并不明显"。[①] 事实上,中国梦文学也存在着这种民族意识与无意识的转化关系。民族中心的隐意识在现实理性的压抑下,置换变形为应付文化挑战的应战能力和复兴文化的自信,并转化成以民族文化命运为中心的思考和愿望。复兴论的梦不过是中心论的梦的伪装形式,尽管它有时表现得与后者格格不入,但终究是以后者为出发点、动力和目标原型的。这种无意识情结既是文化距离的表现和民族内聚力的结晶,同时也是人类童年自我中心思维机制和潜能的遗传。可以说,这是中国梦三种模式的接合点和共同处。由此,我们也易于理解最主张国际化的鲁迅始终怀着的是"中国人要从'世界人'中挤出"的"大恐惧",易于解释中国新文学中为何没有何塞·马蒂那种"我们的祖国是人类"的呼喊和梦想。

"五四"以来的新文学通过与中国梦母题结缘,表达了民族心理的历程和文化复兴的愿望,透露出未被遗忘并为民族的梦想设定疆界的集体无意识。其价值正在于此,而不在于文化决策上它们有多大程度的可行性和预言性。

---

① 叶舒宪:《神话-原型批评》,陕西师范大学出版社1987年版,第99页。

第三章　刚性与柔性原始主义

一

20世纪80年代,中国大地上令人惊奇地出现了对男子汉和阳刚之气的呼唤。一些小说的女主人公抱怨:"世上没有男人!""中国的男人缺钙。"有的青年杂志开辟专栏讨论"阴盛阳衰"的社会现象。人们不满地指责影视圈里缺乏"男子汉气质"的演员为"奶油小生",而现在普遍操持一些家务的丈夫则被戏谑地称作"马大嫂"(买、汰、烧的吴语谐音)。似乎整个社会都在寻找真正的男子汉,呼唤业已失落的阳刚之气。于是,张贤亮把他的小说命名为《男人的风格》,沙叶新写出了话剧《寻找男子汉》,诗坛上出现了"莽汉主义",评论界则以欣喜之情赞誉邓刚《迷人的海》和张承志《北方的河》塑造了"硬汉"形象,张扬了"阳刚之美"。

从根本上说,这是现代文明背景下勃起的具有反拨意味的原始主义的冲动。就其内容而言,可称之为刚性原始主义,所谓"阳刚之气",乃力量和勇气的指代,它是以原始生命力冲动为核心的人类占有欲、攻击欲和征服欲等本能。"阳刚之气的初始,来自于人类初创时代抗拒外部严酷的自然环境求生存的要求。因此这种阳刚举止是人类两性的共有特征,它远比阴柔气质的历史久远得多。……在氏族社会末期,氏族的自身安全,氏族成员食物的获得几乎都依赖男性的雄健体力。这种有明确指向的体力支出(如土地、猎物、敌人、女性等),使得男性的勇猛剽悍精神得到了弘扬,产生了各民族现在还时时向往的'英雄时代'。"①因此,越是原始的时代,越是以崇拜力与勇为特征,而不是凭借理性和智慧。因为那时人类的理性和智慧尚未发育成熟,它在自然界生存竞争活动中的地位远不如强健的体魄和勇猛的蛮力来得重要。

然而,人类跨入文明时代之后,崇拜的英雄偶像便渐渐地由力量型转为智慧型。"力敌万夫"者总是在"运筹于帷幄之中"的人物的统帅与制约之下。知识成了力量的源泉,而有勇无谋者则被讥为"匹夫之勇"。同时,人们面对的不再是原始蛮荒的大自然,而是"人化的自然"和复杂的社会结构及人际关系。理性已成为维持社会稳定的规范和支配人们行为的精神支柱,单凭生命本能和情感冲动处世的人无疑会四处碰壁。尤其在高科技的现代社会,繁重的体力劳动愈来愈被复杂的脑力劳动所替代,生存斗争成了智力竞争而不是体力竞争。但这只是事情的一个方面,另一方面,人们也更加依赖于现代物质文明所提供的优裕舒适的生活方式,而对于需要强健的体魄和无畏的勇气才能生存的原始自然环境则几乎丧失了适应能力。

卢梭曾巧妙地设计了一场文明人与原始人之间的格斗,"如果一个文明人有充分时间把这一切工具收集在自己身旁,毫无疑问,他会很容易地战胜野蛮人。但是,如果你有心观看一个更不势均力敌的战斗,使这两种人赤身露体、赤手空拳地较量一番,你马上就会承认:具有随时可以使用的一切力量的、永远在准备着应付任何事故的、也可以说本身自始至终就具备了一切的那一个人,占着何等的优势"②。这就是说,文明人比原始人更富理性和智慧,包括作为其结晶的工具和武器,然而也因此更少阳刚之气,

---

① 孙绍先:《女性主义文学》,辽宁大学出版社1987年版,第144—145页。
② 卢梭:《论人类不平等的起源和基础》,李常山译,商务印书馆1982年版,第76页。

即那种野性的力量和勇气。20世纪80年代的中国人,主要是生活在现代文明包围中的城市人和长于用脑的知识人觉察到这一点,从而泛起刚性原始主义的返归情绪。

促成呼唤阳刚之气的另一个原因在于男女两性关系的现代变动上。在原始时代,男子从事狩猎、女性从事采集是两性基本的社会分工。前者相对于后者来说无疑具有更大的危险性和需要更强的体力。此外,男子还是部落间战争的主要承担者。男性与阳刚之气的对应就初始于此。农业社会奉行"男耕女织""男子主外,女子主内"的家庭分工,体力上的支出也大相悬殊。加之"夫为妻纲"的男权社会,男子是权力的象征,与攻击欲、征服欲和占有欲相关联。因此,女性阴柔之美与男性阳刚之气成为两性差异的固定模式。诚如东汉班昭在《女诫》中所说的:"阴阳殊性,男女异行,阳以刚为德,阴以柔为用,男以强为贵,女以弱为美。"然而在现代社会,男女平等的时代潮流使两性之间的社会和家庭分工越出了传统的规范,科学技术的飞速发展使男女之间在体力上差异的意义趋于缩小。男女共同操持家务,男女共同就业,甚至男女共同参与国家和社会事务的管理。这一切虽没有完全填平男女间的历史性鸿沟,但男女两性正趋向于"同一个地平线",却是有目共睹的事实和时代精神的体现。社会角色的模糊与互渗,导致了双性化的性格趋向,即男性变得"女性化",而女性正越来越"男性化"。其结果是,一方面女性在失望中寻找具有阳刚之气的"真正男子汉",另一方面男性也滋生了无法确认自身特征的危机感。于是,他们共同呼唤在现代文明中普遍失落的男性雄浑粗犷的力度与气概。在这个意义上讲,刚性原始主义也可以说是男性原始主义,即恢复古代以至原始的男子社会角色所赋予的气质特征。

但是,在现代社会之中弘扬原始的阳刚之气,这本身是一个难以克服的矛盾。一个毫无心计、不受约束,单凭生命本能的攻击欲、征服欲和蛮力待人处世的人,在正常的和平环境中,将被视为粗暴、莽撞、不讲道理和凌驾于他人之上的人,甚至与法律发生冲突。也就是说,充满野性活力的阳刚之气,是人类刚从自然界分化出来后不久,又以严峻的大自然为对立面获得确定的自然本性。在已经远离自然界的现代文明中,在调节复杂化的人际关系方面,它显得无用武之地并为社会所不能容忍。因此,只有在远离社会人事的原始环境中,单纯地处理人与自然的关系时,它才会为业已理性化、为寻求互补的心理平衡的现代人所接受。这就是那些表现阳刚之气的小说为什么都安排主人公"返归自然"的原因。

《迷人的海》里,老海碰子与大海的关系还原了人与自然的原始性对峙。大海的迷人在于它的原始蛮荒、亘古不变、充满凶险和神秘。这是海底深处的世界,有着湍急刺骨的暗流、冷流和底流,有着五彩斑斓的礁石和狭窄的礁洞,还有曼舞的海藻、凶猛的鲨鱼和珍贵的海参。同样,老海碰子的魅力也在于他古老的工具和操作方式,原始的蛮勇、经验和情操。他使用鱼叉和鱼刀渔猎,凭一口气量深潜海底。他相信海中有将人切成两段的错鱼以及它所守护的神物。他喜欢大海是因为它远离了"那个烟雾萦绕、噪噪营营的世界",还因为它是"男子汉的海"。原始的人生与原始的自然、男子汉的气质与男子汉的海,就这样构成了基本的对应。老海碰子在人与自然的单纯关系中,成为体现原始阳刚之气、寄寓现代人返归意识的独特形象。

作者在身体和精神两个方面,为我们重塑了刚性原始主义的形象内涵。

首先,老海碰子具有刚健的体魄和野性的生命力。他身材魁梧,挺拔粗犷,有岩石般坚硬的骨架,牛筋般扭紧的肌肉,黑胶版一样富有弹性的皮肤,伤痕累累的身躯。他面孔模糊、脑袋畸形,则是一场生死搏斗的遗迹。据说他曾被大鱼吞进肚里,等他用刀剐开鱼肚钻出水面时,两只耳朵已在鱼肚里化掉了。这是力量的美、破损的美、生命本原的美,处处烙着大自然严酷的印痕和生存斗争的历史,与现代人所崇拜的从健身房和运动场练出的健美体质相比,实有原始与文明之别。前者体现的是人的身体力量的生存本质和实用价值,而不是将人的本能的攻击欲、征服欲转化为模拟性、补偿性和规则化了的体育竞技力量及其观赏价值。

其次,在精神方面,老海碰子视凶险为常事,痛苦中觉快活,表现出勇猛无畏的气概和惊人的耐受力。他在浪涛中和深水里讨生活,一生都在拼杀和搏击。可以说,死神总在他的喉头盘踞。稍不慎,凶残的鲨鱼、缠身的海藻、寒冷的激流、刀锋般的礁丛就会置他于死地。然而他却感到快活，感到战胜海的乐趣，感到死在海里也值得。他的精神力量还表现在对肉体痛苦异于常人的忍受力上。老海碰子从冰窖似的海水里爬上岸后，一头扎进火堆里烧烤，灼烫的疼痛反而使他有了说不出的舒适和快活，直至全身烤出红斑、连成一片，他才恋恋不舍地离开炭火。这是整篇作品描写最出色之处。对老海碰子来说这不过是平常的一课，而我们却感到如此惊心动魄，感到火舌中透出的巨大勇气、顽强意志和难以想象的耐受力。革命者在战场和刑场上表现出的视死如归精神，其对立面是人。老海碰子则是与自然较量，他身心两方面焕发出的是人类原始的潜能和情操。这一切对现代人来说是生疏的，生疏便意味着一种刚性的失落，一种原始的魅力。

如果说，《迷人的海》以描写"男子汉的海"的意象取胜，那么《北方的河》则以塑造"父亲的河"的意象见长。它们都是男性阳刚气质在大自然中的对象化，都是原始主义情绪的象征性投射。在这两部作品之间，我们还能找到更多的相似之处：主人公都没用名字，一个用"老海碰子"冠之，一个用"他"指代，让人产生男子汉的泛指性联想；海是原始的海，河是古老的河，作者都选择大海或黄河未被文明打上印记的那一角、那一段加以描写；老海碰子在深潜中战胜了大海，"他"在横渡中征服了黄河，他们都在大自然面前证明了自己的阳刚之气和男性力量；老海碰子"像一个酱褐色的海参""像一条活蹦乱跳的牙偏鱼"，"他"则觉得自己的身体在河中"化成一个大浪""在用浪涛的语言说着"，他们都与大自然紧密地融为一体。不同的是，老海碰子世世代代与海为伴，他身上体现了阳刚气质的历史延续性；而"他"作为一个大学刚毕业正准备考研究生的都市青年，返归自然去寻找粗犷的原始力量的行为本身，就凝聚着更多的现实意味和时代特征。

作品里，女摄影家以自己的恋爱经历宣告："男子汉绝迹了。"男人不是自私鬼、小市侩，就是木头人、臭流氓。还有一个，"和他坐在一间屋子里，屋里就像有两个女人。不，一个女人，一个唠叨老婆子"。如此尖刻的批评，针对着男子阳刚精神的丧失，他们不再是女人心目中的强者了。问题在于，在"男尊女卑"的传统社会里，男性在社会权力、经济地位、文化素养等各方面都优于女性,男子总是强者,由此形成了女性阴柔、男性阳刚的性别模式,形成了"女攀高枝"的婚姻梯度。然而,当社会进程带来了男女地位平等的新格局之后,"性别差"缩小,女人,尤其是像女摄影家那样已经进入男性领域参与竞争的职业妇女,也成了强者。在女性强者的观照下,男子历来以女性柔弱为对立面的阳刚之气就不那么突出了,甚至于连同独占性一起丧失了。问题还在于,已成为强者的女性往往还遗留着柔弱时代的心理图文,形成自我与自我追求的"时间差"。女摄影家就相信"男人比我们多的只是力量,这是我们和他们最大的差别",她一直向往男人是块"岩石",可以"靠靠"。与男性处于"同一地平线上"的女性,仍然要眼光向上寻找更强者,难免会发现大片空白,产生所谓"男子汉绝迹"之感叹。这真是一个深刻的矛盾:担当着现代社会角色的女性却保留着传统性别角色的心理。同时它又意味着一个自相缠绕的悖论:女性在现代文明下有所得也必有所失,失而复得只有远离城市、返向原始自然。终于,女摄影家在破碎的原始彩陶罐中,在男人扑向奔腾的大河的瞬间,找到了令她激动不已的阳刚气质。

有趣的是研究生与女摄影家之间的一场争论。他反驳"男子汉绝迹"说,证据除了牛虻、马丁·尹登、保尔·柯察金等几个外国人之外,"还有一个是我"。事实上,他始终没有反驳现实泛指性的男人蜕变论。在这点上他们是有着共识的。正因为如此,他们才走到了一块。她寻找男子汉,他寻找父亲。他们寻找同一样东西,触发她的失望感和他的危机感的也是同一个现实背景。

视黄河为父亲的意象确实是新异的。当他在黄河边感到黄河就是父亲而叫声"爸爸"时,也"觉得无比别扭"。人们通常把黄河、祖国和土地比作母亲,母亲是爱的化身,令人联想到轻柔的抚摸和温暖的怀抱。从根子上说,这是源于母系制时代的女性崇拜和从母意识。黄河父亲的意象则是力量的象征,是粗糙、冷峻的刚性气质,它与父系制社会的男性崇拜和从父意识相关。这是两种不同质的情感导向和心理投射,人们通过母亲意象表达深沉的爱和无私的给予,借助父亲意象则是为了汲取刚健的力量和征服的勇气。而且,父亲的称呼是随着原始的孤雌生殖观和处女生殖观的衰落而来的,是母系制向父系制过渡的产物。因此从它诞生的那天起,就意味着男子对女子的优势与权力,意味着阳刚之气上升为统治社会的力量。事实上,"寻找父亲"是作品题旨所在的一个隐喻。在失落感中重建男子汉阳刚气质的努力,恢复已遭到挑战的男性优势地位和父系文化价值取向,正是它的象征性内涵。

难怪以黄河的剽悍勇敢塑造自己的研究生,不时地流露出轻视女性的大丈夫主义。如"看来男子汉在关键的时候,身边不能有女人。她们总是在这种时候搅得你心神不宁",颇有"男人的事都坏在女人手里"的意思,而这正是中国历史上从妲己亡商、褒姒亡周起就被弹滥了的"女祸论"的老调子。又如研究生嘲笑女摄影家:"你懂,你大概只懂怎么把头发烫得更招人看两眼。"其中不无对女性的偏见、轻蔑和歧视,终究逃不脱男性社会和父系文化所编造的"女性弱智论"的神话窠臼。最厉害的是研究生在与女性的争吵中,竟然口出此言:"是不是你们家老头子揍少啦,惯得你这么浑?"虽是相骂无好言,激愤出粗话,但这也多少反映了在他潜意识中,女性是天生的卑弱,以至到了不打不成人的可怜境地。这又是一个自相缠绕的怪圈。当女性变得刚强时,他感到了男性无法自我确认的危机,而女性柔弱时,他又从内心深处瞧不起。因此,他在现实中总是不满,常常碰壁,只有在返向原始自然时,才能得到具有浪漫气息的精神补偿和内心平衡。正如女摄影家对他的忠告:"尽管你在那些大河里如鱼得水,但是这儿可是北京,是首都。"在现代文明的环境里,他的刚性原始主义的理想很难推行与实现。

由此看来,同是呼唤和张扬刚性原始主义之作,从男女两性关系着眼的《北方的河》要比单从男性出发的《迷人的海》,包容着更多的现实信息,也因此难免有更多返归中的时代之差的冲突与困惑。

二

在新时期最初十年的文学作品中,有三位儿童形象十分引人注目,那就是莫言《透明的红萝卜》中的"黑孩"、王安忆《小鲍庄》中的"捞渣"和韩少功《爸爸爸》中的"丙崽"。这三部作品之所以大获成功并影响广泛,原因皆出于儿童主人公身上所寄寓的内涵丰富的象征意味。事实上,他们作为某种隐喻符号,都试图将读者的思路引向人类或民族文化心理的历史深处,从而表达原始或反原始的题旨。其中"黑孩"与"捞渣"的形象,则与柔性原始主义的思想倾向相关联。

如果说刚性原始主义强调原始的力量、勇气和征服欲,那么柔性原始主义正好相反,它要重建人与大自然关系的原始和谐和统一,复原人与人关系的原始温情和爱。它体现了以阴柔为特征的女性原则或女性气质,即思维方式上的重直觉性和行为方式上的重合群性,这是经过世世代代的重复和遗传凝结起来的女性文化品格。

通过儿童形象来抒写或象征人类原始的阴柔情操,是十分妥切和自然的。因为,儿童作为个体的"人之初",易于被看作群体的"人之初",即人类童年的一个缩影。儿童和妇女都处于被保护的软弱地位,历来总被人们相提并论。此外,儿童形象比起成人形象(包括妇女)来说,涉世程度不深,保存天性更多,也适合于表现现实层面之上的超越性意义。

在《透明的红萝卜》里,我们发现作品所描绘的黑孩的感觉世界与他周围的现实世界之间,不仅存在着距离与隔膜,而且极不和谐。黑孩是个哑巴,他无法用语言形式与现实交流。这严重的障碍促使他发展了灵异的感觉和丰富的想象,并返归沟通世界的原始直觉方式。同时,黑孩又是个无依无靠的可怜的弱者,后娘的漠不关心、人们的歧视和欺侮,导致他无从亲近这个社会。他只有在大自然的怀抱中和自己神奇的感觉世界里,才能寻找到无言的安慰与乐趣。黑孩基本上还属于写实的儿童形象,但又不无某种象征意蕴。作者精心构建了一个超越常人又源于天性的感觉世界,有意凸现它与成人社会、现实世界之间的格格不入,并以前者的美好、和谐、灵异和丰富对比于后者的丑陋、争斗、单调与缺乏生气,从而透露作品的原始主义题旨和倾向。

黑孩的感觉世界曾被人称为"莫言的世界"。这是作品的特色所在,也是莫言的成功之道。从根本上说,作者是通过儿童心理实现了对人的原始心态的重塑,通过直觉形式开掘与张扬了人的原始思维的潜能。黑孩的感觉世界之所以给人印象深刻,显得光彩照人,原因恰恰在于他的直觉思维的单纯性与原始性。在现实生活和现代人的头脑里,经验、理性和功利的因素占据着支配地位,直觉思维不是被遗忘和排斥,就是被淡化和杂糅了。于是,人们才会在黑孩灵异的感觉中发现与自身的巨大反差,才会激发起不可抑制和难以理喻的惊讶之感,正如作品中的人物视黑孩为"小精灵"和"八成会使魔法"一样。事实上,人们惊讶的只是自己本来就具有的而在现实背景下则被埋没或钝化的原始直觉能力。

直觉思维的基础是灵敏的感觉和丰富的形象。黑孩在这方面的能力是超常怪异的。"他的鼻子很灵",能嗅到水里发红发浑的地方飘上来的血腥味;他的听觉发达,能捕捉到极轻微的音响并将其放大无数倍,听到"逃逸的雾气碰撞着黄麻叶子和深红或是淡绿的茎秆,发出震耳欲聋的声响。蚂蚱展动翅羽的声音像火车过铁桥";他的眼睛在黑暗中"看东西非常清楚,连咖啡色的泥土和紫色的地瓜叶儿的细微色调差异也能分辨";他的触觉也很夸张,在茫茫浓雾中,"他感觉到太阳出来了,阳光晒着背,像在身后生着一个铁匠炉";甚至他的耳朵也会像动物那样"使劲忽扇着",反映出人类业已退化的某种感觉功能和身势语言。这一切表明:黑孩的感觉系统不仅特别灵异,而且总是与颜色、气味、声响、形状等非常具体、生动的形象因素融合在一起。也许,它们在哑巴儿童的头脑里,原本是非语言态或前语言态的。只是作者为了将其表达出来,才不得不借助于文字形式和语言工具。从严格的意义上说,这是原始性直觉思维的一种"转译",而非黑孩对语言的实际操作。正如人类学家剖析原始人的思维时,运用的是现代人的理解力与概念体系,只求"近似"而已。

如果说黑孩异常发达的感觉体现了直觉思维的形象性特征,那么他丰富的幻觉、通感和联想则在感觉世界的另一层次上显示了直觉思维的想象性和主观性。它与理性逻辑和客观原则是背道而驰的,然而又是富有诗情画意和审美价值的。作品的中心意象"透明的红萝卜"就出于黑孩的幻觉:"红萝卜晶莹透明,玲珑剔透。透明的、金色的外壳里苞孕着活泼的银色液体。红萝卜的线条流畅优美,从美丽的弧线上泛出一圈金色的光芒。光芒有长有短,长的如麦芒,短的如睫毛,全是金色……"这梦幻般的奇特画面,是黑孩投射着主观情感愿望的幻想力创造物,是他把握世界的直觉方式之一。他相信幻觉中的透明的萝卜是萝卜的本相,分不清炉火中的萝卜与地里的萝卜有什么视觉上的差别,因而拔遍了一片萝卜地,一个个举到阳光下端详。黑孩的通感(又称联觉)能力也特别强。他"听到了前边的河水明亮地向前流动着",感到"河上传来的水声越加明亮起来,似乎它既有形状又有颜色,不但可闻,而且可见。……声音细微如同毵毛纤毫毕现,有一根根又细又长的银丝儿,刺透河的明亮音乐穿过来"。听觉与视觉的彼此打通和错位,声音、形状、颜色、亮度、运动等具体感觉的相互牵动与转换,对黑孩来说,并非出于艺术想象的自觉和训练,而是人的一种原始直觉本能和心理潜力。此外,联想也属于直觉思维的范畴。同通感一样,联想所建立的事物间的联系并不受理性分析原则的支配,它是以主观感觉与想象机制为转移的。黑孩的自由联想常常犹如"三级跳远",显示出丰富的想象力和出色的直觉把握形象的能力。作品中有这样一段描写:"他望着上方,看到一缕粗一缕细的蓝色光线从黄麻叶缝中透下来,黄麻叶片好像成群的金麻雀在飞舞。成群的金麻雀有时又像一簇簇的葫芦蛾,蛾翅上的斑点像小铁匠眼中那个棕色的萝卜花一样愉快地跳动。"当时黑孩处于梦幻状态之中。他头脑中连续出现的黄麻叶、金麻雀、葫芦蛾、萝卜花四个意象是用三个比喻词"像"串联起来的。其中,金麻雀、葫芦蛾既是喻体又是喻本。它们从喻体提升为喻本暗示着:这不仅仅是比喻意义上的"相似",而是实体意义上的"幻化"。也就是说,在黄麻叶"像"金麻雀之后,它就变成了真实的金麻雀的幻象。余者可依次类推。这种梦幻色彩的联想,渗透着原始思维"神秘互渗律"的特征。

由此可见,黑孩的感觉世界是一种原始心态与直觉思维的象征性写照。作品的原始主义倾向就表现在对这种心态和思维的张扬与返归情绪之中。这不只是出于维护艺术思维及原则(诸如形象、直觉、情感、想象等等)方面的考虑,而且还灌注着更为广泛的文化反省的动机。因为,处于黑孩感觉世界对立面的正是放大着现代背景下种种痼疾的"文革"现实。

我们能够体会到黑孩感觉世界中的一股阴柔之美。与外部世界的混乱和争斗相反,他的内心世界充满平静、和谐与温情。从根本上说,直觉思维本身就具有女性倾向和柔性特征。林语堂曾认为:"中国人的心灵在许多方面都类似女性心态。事实上,只有'女性化'这个词可以用来总结中国人心灵的各个方面。"而其理由,便是中国人的思维属于直觉思维,而非理性逻辑思维:"中国人的思维方式是综合的、具体的。……中国人在很大程度上依靠直觉去揭开自然界之谜;是同样的'直觉',或称'第六感觉',使许多妇女相信某件事情之所以如此是因为它就是如此。"①把直觉和理性分别同女性气质和男性气质挂联的更为理论化的表述者是荣格。在荣格看来,人类集体潜意识中有两种重要的原始模型,即"男性的女性意向"和"女性的男性意向"。由此可以归结出女性心理趋向及原则(诸如心境、预感、对非理性的感受、个人的爱的能力、对自然的感受程度以及与无意识或精神的联系)和男性心理趋向及原则(包括理性、坚定的信念、勇气和诚实)。② 其中最大的区别便是直觉与理性。当然,原始人的思维是否具有理性一直是一个争论不休的问题,但我们仍然可以说,在原始的母系制社会,女性作为文化的主要创造者和象征,无疑代表着比男性更加直觉化的原始思维倾向。最早出现的是女神、女巫而不是男神、男巫可以佐证这一点。而且,现代性别差异心理学的研究也表明,女性长于形象思维,而男性长于逻辑推论,女性比男性情感细腻、柔和,更容易移情,更富于易感性。因此,黑孩的感觉世界事实上负载着柔性原始主义的内涵。对此,作者亦通过黑孩被归入娘们一伙、女人们爱以黑孩为话题、黑孩与菊子姑娘的情感沟通等细节做了暗示。

另一方面,黑孩形象又体现了人与大自然的一种亲近、和谐的关系。黑孩不是天生的哑巴。据小石匠说:"这孩子可灵性哩,他四五岁时说起话来就像竹筒里晃豌豆,咯崩咯崩脆;可是后来,话越来越少,动不动就像小石像一样发呆,谁也不知道他寻想着什么。"他的变哑,是遭社会遗弃后对社会的回避反应。从象征的意义上说,他是从社会返向自然,回复到人

---

① 林语堂:《中国人》,郝志东、沈益洪译,浙江人民出版社1988年版,第62—63页。
② 参见珍尼特·希伯雷·海登:《妇女心理学》,范志强、周晓虹译,云南人民出版社1986年版,第20—21页。

的原始本真状态。同样,小说的结尾也是寓有深意的:"老头子看着这个一丝不挂的黑孩……钻进了黄麻地,像一条鱼儿游进了大海。扑簌簌黄麻叶儿抖,明晃晃秋天阳光照。"黑孩还原到他以及整个人类刚来到世间初始的那个样子,融合并消失于大自然的声响、光照和土地之中,他是多么和谐和快乐!这个返璞归真的隐喻,呼应并深化了黑孩由会说话到不会说话所蕴含的原始主义倾向。

在原始时代,人类把自己看作整个自然界的一部分,认为大自然的一切与人一样都具有生命与灵魂,从而建立起人和自然的情感沟通与亲近关系。作品中,黑孩与自然的原始和谐是通过两方面的描写展开的。

其一是黑孩对自然的态度和感受。黑孩对自然充满兴趣与情感,他常常将动物和植物人格化,从中体味到交流信息和亲密无间的愉悦。他站在河边,感受到"那些四个棱的狗蛋子草好奇地望着他,开着紫色花朵的水芡和擎着咖啡色头颅的香附草贪婪地嗅着他满身的煤烟味儿"。他在田里望着萝卜,又觉得"萝卜田里有无数的红眼睛望着他,那些萝卜缨子也在一瞬间变成了乌黑的头发"。连萝卜和花草都会长出眼睛,有了嗅觉,懂得好奇和贪婪,那么人与动物的交感就更易于理解了。黑孩"望见了河对岸的鸭子,鸭子也用高贵的目光看着他"。他的心态,如同信奉"万物有灵论"的原始人那样纯朴、天真和富于想象。正是他与自然的亲近和谐,才填补了他与社会间离后的情感空白,转移了他在人间遭受的不幸和痛苦。

其二,作品中的人物对黑孩的评价以及作者的描写,总是偏向于把他归入自然界的动物一类,有意无意地暗示出他返归自然并与自然融为一体。刘副主任(一位男性)称黑孩为"小瘦猴";在菊子姑娘眼里,黑孩无异于小狗、小兔;作者在描写中则把黑孩比作小母鸡、小耗子、小公猫、鸟、鱼、壁虎;等等。当某一类比喻反复出现时,它事实上就可能隐含着比喻者自己也未曾明陈的意义,一种内心潜意识活动的非自觉的投射,即黑孩作为小动物,远离着人类而贴近着自然。

值得注意的是,当刘副主任叫黑孩为"小瘦猴"时,他是居高临下、不无歧视的,言语背后潜伏着人类作为自然征服者的优越感与距离感;相反,当菊子姑娘抚摸着黑孩的脖子说:"吃吧,你这条小狗!"却是温情脉脉、充满怜爱,似乎沉浸在人与动物、人与自然和谐相处的那种美好的原始情感之中。正如小说中不无暗示地指出的那样:"一堆男,一堆女,像两个对垒的阵营。"因此,如果说直觉思维是一种柔性思维的话,那么与自然的和谐亲近就是一种柔性情感。它同在人与自然的对峙和抗争中呼唤阳刚的勇气和力量的刚性原始主义,恰好背道而驰。

王安忆《小鲍庄》中的捞渣,是又一个体现柔性原始主义题旨的象征性儿童形象。作者化解了原始洪水故事、大禹治水的传说和龙的图腾意识,在小说开头部分编织了一个美丽的现代神话。在小说主体与结尾处,又不断穿插了与情节无多大联系的鲍秉义的"唱古",把五千年中国历史零打碎敲以建构传统的文化氛围。在小说整体构思中,还运用"引子""还是引子"和"尾声""还是尾声"的咏叹形式,试图给人一种连绵不断、无始无终的历史隐喻感。所有这一切表明,尽管作品叙述的是一个现实的故事,却有着超越现实的意义内涵;捞渣也不仅仅是一个写实的儿童形象,而且还是能够触发读者对五千年历史文化及其原始遗存做相关性思考的象征载体。

小鲍庄最讲仁义。"方圆几百里都知晓,这庄的人最仁义。"他们也为此自豪:"咱这庄上哩,自古是讲究仁义,一家有事大家帮。"小鲍庄是中国传统社会的一个缩影,传统文化的一个典范。而小鲍庄最仁义的又数捞渣。在人们口碑中,他不仅"这么小,就这么仁义",而且"这孩子也真奇,仁义得出奇"。捞渣的哥哥文化子困惑不解的是:他娘样样事情都拿捞渣对照他,相对他的每一处缺点,捞渣必定都有一处优点。事实上,捞渣成了一把价值评价的尺子,一块精神理想的样板。他以最仁义之庄的最仁义之人,获得了"仁义"实质内涵的象征地位。

当然,这里的"仁义"与两千年来作为官方意识形态的儒学既有联系又有差异,与历代文人从理论高度上的概括和释义也有所不同。这是民间形态和大众方式的"仁义"。但是从本质上讲,它们不过是同一种文化传统的两翼而已。

作品具体揭示了仁义的内蕴,首先是注重人际关系和合群性。捞渣还在满地乱爬时,就因为"亲热人,恬静人",大人们说他看上去"仁义"。可见人与人关系的亲近和气与融洽是仁义的基本题义之一。别人生气,捞渣总和和气气对着他笑,笑得对方也只好笑;别人骂他,捞渣反以亲热举动和"一脸厚道相"化解对方的仇恨。在这小小的孩子身上,充分体现了以德报怨、以柔克刚、以和为贵的处世之道。如果说这还是出于儿童天性的温和与爱笑,那么与同辈人相处就显出他出奇的老成和周全了。"小孩子都围着他,喜欢和他在一起。谁走得慢,捞渣一定等他。谁割少了,不敢回家,捞渣一定把自己的匀给他。谁们打架了,捞渣一定不让打起来。"他不仅善于为他人着想,注意协调关系,而且在遇到利益冲突时,还肯克己忍让,委曲求全。他与二小子"斗老将",眼看对方输得要哭了,就把自己的"老将"全换给了二小子,输惨了反而"喜眉喜眼"。一个孩子,竟能够把传统的仁义之道贯彻得如此炉火纯青、出神入化,简直成了一个完人、圣人,不免使人怀疑这是否还能算写实的形象。事实上,作者的笔墨摆动于写实与写意之间,意在"仁义"的象征性和人格化抒写上。

其次是仁义内涵的另一方面,即温情与爱心。如果说重合群性和人际关系的和谐是仁义的最终目的,那么温情与爱心就是仁义的动力和手段。捞渣作为众所公认的"仁义孩子",有一颗彻底的仁爱之心。他的爱是遍及一切生命的,无论家人与外人、同类与动物,皆在他的爱心拥抱之中,从而泛溢起一股诗意的温情。他姐小翠受到精神上的打击后,捞渣直觉到会出事,于是挺有心眼地紧紧跟随,撵不上又赶回庄报信。他逮住了蛐蛐儿,听大人说这也是个性灵,就提议把它放了,爱心胜过了贪玩之心。最为感人的爱还表现在捞渣与孤老鲍五爷之间非爷孙却又强于爷孙的关系上。他宁肯自己少吃一张煎饼、少喝一碗稀饭供养五爷,情愿每天陪伴五爷、为他捂热被窝,甚至还会开导五爷的厌世情绪:"好日子都在后头哩""你咋是绝户呢! 咱都叫你爷爷哩"。最后为了救五爷,捞渣死于突发大水之中,行了"大仁义"。在他身上,集中体现了传统的孝道精神,体现了"老吾老,以及人之老"的仁爱理想,体现了见义勇为、舍己救人的美好品质。对于一个孩子来说,这一切也许都是缺乏自我意识的非自觉的行为。但正因为如此,才更深刻地喻示了仁义在民族集体意识中的厚实根基及其潜意的超社会教育的力量,象征着温情与爱心同人类的自然天性与原始情操的本质联系。

从事物发展的阶段性来说,仁义无疑是传统社会占主导地位的一种特殊文化形态。然而从事物发展的连续性来说,它又反映了人类的一种基本情感和倾向,即爱心与合群性。舍此人类将无法结成社会、维系秩序,更谈不上发展。作者的主观态度包容着这两方面的矛盾。对于以仁义为内核的传统文化的停滞性和消极面,作者是不满和批判的。但对其中表现出的人际关系的古朴、和谐与温情,作者又从人性的立场而不是进化论的视角投诸充满诗意的描写和赞赏。而且,作者还有意识地将传统文明与现代城市文明中的人际关系做比较,强化她对前者的肯定意向。小说第十节短得出奇,仅有两行:"在一千里外的北京,正进行着一场江山属于谁的斗争。一千里外的上海,整好了装,等着发枪了。"这一节与前后情节毫无联系,它突兀地插入正在叙述中的小鲍庄故事进程,唯一的作用就是提供另一种现实背景和潜在的对比性思考,让人领悟温情与严酷、合群性与斗争性之间的差异和距离。更为重要的是,作者借助于中国远古神话和五千年历史氛围的牵引,把捞渣的儿童形象及童心的象征内涵,推向传统文化的纵深,推向更古老的人类童年时代和人性本原,从而发酵出作品的原始主义题旨。

在史前时期,女性不仅体验着人类两性之间的感情,而且在"只知其母,不知其父"的情况下,还独自享有着母性的爱。同时,母系制又意味着女性担负起协调部落群体内人际关系的职责。这种最原始的人类天性和社会角色分工,经过一代又一代的不断重复,作为一种女性的原型性特征被积淀和遗传下来。因此,充满爱心、重情感和合群性历来被视为女性固有的气质。从本质上说,它属于柔性原始,与男性重功利、重竞争的刚性原始恰好相反,两者共同代表着人类天性的两个侧面和基本情感的两种倾向。

诚然,传统文化结晶的"仁义"已经是男性社会的历史产物了。然而它仍然带有许多柔性原始的特征。林语堂在评析中国的传统文化形态时,曾将它分为阳性与阴性两部分:阳性的三位一体是官、绅、富,阴性的三位一体是面、命、恩。他认为,情面、命运和恩惠,"它们是正在统治着中国的三位女神"①。所谓"情面",就是注重人际的情感关系;所谓"恩惠",就是要以爱心予人恩惠,也要以爱心回报别人的恩惠;"命运"指"安分守己,听天由命"的宿命观,它既是神秘主义的思维体现,又是客观上减少人际关系摩擦、纷争以更好地适应群体规范的自我心理疗救与内心平衡的药方。总之,这三者之所以被称为阴性,皆出于它们体现了重人际关系的和谐、重温情与爱心的女性人格化品质。《小鲍庄》以捞渣写"仁义",并上溯中国历史、寻根原始神话,其贯通的线索正是柔性原始主义。

事实上,柔性原始主义是弥漫于新时期文学中的一股蓬勃的思潮。数量很大的一部分作品都不同程度地呈示了这一倾向。问题是人们往往被它们的现代背景和写实内容所蒙蔽,而未从原始主义的角度去深入解释其内蕴。譬如,那些歌颂人类最原始也最自然的母爱的作品,那些呼唤人与人之间理解、宽容、温情与友爱的作品,那些张扬人的感性世界中直觉、情感、幻想和神秘性等原始一面的作品,那些表现人与大自然未被异化的原始亲近、和谐与互渗关系的作品,都投射着柔性原始的气质和向往。从根本上说,这种倾向起因于人们对"文革"中人际关系的紧张、失调及斗争的激烈、严酷程度的反思与矫枉,起因于温情与爱心等人类天性淡薄化以至丧失所激起的普遍忧虑,起因于工业化进程中自然对人的报复和都市化使人日益远离自然而滋生的怀旧与返归情绪。当刚性原则不能解决人类面临的问题并逐渐显露其诸多弊端时,柔性原则就成了补救的希望。在这方面,黑孩与捞渣两个儿童形象,以其出色的象征性和丰满的文化心理内涵,比一般囿于写实层面的同倾向作品,更独到更深刻地展示了柔性原始主义的题旨。

一个有趣的问题是:为什么在新时期文学中,在同一个时代,会出现刚性与柔性相反的两种原始主义倾向?对此,我们除了分别考察它们各自产生的原因外,还须注意它们共同的背景与因素。首先,从原始与现代的关系而言,现代社会的阳刚不同于原始阳刚。同样,现代社会的阴柔也不同

---

① 林语堂:《中国人》,郝志东、沈益洪译,浙江人民出版社1988年版,第70页。

于原始阴柔。它们共同倡导的,是以原始的尺度来衡量与对比现代,以业已丧失的原始气质与情操来补救现代的不足。其次,在男女两性的关系上,现代男女的双性化趋向已是一个不容否认的事实。它使男子阳刚与女性阴柔的界限模糊并相互抵消,从而滋长了性别角色混乱与阳刚、阴柔均显贫乏的危机感。因此,返归原始状态与人性本原的刚性原则与柔性原则,具有对等的价值与互补的意义。如此看来,刚性原始主义与柔性原始主义恰恰是在同一面旗帜下携手并进,而它们之间的对立倒是微不足道的。

第四章 质朴性与神秘性原始主义

一

原始主义的内涵是多方面的。如果说,柔性原始主义偏重于人与自然、人与人的关系中重塑出人的原始女性气质;那么,质朴性原始主义则主要表现人与人关系中的原始道德风尚。这里的"原始"一词带有更多的形容词意味而不是名词意味。也就是说,它不是实指人类的史前社会,而是泛指相对于现代文明而言的比较原始或半原始的文化形态。这种道德风尚在人类文化的发展序列上处在原始与现代之间。但它与现代文明形成巨大的反差,从而显得更靠拢于原始这端。延续几千年不变或很少变化导致了它的原始性。在这个意义上,我们宁愿称其为"原始"而不叫作"传统"。

原始道德风尚的最大特征是质朴。它是与较为简单的社会结构、人际关系和自然状态下的生产方式、生活方式相适应的。其典型形式为村落社会。与世隔绝的环境,自给自足的经济,简单的劳动分工,以血缘关系为纽带的家庭和氏族,支配一切的礼俗习惯,都使古朴的民风得以遗存。相反,在以高密度、快节奏、分工繁细的大城市为特征的现代文明社会里,人际关系却趋于空前的复杂化、多样化和陌生化。在这样的生态环境中,人们变得更重自我、更多理智和更有心计。在相当大的程度上,原始的质朴由于不适用现代社会极其复杂的运转而消失了。然而,人们也因此滋生了返璞归真的情绪,以保持失落后的内心平衡。尤其当自己在现代人际关系中遭到挫折或发现其缺陷时,更加会追寻在反衬中愈显其美好的原始质朴和单纯。

此外,质朴单纯本身也是一种美,一种原生的美和人性自然的美,一种与现代文化氛围的精致、繁复能够相映和互补的美。尽管它往往与原始生活状态中的愚昧甚至野蛮纠缠在一起,但一旦被剥离出来,它将会显示出超越进化论意义的永久性审美价值。当人们用审美的眼光而不是用现实功利的态度去审视业已成为过去的异质文化时,他们发现和注重的不再是文明与愚昧的对立,而是人性的沟通和美的形态差异。而且,质朴单纯的品质及美,不仅出现在人类群体发展的某一阶段上,同时也存在于每一个个体的人的心理发育与成熟的过程之中。这就是说,现代人的童年时代较之于成年之后而言,总是质朴单纯的,它近似于人类原始情操的重演。因此,质朴性原始主义也是对生命的自我追忆与肯定,是拉开距离的美的观照和升华。

铁凝的《哦,香雪》是篇有影响的短篇小说。它以诗一般的情调歌唱了文明与原始交汇中后者所闪射出的质朴美。台儿沟,这个掩藏在深山皱褶里的小村,过着世世代代一如既往的生活。终于有一天,铁路线经过这里,然而列车仅仅停留短暂的一分钟。如果把火车看作现代文明的象征,那么台儿沟就是古老的中国大地的缩影,尽管这块土地上早已矗立起不少现代都市,但文明对于更多的小地方、更多的中国人来说还是生疏的。因此,"一分钟"之数亦具有了整个国家正在发生现代化转折和它尚处于初始阶段的隐喻意义。激发作者思考的,正是现实文明进程的大背景。

与列车上的人们相比,台儿沟的姑娘是太单纯太朴实了。她们的穿戴,她们的谈吐,她们对文明的好奇心和一无所知,她们以物换物的原始交换方式,都透出一股土地的气息,质朴得可爱。尤其是香雪,更是质朴的化身。作品这样描写她:"旅客们爱买她的货,因为她是那么信任地瞧着你,那洁如水晶的眼睛告诉你,站在车窗下的这个女孩子还不知道什么叫受骗。她还不知道怎么讲价钱,只说:'你看着给吧。'你望着她那洁净得仿佛一分钟前才诞生的面孔,望着她那柔软得宛若红缎子似的嘴唇,心中会升起一种美好的感情。你不忍心跟这样的小姑娘耍滑头,在她面前,再爱计较的人也会变得慷慨大度。"值得注意的是,作者运用了第二人称的"你",从而不知不觉地将读者归入列车上的人们一类,让读者逼近地面对香雪的质朴,并在与自身文化心态的对比中思考它的价值。香雪和"你"目光的对视,背后隐藏着原始与文明、乡村与城市两种不同文化的撞击。香雪对人的无条件的信任、不知受骗、不懂交易,透露着原始自然经济状态下人际关系的信息。而作为城里人的"你",却是商品经济环境和复杂的城市社会生活塑造出来的。你每天要与许多完全陌生的和各种社会角色的人打交道,每天都要接触商品、价格、金钱和买卖,你变得爱计较、老于世故和工于心计,你知道耍滑头和怎样对付耍滑头。总之,你很少见到质朴和不再质朴。当作者把你推向香雪时,你会升腾起一种已经失落的"美好的感情",你也想返归质朴,以质朴来对待质朴。作者以香雪的形象和巧妙的叙述方式,张扬着她的并唤醒了你的原始主义情怀。

然而,香雪的质朴还能保留多久呢?正如台儿沟的姑娘们向往着城里的生活和现代文明的一切一样,火车停靠一分钟也给香雪带来了变化。她想拥有磁性铅笔盒,想去城里念大学,知道贫穷是不光彩的。现代物质文明对于尚未享受到它的人,永远具有不可抵御的诱惑力。而现代物质文明即意味着现代生活方式,它是与台儿沟的原始质朴格格不入的。作品的结尾写道:"哦,香雪!香雪!"正是在诗意的名字和饱含情思的呼唤中,寄托着出自原始主义立场的对质朴的赞美,和对它即将随着生活进程而消逝的无可奈何的遗憾。

质朴性原始主义难以回避现实进程与内心理想的这种冲突。但是,他们可以在题材选择上做出调整,尽量避开现代特征的生活和工业化的都市,在时间和地域上向远逝的历史和偏僻的乡村转移。当然,他们决不掩饰自己的共同特征,即在专注地描写较原始的生活和质朴时,总喜欢把现代文明作为潜在的对立面加以比照,表现出明确的价值取向。这就是说,对文明缺陷的耿耿于怀,以及对文化形态的历时性把握,使他们的作品与那些把质朴性作为人的普遍共性和美好品质加以表现的作品,有了内涵上的根本区别。

贾平凹和汪曾祺是新时期质朴性原始主义的两个代表性作家。一个不懈地描写今日仍然古风犹存的中原商州的村村寨寨,一个执着地刻画20世纪三四十年代民风淳朴的江苏高邮的小镇和村社。在他们笔下,质朴专属于还保存着半原始生活方式的人们,古老的风俗习惯以对抗城市文明的姿态大放异彩。于是,他们在现代文明大肆扩张地盘的时代,为原始性质朴创造了两块艺术上的文化保护领地,为那些在城市文明压力下感到失望、不满和困惑的人,提供怀旧的契机和安抚的良药。

在长篇小说《商州》里,贾平凹塑造了一个意味深长的叙述人。他出身农家,后来移居城市。但做了多年城市人之后,又深感精神不适,生命力逐渐衰弱。于是返归乡村,犹如"鸟儿冲出了樊笼"。他接着游遍了商州的山山水水,感受到淳朴的民风民俗。当他重返城市时,已有脱胎换骨、灵魂再生之意。显然,这个厌倦城市、回归乡村,并从自然与原始的质朴中汲取了精神能量和生命活力的叙述人,其实正是作者的"第二自我"。作者借他的经历和口吻,传递了自己的原始主义情绪和理想。当然,这并不是要推倒城市重新种上庄稼,也不是丢掉城里人的身份隐居故里,而是要保留一块质朴的土壤,一块希望之地,让自己精神有所寄托,让自己从中获取消弭都市压抑感的抗衡力量。即使淳朴的民风和古拙的美在文明的现实进程的吞蚀下日趋缩小与失落,那么,也要及时地让它存活与光大在艺术的天地里。贾平凹写《商州三录》诸篇文字,即有此种保护活的民俗文化古迹以供人们瞻仰和精神回归的用心。

同样,汪曾祺的作品也以描画富有原始生活气息的民风民俗见长。在《大淖记事》中,田畴麦垄,牛棚水车,毛驴磨坊,地上晒着浆衣服用的浆块,墙上贴着用作燃料的牛屎粑粑……这一切勾勒出一幅古老的村社生活背景。居住在大淖边的挑夫与锡匠,"他们的生活,他们的风俗,他们的是非标准、伦理道德观念和街里的穿长衣念过'子曰'的人完全不同"。这里，作者把城区与乡下的差别，对应于官方传统与民间传统的差别，对应于有文化的人与没有文化的人的差别。归根到底，这是文明程度的不同，所谓"文野之分""雅俗之别"。民间习俗总是比官方文化更为原始和质朴，也与现代文明相隔得更为遥远。最能说明问题的是大淖边的女人们，她们像男人一样干重活、骂粗话，走相、坐相也像男人。做了媳妇后"要多野有多野"，甚至几个媳妇齐动手，把"叔公"的裤子扒了挂在树顶上。这使人联想起马林诺夫斯基在《野蛮人的性生活》一书中提到的"约萨"风俗，该风俗允许土著妇女对某一男子发动放荡的集体袭击，带有明显的性侵犯的意味。大淖妇女与此相似而不受道德性谴责，可见这特殊的社会群体中颇有原始遗风。

因此，大淖边的女人在男女关系上较为随便，更是自然而然的事了。她们更多地凭借本能和情感，而不是理智与功利，更多地用简单的方式处理原本简单却又被文明搞得复杂化了的问题。这种较少束缚的道德观体现了生命自然性的质朴。对此，汪曾祺在小说中插入评论说："街里的人说这里'风气不好'。到底是哪里的风气更好一些呢？难说。"显然，作者的倾向是不言而喻的。在似乎确定无疑的结论上打个疑问，是表达贬褒态度的另一种方法，至于作为小说主要情节的巧云与十一子的爱情故事，其吸引人之处，正是不加修饰的情感和情感的原始表达方式。像巧云灌十一子尿碱汤时自己也不知道为什么先尝了一口的事，对现代人来说是陌生难解的。它的质朴性不在于用勇气克服理智的障碍，而在于她潜意识连想都没想。可以说，在汪曾祺看来，用理性和文化武装起来的城里人、文明人、知识人，富有心计和善于矫饰，从而失落了生命的原初本色和活力，失落了人性的朴野古拙之美。

质朴性原始主义的另一支流是写少数民族，写远离文明中心的边地，如王蒙写新疆的系列短篇《在伊犁》，郑万隆写黑龙江"野蛮女真人使犬部"的系列小说《异乡异闻》，阿城写云南边陲的系列作品《遍地风流》，等等。他们对异域和异质文化投诸巨大的热情，塑造出比内地乡村、比汉族传统更加原始更加质朴的生存方式和心态。事实上，他们是以此作为参照系，让人们对比于周围嘈嘈杂杂的文明世界，提醒人们思考这样的问题，即当我们享受着现代文明所带来的巨大物质利益的同时,我们也丢失了某些确有价值的东西。至少,它对于产生了它的环境和时代来说是有价值的,对于远离它的我们来说也永远是美好的,值得珍惜和回味的。

从根本上说,质朴性原始主义是一种文化上的崇古慕俗与返璞归真。现实中,现代人在原始与文明之间已经别无选择了,他们不可能放弃文明的生活方式和一切,倒退到茹毛饮血或男耕女织的时代。但是在精神领域里,他们却可以而且似乎有必要保留对原始质朴的敬意、向往和返归之情,借以平衡现实与理想的冲突,安抚在现代文明极其复杂人际关系的巨大压力下时时遭受困惑感和挫折感袭击的心灵。因为,质朴始终是现代社会复杂化、多元化特征的反面,始终是充塞于现代人格中的计谋性、功利性的反面。

二

现实主义与非现实主义创作方法的共存互补,是新时期小说创作的一个重要现象。非现实主义方法的运用,使作品产生了与现实间离的陌生化倾向和神秘性因素。对于其中的一些作品来说,神秘感是选择幻想思维方式后的附加产物,作者原无意于表现神秘意识本身。然而对另一些作品来说却恰恰相反,作者是为了张扬神秘性题旨才对与之相应的艺术方式感兴趣。它们的区别在于:前者主要是文学性的原始主义,它在艺术思维及其表达方式上接近神话,但在观念形态上却可以与原始意识背道而驰;后者则主要是文化性的原始主义,它在世界的神秘性和人的神秘体验上返归原始,而在艺术方法上往往现实与神话杂糅,甚至直接以现实手法传递原始神秘意识。

原始的世界观是神秘主义的世界观。神秘性渗透于原始人的信仰、神话与仪式之中。其基础,便是他们相信在现实世界之外,还存在着一个超验的世界,那里活动着诸神、鬼魂与万物的精灵。而且,这两个世界是相互沟通、神秘感应的。在人类文明发展的巫术时代和宗教时代,世界上各民族都普遍奉行这一信仰。

然而,在科学技术高度发达昌盛的今天,依然信奉超验世界存在的人越来越少了。尤其是用现代知识武装起来的作家,绝大多数是唯物主义者和无神论者。但这只是事情的一个方面。另一方面,现代人知识圈的扩大,使他们面临圈外的未知领域也扩大了,社会生活的日趋复杂化也增加了理性解释的困难和疑惑。对世界的复杂性和未知性异常敏感的作家,便越来越对世界的神秘性产生了浓厚的兴趣。而神秘性的确认,通常是通往原始信仰和超验世界的大门。

杨志军的《环湖崩溃》是一篇充满"造神"意识的小说。故事叙述者对自我的评价是:"我这个心里充满了荒原神祇的人哪!"他不仅祈祷,祈祷时间,祈祷青海湖,祈祷神灵,而且还呼唤一个神话世界和密宗天地的诞生。谭甫成的《荒原》则流露着"万物有灵论"的倾向。主人公"我"相信动物灵性和大自然神性的存在,并满怀自然崇拜的激情,感悟和思考人、狗、荒原与人性、灵性、神性之间的神秘关系。值得注意的是,这两部作品的主人公都不是生活在古老、封闭的文化氛围之中而又不识文字的人,而是有着现代科学文化背景的知识青年。因此,他们所表现出的原始情操和信仰,从根本上说,并非是环境造就和历史遗存的无意识的结果,相反,它意味着现代人向原始神秘主义的有意识的返归。同时,第一人称"我"的思想亦在很大程度上体现了作者的"第二自我"。

这就是神秘性原始主义。如果说,传统敬神者是由于信仰超验世界的存在,而把世界理解得神秘莫测;那么,他们则是因为体验到世界的神秘性,才通向神的存在和神的需要。在他们的作品中,神与其说是一个有血有肉的实体,不如说是一种象征性的超验意象。神代表着未知的事物和意义,隐喻着超出我们目前理解力水平的神秘性的存在。

与神界一样,冥界也是神秘观念的寄寓所在。原始主义对世界充满神秘性主题的张扬,同样可以从这里开始。方方的中篇小说《风景》,被许多评论家认定为20世纪80年代中期崛起的新写实主义的代表作之一。其最大的特点,就是通过一个超现实的叙述者来叙述最写实的内容。这是一个城市贫民家庭的日常生活与人物命运的故事。叙述者是全家最小的女儿,一个幼年夭折后被钉进棺材,埋入土壤里的鬼魂。作者选择这一叙述方式,并非单纯出于形式方面的考虑。因为从故事内容来看,叙述者本人无关紧要,她与被叙述者也没有多少现实纠葛,她全知全觉的叙述功能完全可以用通常的第三人称叙述者来替代。对作者来说,重要的是形式本身所积淀的意味。鬼魂叙述者与作者出面叙述之间最大的不同点,在于前者同时还喻示着世界神秘性的内蕴。作者的这个意图,通过题首所引的波德莱尔的诗句"……在浩漫的生存布景后面,在深渊最黑暗的所在,我清楚地看见那些奇异世界……"表现得十分清楚。诗句描写了现实中的人对"生存布景后面"的超验世界的凝视,小说叙述了超验世界的灵魂对人间"风景"的关注,两者都传达着同一个深层意蕴,即现实世界与超验世界共同存在、相互沟通的神秘性。波德莱尔从瑞典神秘主义哲学家史威登堡的"对应论"走向神秘的象征,方方则将原始的灵魂观念转化为小说的叙述方式。

如果说鬼魂在《风景》中还只是"有意味的形式",那么在雷锋的小说《冥兵》中,则直接成为神秘性的情节内容。作品描写了中越边境自卫反击战中幸存的崔排长与他的三十三个牺牲了的部属英魂之间的故事。鬼魂不仅无所不知,与人间沟通消息(如预告崔排长三天后边境会有战争,以及事后被证实的准确战况与战绩等);而且还无所不能,参与现实的战斗进程(如使用崔排长预放在坟墓前的竹刺刀、泥手雷参战,"模拟战争"与前线的实际战斗神秘互渗等)。这已经是一个现代人写的现代"鬼故事"了。虽然作者用"据说""听说"之词回避了故事的真实抑或荒诞的问题,表明他并非缺乏科学常识和客观判断;但是他对听来的鬼魂故事感兴趣,并觉得有传播于读者的必要,却无疑是出于某种价值上的认可。在作者看来,神秘的冥界观念的产生与延续,即使不是源自人类基本的精神需要之一,至少,它对于安抚和治疗崔排长这一类心灵受过创伤并精神上出现某种异常的人来说,也是卓有成效和必不可少的。正是在这一点上,作品重新肯定了超验世界神秘性的现实功用,倾向于原始主义的价值论(并非科学论)上的返归。

原始世界观的心理基础是原始思维方式。与现代思维相比较而言,原始思维是以非现实非理性为特征的神秘性思维。法国学者列维－布留尔曾以"神秘互渗律"来命名原始思维所遵循的法则。这就是说,在原始思维中,主观与客观是互相混淆的,幻想与现实同样具有实体意义,世界万物之间存在着神秘的互相渗透、互相转化的联系,一切都是不可分析和不合逻辑的(当然不合逻辑本身亦可看作为一种神秘性的原始逻辑,逻辑前的逻辑)。自从人类文明迈入近代之后,原始思维因其神秘性而受到理性的贬斥,几乎成了愚昧、迷信的同义语。然而,19世纪末以来发生的科学变革和哲学新潮,却冲击着理性至上的现代思维模式,唤起了对原始思维做出重新评价的兴趣与动向。譬如,从现代量子力学的成果中推导出的哲学结论,竟与东方原始性的神秘主义观念相近似。非理性主义的哲学思潮,则批判理性万能,指出它的种种缺陷和局限性,推崇直觉思维和神秘体验。这似乎启示着人类思维方式的演化,事实上是一个辩证的发展过程,即从以神秘为特征的原始模糊思维,到以思辨为特征的近代确定思维,再到以直觉和理性互补为特征的现代科学模糊思维,构成了否定之否定的上升螺旋。

在这样的文化大背景下,文学领域出现了以复活原始思维方式的神秘性为宗旨的小说。它不同于文学中的神话思维,即通过超现实的想象方式创造一个荒诞的具有象征性意蕴的形象世界。因为神话作为一种文学惯例和传统表现方式,在现代已无神秘性可言。在原始人那里,神话就是现实,对其真实性确信无疑。这种信仰混同了幻想与客观世界的根本区别,从而充满神秘的内涵。然而在现代,运用神话思维的创作和超现实作品的阅读,都预设了它的幻想品格,人们不会再把它当作现实而产生互渗的神秘感。神秘性原始主义从神话思维之外另辟蹊径。它以写实的面貌或写实与想象会通交合的形态,去求得原始思维的神秘性与人们现实中的神秘感之间的重叠与呼应。

其方式之一,是表现现实中事件与人物关系的非因果性和不确定性。马原的小说往往把几个互不相干的故事凑合在一起,如《冈底斯的诱惑》中的陆高、姚亮的故事和顿珠、顿月的故事,《拉萨河女神》中文艺青年的假日郊游和毛人猎虎的传说,它们共同建构起复杂的多元联系的小说世界,其间的网络关系似乎是确凿实在的,但又是隐蔽的和难以辨认的。它们不能用因果性连锁加以解释,从而也就无从解释,只能归入神秘的未知领域。当马原讲述单一的故事时,他同样惯于拆散情节链条并丢弃其中的重要环节,将故事和人物搞得不甚明了并缺乏逻辑性。在《游神》里,主人公契米的年龄在二十七岁到七十二岁之间,据说还在八角街至少住了一百九十年,他的身份也和年龄的"弹性"一样成了悬案。他在故事中最重要的行为是偷窃制钱币的钢模,但这一点恰恰在小说中疏漏不表,而整个故事到最后又被暗示为莫须有。于是,一切都显得模糊和不确定,返照出世界充满偶然与怪异的神秘色彩。值得一提的还有洪峰的《极地之侧》。在这篇小说中,虚无缥缈的大晶其人及与"我"、小晶的关系,章晖讲的莫名其妙的死的故事和他自己莫名其妙的死,"我"雪地里扒死孩的事既像是真实的梦游又像是小晶的瞎编,由此交织成整个故事的神秘性的氛围。所谓"神秘",即很难用常识和理性逻辑加以判断、解释其内涵。这种文学思维方式,与不分析和不可分析的原始逻辑思维在一定程度上是吻合的,在神秘性的特征上则是一致的。相反,它对于强调事物的确定性及其因果联系的理性思维,对于着重人物的性格逻辑与情节的生活逻辑的小说模式,则是一种有意识的反拨。

其方式之二,是将故事的真实性与虚构性、客观性与主观性混为一体,彼此之间拆除了理性的界墙。应该说,任何小说都是生活素材的客观因素与作家创造的主观因素相结合的产物。但是在具体存在方式上,小说却呈示出客观化和主观化两种不同的趋向:或者以生活的本来面貌出现,如现实主义的作品;或者以作家幻想和理想的非现实形态出现,如浪漫主义的作品。一般来说,在小说的整体构思和具体情节、细节上,我们凭借理性及常识就能分辨出现实与虚幻、可能存在与不可能存在之间的根本界限。然而,原始主义神秘倾向的小说,却处在客观生活化与主观幻想化的两似之间,使读者难以做出真与假的明确判断,甚至陷入作者精心构造的真与假自相缠绕的圈套。这不是我们通常评论荒诞性作品时所讲的那种现实与幻想的统一,即幻想包容着现实意蕴,是现实的曲折反映,或者荒诞的形象内容象征与隐喻着现实。那种统一的对立因素仍然各有其质的规定性与边界。而返归原始神秘思维的小说却根本混淆真实与想象的差别,在自相矛盾的悖论中将两者统一在小说世界中。它解释一切都是真的,同时又说明一切都是假的。

马原的小说典型地表现了这一特色。《虚构》这部中篇小说的开头,写马原住在麻风病院里,怀疑自己得了麻风病,中间倒叙自己在麻风村住了好多天的探险经历,尤其是同麻风女接触、同床的纠葛;最后交代自己在返回的路上,意外地从无线电广播中发现,当天竟然就是自己出发去麻风村的那一天。这里,作者以检查麻风病来证明他去过麻风村的事是确实发生过的,但又以时间的倒错与停滞来暗示这一切纯属子虚乌有。作品题名"虚构",但全部情节又都是以"马原"的真名及亲身经历的纪实手法来叙述的。同样,在他的长篇小说《上下都很平坦》里,马原声明陆高和姚亮是他虚构的小说里的人物,但他俩在小说里又与马原在一起讨论虚构他们的小说。马原与死者江梅、小秀"鬼打墙"的坟头奇遇似乎纯粹是梦境,但死者因此而打来的神秘电话又似乎实实在在地发生在现实之中。小说扑朔迷离的情节将读者引入"迷宫",读者被小说的真真假假搞到了真假混沌不分的境地。你无法走出作者刻意编织的自相缠绕和彼此矛盾的怪圈,你无法解释现实感中又渗透了神秘感的氛围。除非你放弃用理性逻辑(如矛盾律、同一律、排中律)索解作品的企图,除非你承认主客观不分和非两值逻辑(真或假)不仅是重要的思维现象,而且也是人—世界大系统中起支配作用的法则之一。

马原在小说中曾作过自我表白。他说,他相信自己的虚构胜于相信实在,常常搞不清哪些是自己的虚构,哪些又是存在过的事实,甚或自己是处在生活中呢,还是处于想象和梦幻之中。这与其说是小说家的诗人气质,不如说出于他返归神秘性的原始主义立场。从根本上说,这是对理性主义局限性的怀疑,以及对理性自我膨胀、自我崇拜的颠覆,同时,又是对原始思维及其神秘主义世界观的重新发掘、吸取与张扬。原始思维以主客观的尚未分化和神秘互渗为特征,具有不可分析或缺乏分析的综合性和原逻辑性。与这种思维方式相关联的是原始人包含着朴素辩证因素的有机整体自然观,世界被描绘成以超自然的神秘力量为根据的、天地万物都不可分化地合为一体的巨大网络。当然,原始主义的小说创作不可能摆脱现代人不可逆转的理性思维的控制,不可能真的是心神迷乱者的无意识活动的结晶。但是,它通过对原始思维将客观现实与主观幻想混为一体的模仿,却表现出对形式逻辑和机械自然观的扬弃,渗透着关于现实世界复杂性、未知性以至神秘性图景的追求和确认。

任何形态的文明都是需要付出一定的代价的。譬如,农业文明使人们束缚于小块的土地,无法像游牧民族那样骑在马背上驰骋;城市文明使城市人远离大自然,只能在人造的花园或园林中补偿业已失落的野趣;工业文明带来了巨大的物质利益和享受,但同时也以生态环境的破坏和污染惩罚人们。

就整个现代文明而言,其不可低估的一个代价就是理性的绝对统治和神秘感的绝迹。人类不再像自己的童年时代那样,相信世界本身的神秘,相信不可解释的超自然的奇迹。相反,人类已经习惯以世界主人的姿态和成年期充分的自信,普遍倾向于不仅世界和现实是确定的、有规律的,而且对它们的认识也是确凿无疑的和已经完成的。似乎人类拥有了理性,就能够顺利地解答世界的一切,人成了"宇宙的精华,万物的灵长"和无所不知、无所不能的上帝。针对于此,神秘性原始主义力图重新唤起人们内心的神秘感,唤起世界相对于人类来说始终存在着神秘一面的认识,唤起现代人思维与原始思维的神秘性相沟通的因素。

如果我们承认,人类思维方式无论发展到怎样高级的程度,也终究离不开其原始思维的源头;人类的认识能力和认识成果无论怎样空前伟大,也无法达到彻底把握世界和人自身的终极真理,那么,神秘性原始主义的存在,就有其一定的根据和意义。

第五章　半原始主义：文化困惑的深结

一

在新时期文学中，原始倾向的存在已经是一个毋庸置疑的事实。尽管人们习惯于用"文化寻根"的概念来表述它，但显而易见的是，"寻根"已经不仅仅寻向传统文化，而是深潜到比传统更久远、更古朴的原始生存方式和心态。

寻根文学作品大多具有如下特征：选择原始蛮荒的自然景观和闭塞滞后的人文环境，表现渔猎、游牧、村社等自然经济状态下的生活，潜心于发掘古老的神话传说、祭祀仪式和民风民俗，热衷于少数民族、初民和"化外之民"形象的塑造。总之，在中心文化与偏远文化、儒家正统文化与非正统的民间文化、汉民族的大传统与少数民族的小传统之间，寻根文学偏重后者。它不仅以原始生活为题材，而且也不同程度地流露出赞美和返归原始的情绪意向。

具体地说，寻根文学可分为两类：一类是意愿性寻根，另一类是过程性寻根。前一类作品的表现对象是单一的原始性生活形态和心态，人物塑造和情节运转都是在一个封闭的文化系统中完成的,作者作为异质文化的体现者并没有以直接的方式如自我的替代形象介入作品,而满足于通过题材选择和主题倾向表明自己的寻根意识和愿望,如郑万隆的《异乡异闻》和阿城的《遍地风流》。

过程性寻根作品则有所不同。尽管它也执着于表现原始的地域环境和文化氛围,但情节中已有一个来自城市、受过现代文明熏陶的外来人(或者说知识者)的闯入。于是,单一的封闭的文化形态便被双重复合的文化审视所取代,有着不同文化背景的人物之间的情感纠葛便投射着原始与文明的会通及冲突。更为重要的是,外来人是作为寻根者形象出现于作品中的。作者塑造他们,正是为了表现寻根的具体过程和寻根者的心灵轨迹,包括寻根的动机、内容和结局。这类作品有白桦的《远方有个女儿国》(以下简称《远》),洪峰的《勃尔支金荒原牧歌》(简称《勃》),莫伸的《沉寂的五岔沟》(简称《沉》),马原的《冈底斯的诱惑》(简称《冈》),张承志的《黑骏马》,江浩的《盐柱》,李晓桦的《蓝色高地》,杨志军的《环湖崩溃》,等等。

上述两类作品中,我们更感兴趣的是过程性寻根作品。因为事实上,寻根者形象是寻根文学最好的诠释者,也是理解寻根派作家的一把钥匙。在某种意义上说,寻根者即是寻根作家自我的置换和化身。

二

各式各样的寻根者从以城市为标志的现代社会出发,追寻到相对于文明而言的原始境地。不管他们是否与那块土地、那个民族有着历史的渊源,不管这是一次故地重游还是一次异域探奇,他们都是以城市人知识者的身份出现的,都天然是或已经是现代生活方式的一部分。同时,他们还是些决不安分的城市人。在大多数人还在向往和迷恋城市时,他们却是城市文明种种痼疾的感知者、批判者和背叛者。寻根者是一批强烈不满现实环境的理想主义者,寻根则是现代城市人发起的基于自身文化批判和浪漫选择的精神历险。

《冈》中,从渤海来到西藏高原的姚亮以诗透露了寻根动机:"高地有极好的能见度因而/可以清晰地想见,月亮/和没有光泽的六枚镍币。"月亮和镍币的意象源自于毛姆的小说《月亮和六便士》,它们分别是原始生活和现代社会的象征,其光亮度的对比隐喻着姚亮对前者的向往和对后者的批判。姚亮无疑是毛姆笔下那位厌倦文明、皈依原始的画家的追随者。《蓝色高地》里,主人公投奔西藏是出于"逃命"的欲望。鲁迅曾揭示封建社会的本质是"吃人",他则控诉"灾难的都市"吃人:"我时常觉得像是生活在一个日益完美的模式里,那模式是一张巨大的嘴。人被含在那嘴里并不马上被吃掉;而是……直到连气味,连形状都合乎标准了,才被一口吞下去。"如果说姚亮含蓄地批判了现代拜金主义(镍币)对道德的腐蚀,那么他则以发聋振聩的语言痛斥了理性化的现代社会对人的感性生命的压抑和戕害。

这两位属于"无根"的寻根者,即他们完全是在现代环境中长大的。另一类寻根者则是"有根"的,他们曾在那块土地上生活过。《黑骏马》的主人公白音宝力格因不能容忍草原的愚昧落后走向城市,后又由于痛恨城市喧嚣的气浪、刻板的公文、无休止的会议、数不清的人际摩擦和关系门路、沙龙里的虚伪而回到草原。他的批判意识投诸现代文明中人际淳朴关系的失落。值得指出的是,尽管他与草原始终维系着情感和血缘的联结,但在文化修养和思维方式上,他却不可逆转地是个城市人了。他的寻根事实上是在寻找自己作为城市人已经丧失了的东西。因此,以文明的自我厌恶文明的社会,从而去追寻原始,是所有的寻根者一致的动机和共同特征。

从根本上说,寻根者返归原始的倾向反映了人性中的一种基本情感和心理特征。人区别于动物的属类本质,在于人作为思维主体,具备了自己的种族记忆、文化积淀和反思能力。人类从拥有自身历史和能够自我反省时起,也就具有了追怀与向往远古的天性。人类的童年愈是业已流逝和不可复得,在人的心灵中便愈发显得珍贵,愈蒙上一层谜一般的诱人光彩。公元前8世纪的希腊诗人赫希俄德曾把人类历史划分为黄金、白银、青铜、英雄和铁器五个时代,认为原始黄金时代是极乐世界和历史的顶峰,此后则一代比一代退化、粗俗和严酷。在基督教圣经故事中,人类始祖亚当和夏娃居住在伊甸乐园,过着无忧无虑、没有劳顿和衰老的幸福生活,后因偷吃象征文明的禁果被逐出,子孙后代为赎罪才有了死亡和种种苦难。与此相似,中国古史传说中也有个无比美好的原始尧舜时代,"八风回回,凤凰喈喈""日月光华,旦复旦兮",人们过着与自然和谐相处、充满歌声和阳光的生活。事实上,在世界各民族的神话传说里,都普遍遗存着关于原始"黄金时代"的记忆和与此相关的"失乐园"情绪。寻根者对现代社会的批判和对原始生活的崇敬,不过是这两个源远流长的主题的现实变奏。

当然,寻根者更直接的动因还在于现实的压抑和超越现实的企图,在于文化冲突形成的危机和摆脱危机的选择。原始倾向的兴起,通常是现有的文明系统陷于困境或病态的标志,是社会处于复杂前进之际特有的充满矛盾并急于寻找出路的普遍心态的反映。在新旧文明冲突和交替的转折关头,人性中的尚古情绪才会表露得异常强烈。人们担忧已经失去的是否全无意义,怀疑将要到来的是否真有价值,以至在失落感和疑虑重重中滋生批判文明现状和返璞归真的思想。歌颂远古黄金气象的屈原,把复归于朴视为常德最高理想的老子,崇尚尧舜时代古风的孔子,都生于社会剧烈解体和动荡的离乱之世就是佐证。因此,原始倾向兴起于史无前例的十年动乱之后,出现在传统农业文明向现代工业文明历史性的进程之中,并不是偶然的。寻根者承受着现实中双重的文明压力。一方面,传统意识并未退出历史舞台,它的封建性导致了人性的扭曲和民族生命力的病弱;另一方面,正在膨胀的工业文明也带来了它的痼疾和局限,并形成对人性全面发展的新的压抑。于是,寻根者产生了反压抑的冲动,企望超越现实中传统与现代两种文明的冲突和缺陷,去寻找第三种更为完善的文明。

三

在远离城市的偏远地区,在与传统形成反差的异族文化中,在未经文明教化的原始生活形态里,寻根者找到了什么?他们寻找到荒蛮的自然景观,寻找到质朴单纯的人性,寻找到野性的生命力和阳刚之气,寻找到神秘的信仰和思维方式。然而令人惊讶的是,多数寻根者在这些直观性的一般收获之外,都不约而同地找到了爱情。

《勃》的主人公遇上了蒙古族姑娘,尽管语言不通,但她大胆强烈、无所顾忌的性爱表示,很快使他堕入爱之深渊。《环湖崩溃》里,主人公找到了没有婚姻意识、放纵性情的卓玛意勒,当他听从嘱咐去她的帐篷时,她已经等着献身于他了。于是野性的爱和娇媚使他感到惬意,感到一种仿佛来自远古的生命力的舒展。《沉》中的老刘在与世隔绝的山村里结识了蕊雀,蕊雀的有意安排和不顾一切冲破了老刘的防线,他俩在原始森林里返璞归真地结合了。"让我舒舒服服地做一个猿人吧",这就是老刘的心愿。《远》的主人公梁锐与摩梭姑娘结成婚姻,摩梭人至今还保留着原始母系大家庭的习俗,她们的性爱方式是无拘无束和充分自由的,灌注着出于本能的自然的激情。

显然,寻根者的爱情具有易于辨认的相似之处。首先,这些女人在男女关系上都表现得分外坦诚直露、大胆炽烈、单纯而富有野性。她们更多地服从生命本能的需要和冲动,而不掺杂理性的掩饰,思前顾后和患得患失。她们的性爱观是超意识、超道德和超文明的,感情方式也与传统或现代的婉转、曲折、缠绵和温文尔雅形成鲜明对比。它保持着人类童年时期两性结合的最初形式,蕴蓄着未被文明和理性教化、挤压的自然人性和原始情操。其次,寻根者的爱情往往从情爱迅速升至性爱,性爱内容盖过了情爱内涵,感情的原欲超越了理性的彷徨,从而达成返璞归真的原始生命状态的和谐。他们都由此产生了一种自我返归并融化在原始自然状态中的感觉。

这正是寻根者梦寐以求的。他们找到了不同于传统人性与现代人性的第三种人性,即原始的自然人性。传统人性以道德伦理为规范,强调"人是道德的动物";现代人性以科学理性为中心,宣布"人是理性的动物"。它们都着重于人与动物的本质区别上,在两者之间划出了一条不可跨越的鸿沟,并形成了灵、肉二元的思想以及灵与肉、天理与人欲的根本冲突。而自然人性则以人的生命本能为内核,突出人与动物关系接近与相通的一面。它不是以精神主宰肉体、天理克制人欲来达到人性的统一和完善,而是趋向于人的生命力和潜能的自然流露所达到的身心和谐。事实上人性是文化塑造的。尽管人性始终包含着自然性与社会性两方面的内容，但在不同的生存环境和社会文化中，人的本能与道德、理性所占的比重和地位是不同的。在原始生活状态中，人在文明进化序列上刚从自然界挣脱出来不久，他们更多地依赖于生命本能而不是尚未成熟和发达的文化。随着人类文明的发展，人与动物的关系才逐渐拉远，人的行为才日益被道德和理性所控制。站在传统与现代的立场上，原始态的自然人性无疑是非道德非理性的。然而正是这一点，使寻根者发现了批判现实社会和文明的利器，找到了压抑人性的文化的对立面和人性的自然还原。

对此，寻根者表现出了高度的敬意。《盐柱》中，盐柱成了原始生命崇拜的新的图腾。在更多的作品中，体现着自然人性的女子成了寻根者心目中的女神。《远》中的主人公梁锐则视原始的摩梭社会为人间天堂："这里没有因为情杀犯罪，没有婆媳、妯娌这种天敌的存在，所以没有家庭纠纷。大家庭而没有争夺继承权的火并，没有出卖给金钱和权力的爱情。全世界，只有这里的女人是自主的。"寻根者几乎一致地认为自己找到了理想的社会或人性，几乎一致地以原始来对照并批判传统和现代文明。"失乐园"的主题升华到"复乐园"的主题。在寻根的途中，寻根者的原始倾向得到了淋漓尽致的展现。

寻根者通过爱情的亲身体验来认知和赞美原始，这并非巧合。从文化的角度说，两性关系是人类最基本的关系，一部人类文明的发展史，在某种意义上说就是两性关系的演变史。中国传统社会以家族为中心，传统哲学以阴阳两元解释世界，传统伦理把夫妇关系视为"五伦"与"三纲"之一，这一切都表明，爱情和婚姻方式作为文化的核心内容，易于成为概括和透视整个文化形态的标志。从文学的角度说，爱情是富有艺术魅力的永恒主题之一，是人生追求与美好理想的象征。寻根者将爱情与文化理想重叠于一，从而爱情具有了隐喻性内蕴，它强烈地表现了对原始生活方式和人性的一见钟情、炽烈的爱和结合的愿望。

四

然而,寻根者寻找到了爱情,爱情却都以离异和悲剧而告终,寻根者满怀真诚地赞美原始,结果却由于难以在原始生活中扎根和融合而纷纷出走。

《远》里,梁锐感到自己在摩梭人的社会里是个外人,只得回到他厌倦的、憎恨的,也是他熟悉的那个文明社会中去。《黑骏马》中的白音宝力格尽管对索米娅和草原一往情深,但最终还是痛苦地骑马出走了。《勃》的结尾是一个惊心动魄的场面,蒙古族姑娘赤裸着身体,哭泣着手持猎枪对准了"他";他朝哭声走了几步,又站住,终于转身背她而去。《环湖崩溃》的主人公眼睁睁地看着卓玛意勒被开湖的冰浪吞没,却无力挣脱来自文明社会的另一情人花儿的拦抱。《沉》中,潜伏着深刻文化差异的爱情,导致蕊雀的夭亡。……这惊人相似的结局,与其说出自一种文学模式,不如说是生活的现实法则使然。寻根者不可克服的自身矛盾,寻根过程中难以避免的文化冲突和内心困惑,注定造成这共同的爱情悲剧和出走的选择。

首先,寻根者摒弃传统和现代文明,却难以克服和改变在文明中形成的自我;他们向往、赞美和返归原始,却无法在现实中真正与原始融为一体。他们原始主义的理想总是与自己作为现代文明人的现实相抵牾的。因此,他们以外来人的身份闯入,终将又感到是外来人而出走。

这种深刻的内在矛盾是难以掩饰的。即使当寻根者忘情地赞美原始的生活方式时,它也会或隐或现地冒出头来。梁锐慷慨激昂地列数摩梭社会没有文明社会的种种痼疾后,不无遗憾地带出一句:"当然,也没有现代化。"

老刘在长篇大论地讴歌原始蛮荒的五岔沟有无穷无尽的好处时,更直率地来了个转折:"可是,这里也没有火车的轰鸣,没有机床的飞旋,没有速度和节奏!连人的大脑都由于缺乏新鲜的刺激而变得拖沓和疲惫!"这表明,受过现代教育和文明熏陶的寻根者,骨子里并未放弃对现代化和物质文明的拥戴和需求,他们只是不满随之而来的文明的压力和人性的异化,只是追怀和向往在现代社会中业已丧失而在原始境地中依然遗存的一切,只是借助于原始的观照来对比和否定文明的缺陷。他们无法克服已经根深蒂固的现代价值观。

在爱情和婚姻领域,寻根者的内心矛盾表现得更加不可调和。他们一方面赞美生命本能的冲动和原始的性爱方式,另一方面又无法改变埋藏在意识深层的文明爱情观和道德观。《环湖崩溃》中,"我"崇拜卓玛意勒如同女神:"她的胸脯,她的屁股,她的大腿,可以称得上是生命繁衍的祖母。它们让男子汉一扫胆怯懦弱,不怕牺牲,勇往直前。她可以治好大自然的阳痿病。"然而即使他搂抱卓玛意勒最紧的时候,他还是想着"一个女人只能属于一个男人""真正的爱应该是寄托,而不是占有"。于是崇尚生命本能与坚守理性道德如此自相矛盾地集于一身。同样,梁锐曾经歌颂"全世界唯有摩梭女人是自主的",但当他的摩梭人妻子自主地与另一男子发生关系时,他还是遵循着缺乏自主的社会的惯例,打了妻子的耳光,并仇恨地向那个男人报复。其根源在于梁锐崇尚摩梭人的原始婚姻方式,却不能容忍群婚制遗风对自己丈夫意识和权利的侵犯;他谴责文明社会的道德理性对人性的桎梏,却又不能改变建立在专偶制基础上的文明的婚姻道德观。这种深刻的悖论,是文明的自我与超越文明、返归原始的欲望相互撞击的必然结果。

其次,既然寻根者只是抛弃文明的社会而不能改变文明的自我,那么原始与文明之间的历史性文化壁垒就无法根本拆除。返归原始的冲动与人性的相通可以促成爱情,但两者之间更为强固的差异和冲突却往往导致爱情的悲剧。

两种文化的难以沟通不仅表现在观念和行为上,而且还表现在支配行为并比观念更内在更稳定的思维方式及特征上。思维方式是文化的结晶,是物质文明与精神文明进步程度的标尺。它总是聚焦地反射出不同文化背景和心态深刻的差异。《勃》的主人公不断地为自己的性爱冲动反省,并得出沉痛的结论:返祖现象。这体现了他理性思维的习惯,这种思维突出智力的、认识的因素,强调价值的判断和逻辑的推理。相反,在他蒙古族情人的思维中,却充满着强烈的情感和运动的因素。这种情感思维促使她不顾一切地表露爱欲,促使她得不到他的爱就拿枪对准他。这里起作用的不是理智,而是情感、欲望、生命本能等非理性的东西。《沉》里,蕊雀毫不掩饰自己的情欲,至于冠冕堂皇的责任、左邻右舍的舆论,全不在她的思考之列。与此形成对照的是,老刘涉足爱河之后,却沉湎于理性的自我反省和自我忏悔,反反复复的权衡和瞻前顾后的解释使他胆怯多疑。蕊雀最后的死与其说归因于友善的哄骗,不如说是老刘通过理性思维早就把握到的他俩之间不可逾越的差距。即使友善不哄他,他与蕊雀结合的勇气也会被理性的深思熟虑戳得千疮百孔。

以人类思维方式的演进来看,情感思维体现了原始思维的主要特点,它是以不可分析和缺乏分析为特征的。因此女主人公只能模糊感知到文化差别的存在却无力判别和追究冲突的性质和原因,甚至在激情的作用下抹杀这种根本差异。理性思维则是文明社会尤其是现代社会的思维特征。它使主人公多思多虑,一方面由于清楚地认识到横亘在爱情前面的文化沟壑而理智地退缩,另一方面,这种思维本身就是排斥和压抑情感本能的。它自我肯定的价值倾向必然选择理性化的爱情而非原欲式的爱情。因此,文化差异只是造成爱情悲剧的泛指性原因,而更深刻的动因则在于寻根者过于理性化思维及其做出的认识和选择。

最后,寻根者既看清了两种文化的不可调和,却又希望整合它们的长处、摒弃它们的短处,从而陷入不可排解的内心矛盾和困惑的两难境地。寻根者的情感经历都以这种心态告终。梁锐把美丽的梦留在身后,怀着不知"身前是什么"的迷茫;姚亮旧的牧歌破损了,又无望地去追寻新的牧歌;老刘痛苦得心如刀绞,既为蕊雀之死,更为自己对她态度的自相矛盾;白音宝力格离开草原时,内心彷徨困惑、爱怨交织。在另一些作品里,寻根者的矛盾和困惑置换变形为虚无缥缈的神话和神秘主义的玄思,以求在非现实的世界里得到超脱。如《环湖崩溃》的结尾画面:"奥博辽远的大草原——一个神话世界,一个密宗天地。受孕于人类的大湖在石破天惊中托出了新生的荒原女神,冉冉而来,如黑云冉冉而来。"《蓝色高地》最后以主人公的哲思消解了所有痛苦和冲突:"一切都陷入黑暗/一切都不再存在/一切都等待着被诞生。"

归根结底,寻根者的困惑根源于他们对新文明的理想主义的追求。新文明应该是完美无缺的,这种欲念一直贯穿他们寻根过程的始终。他们走过了一个圆圈。他们从城市闯入原始境界,又从原始回到文明社会;他们不满文明而去寻找原始理想,但原始比照出文明的弊端的同时,也显露了自己的缺陷,于是又开始新的寻找;原始主义的梦醒了,但调和、集合原始与文明并使之达到优越性互补的新梦又诞生了。问题是,各种文化实体(包括原始与现代)都是组织严密、自成一格的系统,它们的结构和功能相类于自主性和自调性的有机体,不同发展阶段的文化形态满足着彼时彼地人类的需要,它们的生命力和特征即包容在价值正负两面的统一之中。因此,从历时态的文化系统中抽出某些部分或元素加以最优化的整合,不可避免地会遭遇许多难以解决的现实矛盾。

作为知识分子的寻根者就是这样一类人:他们向往、返归原始,却又不能抛弃文明的自我;寻根的初始和中途,他们是原始主义者,但从中途到结尾,他们又显露出现代主义者的倾向;他们经历了原始与文明的冲突,又希望以原始的一半批判和补救文明,再以文明的一半替代和更新原始。确切地说,他们在本质上是半原始主义者,始终徘徊于原始与文明之间。他们的自身素质、所处环境和理想追求都是一个复杂的矛盾体。

五

原始倾向是一种广泛的世界性文学现象。从历时态看,欧洲文艺复兴运动打出"回到古希腊去"的旗帜;18世纪启蒙主义文学表现"高尚的野蛮人"和"回返自然"的主题;19世纪浪漫主义文学批判城市工业文明和歌颂古代的田园生活;20世纪现代派文学揭示人与社会、人与自然、人与人、人与自我关系的全面扭曲和异化,以反证和肯定在原始状态下这四种关系的自然和合理。它们都以原始来对比和批判文明,流露出返璞归真的情绪。从共时态看,毕加索的绘画,斯特拉文斯基的音乐,艾略特、庞德的诗歌,奥尼尔、尤奈斯库的戏剧,劳伦斯、乔伊斯、福克纳、戈尔丁的小说,荣格、弗莱的神话原型批评,以及拉美的魔幻现实主义,苏联艾特玛托夫的作品,都出现了向原始和神话因素的返归,或者重塑神话心态和原始情操,或者运用神话的想象方式表现原始题旨,或者从神话的角度发掘和评价作品。这股文学运动和创作倾向,是伴随着全球性的文化寻根意识尤其是西方现代非理性主义思潮而兴起的。

在被称为原始主义文学的一些西方作品中,我们看到了类似的寻根者形象。如康拉德的《黑暗的心》中的库尔兹从坟墓般的欧洲城市来到非洲大陆,与黑人部落共同生活,最后死于被强制押解回现代社会的途中;毛姆《月亮和六便士》里的思特里克兰德舍弃西方文明,定居于太平洋上的塔希提岛,与土著人结婚并终其一生;劳伦斯《骑马出走的女人》则塑造了厌倦现代社会生活的利德曼夫人,她骑马投奔印第安人部落,甘愿把自己作为牺牲奉献给印第安人的太阳神。与我们的寻根者不同的是,他们都以宁为玉碎的态度抛弃现代文明,没有在原始与文明之间游移和困惑,最后都以死表示自己与文明誓不两立的决心和返归原始的坚定不移的愿望。他们是真正的原始主义者。尽管他们也未必能完全改换为一个原始的灵魂,但至少,他们拒绝回到文明世界,是将原始主义信仰贯彻到底了。

寻根是文明的压抑与反压抑的产物。文明在病态中陷得越深,抛弃文明、返归原始的驱动力也就越大。中西寻根者结局的不同,在于他们反文明的冲动在性质和强度上存在着差异。一般来说,中国寻根者处在农业社会的传统文明向工业社会的现代文明历史性过渡的文化背景之中。他们虽然标榜自己反对现代文明,但事实上他们的批判对象却并不是纯粹的现代文明,而是掺杂着大量的传统文明的内容,正如他们耿耿于怀的现实环境,正是一种传统与现代因素犬齿交错的文化混合物。他们大多怀有迅速与世界潮流和文明进程保持同步的迫切愿望,但又不能不顾及传统依然强韧有力并阻碍着现代化的实情。于是两种文明一起满足着他们现实功利和超前意识复合的心态。然而这本身就潜伏着矛盾,工业文明不仅与农业文明相对立,而且是后者发展的历史定向。对农业文明的扬弃即意味着对工业文明的某种肯定,意味着对工业文明批判力量的削弱和中和。另一方面,他们对工业文明病态的认识,一半来源于自己的敏感和亲身体验,一半却是间接地从西方非理性主义思潮中拿来的。尽管来自生活的直接经验与来自书本的间接经验有相通的一面,但它们毕竟是工业化程度不同的两种社会生长出的心态。简单地以移植来充实和强化固有的自然心态,虽然使这种批判意识具有真实和可信的力量,却又不无虚假和夸张的成分。上述两方面的原因使寻根者目标达到的结果便是目标本身的消失或模糊,从而导致从原始境地中出走。

西方的寻根者则不同。西方社会早就完成了工业革命,并正在向后工业社会过渡。现代文明经过数百年的实践和发展,一方面显示了它空前的物质进步和个性的觉醒,另一方面也制造了诸如两次世界大战那样的空前灾难。高度发达的物质文明也造成了精神的荒芜,造成生态环境的破坏和人与自然关系的敌对;个性主义的强化也带来了人与人关系的难以沟通和极端冷漠;现代理性暴露的消极面和局限性,对人的感性生命和潜能的压抑使人们普遍感到自我的失落;社会则成为操纵人、扭曲人性的异己力量。这一切表明,西方文明在一定程度上已经深陷于它的病态泥沼,在它的巨大压力下,寻根者滋生了悲观绝望的情绪和反文明、反理性的强烈冲动。他们以颠覆性的姿态批判和反叛文明,其力度是与文明痼疾的长期性和深重性成正比的。因此他们把原始看作文明的对立面和理想所在,宁愿作为原始的祭品,也决不与文明的病态妥协。

导致他们皈依原始的另一个重要因素是宗教。西方文明并没有改变大多数人的宗教信仰,它依然是人们普遍的精神支柱和超脱现实的一块净土。宗教就其本质来说是原始主义的和非理性的,它召唤人们做着远古时代就有的伊甸乐园的梦和寻找圣杯的骑士的梦。寻根者如此坚执地拒绝现代物质文明,与宗教意识所积淀的原始倾向和信仰力量不无关系。中国的寻根者则是在宗教信仰极其薄弱的民族文化环境中生长的,他们的现实理性使自己难以彻底抛弃物质文明的追求,难以在精神上达到忘我的信仰的高度。

总之,出走与死守的不同命运,反映了中西寻根者所处文化形态的落差和殊异。在中国的现实土壤上,难以产生以与现代文明决裂为特征的真正的原始主义者。西方非理性主义思潮可以激活中国寻根者返归原始的冲动,可以赋予他们超前性的意识和幻想,但一旦碰上外部的和内心的壁垒,他们又回到了半原始主义的立场。

第六章　反原始主义：原始心态的重塑

一

作为一种大胆预测，韩少功的《爸爸爸》在新时期最初十年的小说中似可跻身前十名。而且，它对民族文化心理的追寻几乎相当《阿Q正传》对国民性的揭示，将在文学史上占据重要的位置。

文学史家喜欢拉开时间距离来看作品。如勃兰兑斯就十分欣赏"在任何一场伟大的新文学运动开始后十二年""对这种文学作一番考察"。① 而作为文学理论家的韦勒克却主张一种"透视主义"，认为"我们要研究某一艺术作品，就必须能够指出该作品在它自己那个时代的和以后历代的价值"。② 这似乎是矛盾的。但事实上，所谓"时间的评判"，只不过是批评家和读者实践的评判过程而已。当然，"透视"所凭借的不是瞬息的灵感和

---

① 勃兰兑斯：《十九世纪文学主流·法国的浪漫派》，李宗杰译，人民文学出版社1982年版，第419页。
② 韦勒克、沃伦：《文学理论》，刘象愚、邢增明、陈圣生等译，生活·读书·新知三联书店1984年版，第36页。

直觉的武断,而是依据文学作品系统内有深度的比较。

读完《爸爸爸》,人们会疑心在丙崽那颗"倒竖的青皮葫芦"脑袋里,寄植并运转着的是阿Q的灵魂。或者反过来说,可以把阿Q看作丙崽象征心态的现实对应物和性格具体化。似乎应该肯定,《爸爸爸》从《阿Q正传》里汲取了什么,但我们必须同时思考,前者的出现给后者带来了什么改变。所谓"改变",指的是对作品内蕴和价值的重新认识。因为,一部作品的意义及评价,存在于它与其他作品的关系和比较之中,一部真正富有新意的作品的诞生和加入,会使原有作品系统的理解、评价和秩序发生微小或重大的调整。这是双向的观照和运动。诚如艾略特所指出的:"过去因现在而改变正如现在为过去所指引。"①我们之所以要对批评家们谈论得如此之多的阿Q做一番新的挖掘,在某种程度上恰恰是受了丙崽的启示和推动。

如果说,鲁迅借助他对历史和传统文化的深刻洞察力塑造了阿Q,那么《爸爸爸》则熔铸了韩少功对民族学、民俗学的丰富知识和深入思考。历史学、文化学、民族学和民俗学都牵涉到具有广泛包容性的人类学研究领域。一般人总以为人类学探讨的是种族问题和原始文化,与文明社会和现代生活无甚关系。但事实上,正如弗兰茨·波亚士所指出的:"差不多每一个人类学问题都接触及我们最密切的生活。"②也许,人类学与文学的关系最为密切:"文学是人学"已为大家所熟知,而人类学的希腊文原意是"关于人的科学"。从人类学的角度看,在阿Q的"精神胜利法"和丙崽由"爸爸""×妈妈"两个符号建构的处世之道背后,潜伏着一种深刻的心态同构,那就是原始的精神状态和情操。或者说,是残留和积淀在民族文化心理结构底层的集体意识和集体无意识。

---

① 戴维·洛奇:《二十世纪文学评论》上册,葛林译,上海译文出版社1987年版,第131页。
② 波亚士:《人类学与现代生活》,杨成志译,商务印书馆1985年版,第5页。

二

其实,鲁迅在批判封建传统文化时,常常将它与原始文化挂起钩来,用人类进化的眼光和现代文明的标尺予以强烈否定。他在致许寿裳的信中说:"《狂人日记》实为拙作。……偶阅《通鉴》乃悟中国人尚是食人民族,因成此篇。"[1]在他看来,几千年的中国历史以及与之相应的文化形态(家族制度和礼教),实在与原始社会相去不远。在与"国粹派"的论战中他又指出:所谓"国粹","没一件不与蛮人的文化(?)恰合"。[2] 此种发现,无疑具有独到的深邃性和醒世的爆炸力。

一个民族的文化传统除了官方文化和规范文化之外,还包括流传于民间的不规范的潜文化。它主要通过风俗习惯体现出来,并往往更深地扎根于文化贫乏的下层人民心灵之中。鲁迅在审视和剖析这一文化层面时,同样发现中国人普遍信鬼神和命运,与原始迷信有着未切断的观念脐带。他认为"万有神教"这种思想(即现在通常说的"万物有灵论"),"本来是无论何国,古时候都有的,不过后来渐渐地没有罢了,但中国还很盛"。[3] 更值得注意的是,鲁迅还从观念表层深潜到思维方式的心理深层:"虽至今日……唐、宋的,甚而至于原始人民的思想手段的糟粕都还在。"[4]人的观念不过是固有思维方式的产物和显现,它的代代传袭正是由于思维方式长期的历史积淀和凝结。两者互相依附缠结,但后者无疑更具顽固性。

所有这些,是我们理解和阐释阿Q的一把钥匙。鲁迅对原始思想及其现实留存的关注和批判意识,是他重塑阿Q原始心态的深层心理动因。"精神胜利法"作为落后的国民性,其实质就是一套原始的思维模式和反应模式。

思维的根本问题是认识主体与认识客体的关系。人类在其特定的发展阶段上,对外在世界定会做出某种主观反应。这种反应不仅具有思想和

---

[1] 鲁迅:《鲁迅全集》第11卷,人民文学出版社1981年版,第353页。
[2] 鲁迅:《鲁迅全集》第1卷,人民文学出版社1981年版,第327页。
[3] 鲁迅:《鲁迅全集》第9卷,人民文学出版社1981年版,第308页。
[4] 鲁迅:《鲁迅全集》第9卷,人民文学出版社1981年版,第301页。

感性方面的一些基本特质,而且还源自并再现思维机制的一般形态。在这一点上,原始人的思维趋向与现代文明人存在着易于辨认的分野。受到科学和理性熏陶的现代人,仅仅凭借常识和经验,在思维中就能够把事物的映象与事物的存在相区别,把客体与由此激起的情感、行为相分离,即使在知觉的心理复合中,也有能力分辨出什么是客观的东西,什么是主观的东西。

相反,原始人由于生产力低下,他们的思维活动仅仅处于主客体分化的边缘,内在世界的感觉和外在世界的规律区分是极不确定、极不明晰的,两者之间没有一道坚定而理性的界墙。也就是说,原始人把自己主观的情感、欲望和幻想,投射于外在世界,认为它们是具有客观性质的,并且把它们当作实在来感受。因此,主观与客观不可分化地混为一体;物理的与心理的,有生命的与无生命的,幻想与现实,人与天地万物以至鬼神,统统存在着一种实体意义上的神秘的互渗关系。如列维-布留尔在分析了原始集体表象和制度后指出的,"原始人的思维在把客体呈现给他自己时,它是呈现了比这客体更多的东西:他的思维掌握了客体,同时又被客体掌握。思维与客体交融,它不仅在意识形态的意义上而且也在物质的和神秘的意义上与客体互渗。这个思维不仅想象着客体,而且还体验着它"①。

正是这种原始的思维模式,支配着阿Q的心理活动和现实行为。性格学的分析把阿Q归结为愚昧麻木,将"精神胜利法"定性为自欺欺人。但从人类学角度看,其更深藏的源头是思维中的主客体神秘同一。阿Q被人在墙上碰了响头后想:"我总算被儿子打了。"这里的父子关系并不具有客观性,纯粹是出于阿Q主观的想象和愿望,是弱者的情感宣泄。但有悖于日常经验的是,阿Q完全忽略了主客观的不符和矛盾,丝毫不怀疑想象的现实性和咒语般的实际力量,并且他还能够把想象当作事实一样来体验内中的情感,从而心满意足地获胜。在阿Q的意识中,客观感受性和主观的感觉是混同合一的,他的幻象是什么样的,外在世界便是什么样的,其中并不存在任何常识和逻辑上的障碍。因为他的思维首先并主要服从于原始的主客观"互渗律",而不是遵循理性思维所习惯的两分法——精神

---

① 列维-布留尔:《原始思维》,丁由译,商务印书馆1985年版,第429页。

的和物质的。

所谓"互渗律",不仅是指主观表象与客观实在的互渗,而且也涵盖了主观表象中客体、存在物、现象之间的互渗。这两方面是紧密融合的。前者是从表象的内涵来看,体现出原始思维的神秘性,后者则主要就表象间的关联而言,灌注着原始思维的原逻辑或非逻辑性。阿Q的精神胜利法本质上是主客观的混淆,而他的具体化心态则是想象中的多种多样的互渗关系。

首先,是两个存在物之间的互渗。阿Q在光洋被抢后用力打自己的耳光,"似乎打的是自己,被打的是别一个自己,不久也就仿佛是自己打了别个一般"。主体既是他自己,同时又是与其互渗的那个人,这种主体意识显然违反矛盾律和同一律。但对于受"互渗律"制约的思维来说,这里毫无困难可言。自己的脸如何变成别人的脸?热辣辣的痛怎样转移到对方身上?阿Q是以完全不关心的态度来对待这类矛盾的。因为在他的意识深处,他相信打耳光这一类事件本身的神秘力量和远距离感应作用。存在实体间的互渗意识最早可追溯到原始图腾崇拜,如华夏族把自己看作龙的传人。此外,以十二生肖的相生相克推断婚姻关系,认为一个人的照片、画像、名字、生辰八字与他本人具有神秘的共同性,对前者的占有或毁坏会实际影响到后者,等等,都属于这种互渗形式。

其次,是事件与事件的神秘互渗。阿Q挨了王胡和假洋鬼子的打之后遇见了小尼姑,于是便满怀怨气:"我不知道我今天为什么这样晦气,原来就因为见了你!"这是原始思维所特有的一种活动方式。对它来说,世界上根本不存在偶然事件和偶然的联系,两个事件在空间和时间上的接近就是一种互渗,就构成必然的因果联系。从逻辑思维的角度看,阿Q的"推论"无疑是十分荒谬的。不仅两件事的衔接纯属偶然巧合,而且怎么可能时间上结果在先而原因在后呢?但阿Q根本不知道什么叫演绎和论证,他下结论的依据是头脑中事件表象的接近和由此而来的神秘互渗。这种互渗是互为因果的:挨打可由见到小尼姑来解释,而挨打又是一个预兆,是见到小尼姑这更大的晦气的原因。阿Q与原始人的思维一样,"主要注意接近,而彼此联系的因素之一在时间上是先行呢还是后继,这完全是次要问题,也许它甚至根本无关紧要"①。这种寻求事件间因果链条的原逻辑思维,同样也深潜于我们民族的集体意识之中,如星相、风水与人的命运的互渗,陨石、地震与王朝更替的互渗,眼皮跳、梦境与现实祸福的互渗,等等。

最后,是人与冥冥中的灵魂、命运的互渗。原始人对于疾病死亡、天灾人祸会有一种立即的心理反应,从中引出与之互渗的神秘和看不见的力量。一切都不是偶然发生的,它们都受着神秘力量的事先安排、操纵和决定,"这里不需要对事件的解释;事件自己解释了自己,它是启示"②。这个神秘力量就是存在于冥冥之中的命运,它通过一切灾难性事件显示自己和证明自己。阿Q同样具有这种思维特征。无论是坐牢、画圈,还是游街、杀头,他总以为"人生天地之间,大约本来有时要"如此这般的,于是像《周易》上说的"乐天知命,故不忧"起来。"本来"之说表明阿Q对"定命论"的坚信,而"大约"正是由于命运的力量的性质对他来说太神秘莫测了,无法预先知晓,只有当它表现出来时才让人朦胧感知它的内容。鲁迅说:"中国人的确相信命运……命运并不是中国人的事先的指导,乃是事后的一种不费心思的解释。"③这种命运观完全不是对现实规律的客观认识,而是源于主观想象中的神秘互渗。因此阿Q对自己悲剧命运的真正原因是毫无兴趣的。

与此相联系的是灵魂观。在原始思维中,最强化的互渗是在活人与死人、人与灵魂之间进行的,它构成了原始信仰的核心,并为尔后的宗教所继承和借用,衍生为轮回转世和因果报应。原始人相信,死亡与出生都不过是一种生命形态向另一种生命形态的转换,"当孩子生下来时,这就是某个确定的人再度出现,或者更正确地说是再度赋形。任何一次出生都是转生"④。阿Q正是趋着原始思维的指向,才无师自通地叫出了"过了二十年又是一个(好汉)"。他和大多数迷信的中国人一样,相信灵魂的实有和不

---

① 列维-布留尔:《原始思维》,丁由译,商务印书馆1985年版,第277页。
② 列维-布留尔:《原始思维》,丁由译,商务印书馆1985年版,第359页。
③ 鲁迅:《鲁迅全集》第6卷,人民文学出版社1981年版,第130—131页。
④ 列维-布留尔:《原始思维》,丁由译,商务印书馆1985年版,第330页。

死,相信人死后灵魂的投胎转生。他们在生理学方面知识的贫乏与原始人相差无几,因而必然以神秘的互渗形式来想象和理解生死现象。

综上所述,我们可以确认阿Q的原始心态。主客观的混淆,对逻辑矛盾的漠不关心,以及超自然的神秘的因果模式,从根本上限制了阿Q对自身和现实环境的客观认识,造成从未自我意识到的自瞒和自骗。这正是鲁迅所痛心疾首的落后的国民性。因为,对自身和社会任何自觉的改造都必须以客观认识为前提,而原始心态恰恰堵塞了认识客观化和现实性的道路。鲁迅对阿Q原始心态的批判性重塑,表现了他在社会思维特征的层面上对民族心理的评估和对社会进程滞后根源的追索,以及对现代科学和理性思维的呼唤。国民性不过是国民思维方式的发散和外化,只有从这点出发,我们才易于理解和真正领会阿Q形象的深度之所在。

三

在《阿Q正传》和《爸爸爸》之间不难找到相似的基质,如叙述语调中透露出的冷峻、调侃和讥讽,如主人公形象的不三不四、行为的荒唐可笑、命运的尴尬和悲惨。从这点说韩少功是深得个中三昧的。但也有根本的不同,即阿Q虽夸张而仍是写实的,并不乏现实中人的丰富性和具体性,而丙崽似写实却已高度变形,具有象征意象的单纯性和抽象性特征。

这个永远穿开裆裤的小老头,这个智力不随着年龄增长的傻崽,这个喝毒药而不死的怪物,究竟象征着什么?韩少功以区别于传统隐喻的独创性和私人性,磨毛了丙崽的透明度,同时也扩张和升华了他的概括度。

皮亚杰在探究发生认识论原理时,曾深感史前人类概念形成文献的匮乏,他认为唯一的出路"是向生物学家学习,他们求教于胚胎发生学以补充其贫乏的种族发生学知识的不足,在心理学方面,这就意味着去研究每一年龄儿童心理的个体发生情况"。[①] 这里表达和确认了一个深刻的思想,即个体智力发育和认识过程通常是人类种族思维演进史的参照和缩

---

① 皮亚杰:《发生认识论原理》,王宪钿译,商务印书馆1985年版,第13页。

影。也就是说,儿童的思维能力、思维方式及心态,是与人类童年时代的原始思维及心态互为印证的。丙崽的谜底就在于此。他既是原始心态的象征性重塑,也是民族心理和群体意识对象化、纲领化的写照。

丙崽的智力尚滞留于儿童最初的感知运动水平。他遵循的是以感知为基本方式、以模糊为特征的自然思维。小说这样概括地描绘丙崽:"吃饱了的时候,他嘴角沾着一两颗残饭,胸前油水光光的一片,摇摇晃晃地四处访问,见人不分男女老幼,亲切地喊一声'爸爸'。要是你冲他瞪一眼,他也懂,朝你头顶上的某个位置眼皮一轮,翻上一个慢腾腾的白眼,咕噜一声'×妈妈',调头颠颠地跑开去。"这里的"爸爸""×妈妈"并无确定的意识内容,既不是概念层次上的符号,也不是严格意义上的情感,如爱憎,而是对外在世界一种模糊的感知觉及其简单化的表达。在丙崽的头脑里,感觉与知觉、客观与主观是混沌一体的。"爸爸"既是男女老幼不分的知觉表象,又是主体本能的感觉反应。同样,在"×妈妈"中,你也很难把感觉与感觉对象剥离开来。它到底指的是客观的某种情境及其肖像表达,还是某种主体感觉态势的宣泄,实在难以辨析。因为"爸爸""×妈妈"已离开了作为社会语言的本义,它们是丙崽的私人"象征"符号。

但是我们毕竟可以看出这两个符号对丙崽来说具有不同的意义,而且意义重大。它们被运用于应付一切外在事件和变故,包括与丙崽娘的对话和与外界的交流。"爸爸"和"×妈妈"两种感知觉形式建构起丙崽的心理格局,他以不变应万变,把环境的刺激整合到这一既定结构中去。也就是说,他对眼前情境的判断和反应是根据他与早先情境中感知觉的直接类比做出的。丙崽娘俩几次对答如流的交谈,并不意味着丙崽听懂了对方的意思,而仅仅表示丙崽对每一句话所引起的感知觉方面某种特性的认同。这种主体与客体的同化形式,仍未把客体的特性跟与这些客体有关的主体活动的特性充分区别开来。虽有归并类比,却仍处于前概念和前关系的思维水平。正如皮亚杰所指出的:"儿童最早的活动既显示出在主体和客体之间完全没有分化,也显示出一种根本的自身中心化,可是这种自身中心化又由于同缺乏分化相联系,因而基本上是无意识的。"①

一般说来,儿童的思维发育须经过感知运动、前运演、具体运演和形式运演等几个阶段,逐步把感知和肖像的思维方式演进为符号运算的形式化思维方式。对现代人来说,逻辑运算机制在十一二岁就已基本形成。同时,这个过程又浓缩地再现了人类思维由原始、古代至近代、现代进化链条上的一些基本环节。从这个意义而言,丙崽的幼儿心态实质上是人类的原始心态,或者更确切地说,它不是对后者现实性的抒写,而是抽象性和象征性的重铸。

丙崽的意义还不仅于此。作为儿童,他是人类童年心态的象征;作为在特定社会环境中生存和活动着的个体,他又是所处的那个种族群体心理的象征。个体思维和种族思维是密不可分、互为因果的。前者受后者的制约和规定,并映显着后者的一般特征。在作品中,丙崽行为的荒诞与整个鸡头寨氛围的荒诞是和谐互渗的。群体原始心态的写实不仅补充和丰富、衬托和完成了丙崽的形象,而且在相当程度上成为丙崽象征意蕴的注释。

显而易见,《爸爸爸》在题材上融入了不少民俗学和种族史的资料。作者挖掘并重现了闭塞地域古老的民风民俗,以及与之相应的群体意识。从文化人类学的角度看,这种群体意识具有浓烈的原始心态色彩。

首先,是相信万物皆有灵魂。丙崽娘弄死一只蜘蛛,那是蜘蛛精,于是遭了报应;蛇据说见了妇女会动感情,宁死不弃;鸡公岭成了鸡精,吃尽了田里的谷子;最不可解的是一口水井和一棵大樟树,仅因形似男女生殖器,而被当作生育之神敬以香火。在寨民们的意识中,无所谓有生命的东西与无生命的东西、有感情意志之物与无感情意志之物的区别,天地万物总是和人混然相出,织成世界整体隐蔽的因果网络。

其次,是对自然的崇拜和敬畏。对寨民们来说,外在自然界是陌生的、异己的,但又是有生命并能与之沟通的。他们总感到有种种看不见的神秘力量在操纵着自己的命运,由此引起对自然的异常复杂的情感,其中既有感恩图报的虔敬心情,又有害怕灾难忽然临头的恐惧感觉。因此烧窑前要

---

① 皮亚杰:《发生认识论原理》,王宪钿译,商务印书馆1985年版,第23页。

举行庆典仪式,以求得神灵的认可和帮助;还有种种禁忌,表达对神灵的敬畏。要打仗则先须砍牛头占卜,领受神灵的昭示。这种对自然神的虔敬心态在拿活人祭谷神中表露得最为充分。实际上这是人与谷神间的亲和交换仪式,即寨民们奉献最珍贵的活人祭品,以换取谷神赐予的粮食。仪式进行中一声响雷突如其来,又使寨民堕入疑惑、恐惧之中,认为是神灵对祭品不满。他们完全把自己的情感、欲望和想象诉诸自然,并把这集体心象看作是客观真实的。

最后,是表现神秘互渗思维的巫术情操。当一个社会集体觉得世界充满着种种秘密力量和神秘关系时,他们便会施行巫术性质的行动来影响和利用这些关系和力量。巫术本身又是非常神秘的,它通过多种多样想象的形式和渠道作用于对象,如接触、转移、感应、远距离作用、占有部分来控制整体、借助类似的东西就能产生类似的东西等等。鸡头寨民的巫术仪式可分为官方、集体的与民间、个人的两类。前者以全寨利益为目的,是公开合法的集体行动。打冤家后举行的巫术仪式是全寨分吃敌方尸体的肉羹,这是不许推拒的。在他们的深层意识中,敌方战死的人是勇敢的,吞食他的肉体就意味着在某种意义上与之互渗相通,也即占有了对方的勇敢和智慧。另外,这个举动还被认为能够对活着的敌人产生实际作用,因为类似的个体之间也存在着神秘的互渗。巫术的法力在寨民们心目中是无边的,除了能作用于现实的人,亦可用来对付超自然的精怪。当巫师指点歉收的原因是鸡公岭鸡精作怪时,寨民便动议一项浩大的巫术工程——炸毁鸡头峰。他们也有自己的思维逻辑和因果模式,但这都是以幻想与现实的混同合一为特征的,无法反映外在世界的客观因果联系。

另一类巫术则是私人性的,往往是半公开或秘密的,但它的有效性却受到群体的普遍承认。丙崽娘骂人时夹带着一个巫术动作:手在大腿弯子里抹一下。据说这样就能增强语言的恶毒。这是语言与动作的互渗,大概大腿弯子被认为是人体最隐蔽玄乎的部位,具有神秘的属性和力量,一旦骂一句抹一下,语言就渗入了动作的性质作用于对方。鸡头寨还流传着一种"花咒",即取女子的一根头发,按照一套繁复的程序就能控制该女子。这种巫术是以集体表象中人体与它的某个部分的互渗为依据的。仁宝试而无效。但他们是不会怀疑巫术本身的有效性的,而总会怪罪自己在程序的某个环节上出了差错,或者对方用另一套巫术抵消或挫败了"花咒"的威力。总之,巫术观念及表现形式丰富多样,甚至包括仲裁缝吞喝老鼠尸灰,它们都与支配寨民思维的神秘互渗律相联系。

理解了鸡头寨的芸芸众生,我们才真正把握了丙崽。如果说作者分别用写实和象征的手法来刻画他们,那么他完成和表现的不过是同一个东西:原始心态的批判性重塑。当寨民们顿悟丙崽仅会的两句话"莫非就是阳阴二卦",因而把他当"丙仙"顶礼膜拜时,我们除了感到场面的荒唐滑稽,同时也发现他们对待丙崽的心态与丙崽对待世界的心态,其实是惊人的一致。他们一会儿把丙崽当怪物当牺牲,一会儿又奉为神祇奉为救星,其中的转换全凭神秘的感知。这是以极端强烈的情感为特色的集体心态,任何知觉都被包摄在充满运动冲动的情感之中,以至人的情感比起情感对象更为客观实在。这和丙崽"爸爸""×妈妈"的感知运动格局是同源的。区别仅仅在于,作者给我们揭示的是同一事物具象和抽象的两种形态。

这两者被暴力性地嵌合在一个有机的小说世界里,恰如阴电与阳电碰撞出火花、释放出能量一样,作品诞生了一种奇异化的美学风范和审美效果:抽象被拉扯到一个具象的平面上展示,具象则被赋予了抽象的象征意蕴。也就是说,一方面无意识活动的丙崽由于寨民集体意识的感知和观照丰满了知觉特征;另一方面,鸡头寨的群体心态也因丙崽的渗透而升华为民族文化心理的一个隐喻。这种艺术表现方法在现代诗歌中曾被广泛运用,称作"抽象肉感",但跨越文学样式间的障碍,移植于小说领域,至今还鲜见。

如果面对思维发育不全,生理年龄和心理年龄畸形不平衡的丙崽,我们既感到丑陋又充满同情;那么有着悠久历史却患了严重的心态滞后症的鸡头寨寨民们,在我们心中唤起的就不仅仅是悲叹和怜悯,而是一种深沉的传统反思和民族现状自省。这就是韩少功用心良苦的真意所在。

四

归并阿Q与丙崽的共同点,我们可以得出我国现当代文学"寻根"的一种模式,即以强烈的批判意识审视我们民族心态的阴暗面,追寻并揭示它的原始思维印记和特征。事实上,这就是反原始主义的态度和立场。

对任何寻根文学来说,都不可避免地会面临这样的问题:"寻根"的出发点和角度,"根"是什么,以及对"根"的态度。从这三方面,我们可以考察阿Q-丙崽模式的一般特征。

对现状的不满也许是一切寻根的策动源。寻根之所以具有一种反思式的深刻性,其原因正在于现实刺激所掀起的作家心灵的骚动不安,他需要寻求答案和平衡。然而出发点却尽可不同。从传统意识从历史昨天的立场来处理与现实的矛盾,以自我肯定的恋旧情绪做封闭式的国粹发掘,在过去和现在都产生过大批寻根作品。相反,鲁迅与韩少功则立足于现代意识和社会改革,在向世界的开放和横向的比较中,认识现实的滞后和弊病,并以此作为寻根的基点。同样,与此相联系的寻根角度也可以是多样化的。在我国现当代文学中,可以归结出道德寻根(注重人际关系)与自然寻根(执着于人与自然的关系)、普遍人性的寻根与国民性寻根等几种主要形态。鲁迅从变革社会出发,在现实千头万绪的病态现象中,认定落后的国民性乃是症结之所在,由此开国民性寻根之先河。这就是说,对长期沉积的民族心理品格,不仅要从时代的横断面上给予概括,同时还要从历史的纵向上考察和把握。因此,国民性角度易于发现比观念和习俗更难被时间铲除的民族深层意识的东西。

现实的病根是落后的国民性,那么国民性的历史之根又是什么呢?这牵涉到对中国历史的理解。在鲁迅看来,几千年来的中国社会几乎没有什么变化,统治者交替使用王道和霸道,而王道的实质还是霸道;对人民来说,所谓乱世与盛世,无非是"想做奴隶而不得的时代"和"暂时做稳了奴隶的时代"。 在这样一个超稳定状态的社会结构里,自然国民性也就代

---

① 鲁迅:《鲁迅全集》第1卷,人民文学出版社1981年版,第213页。

代相袭、僵化滞重。鲁迅在谈到《阿Q正传》创作时说,他就是"要画出"一个"默默地生长,萎黄,枯死了,像压在大石底下的草一样,已经有四千年"的"沉默的国民的灵魂"①,表达的就是这个思想。在《爸爸爸》里,我们看到的是同一种历史观的表露。鸡头寨寨民的唱简风俗,从上三代一直追溯到姜凉、府方、火牛、优耐、刑天。历史悠久,但生存方式和生存意识却依然如故,甚至连图腾崇拜(凤凰)和祖先崇拜也保存了下来。从现实向过去追踪,他们发现了国民性的一贯性和顽固性,并很自然地触及历史的起点和初民意识。"中国人的不敢正视各方面,用瞒和骗,造出奇妙的逃路来,而自以为正路。"②这是鲁迅寻出的国民性之根,阿Q是它的形象显现。丙崽阴阳二卦的心理格局和非理性,则是韩少功的寻根答案。在我们看来,对这类"根"的人类学评价便是原始的思维方式和心态。

应该说,原始思维是人类历史上各种思维类型的源头,人类思维及其各种形式无论进化到何种水平,总可以在其中找到或多或少的原始思维遗迹。但是使鲁迅哀怒交加的是,在现实国民性的透视中,发现的不是裂变、超越后仍保留着的蛛丝马迹,而是惊人的相似和封闭的重复。在世界文明进程及其思维成果的参照下,他深感瞒、骗与科学、理性在思维手段及心态上的对立:"科学能教道理明白,能教人思路清楚,不许鬼混。"③于是他拉响了"中国人要从'世界人'中挤出"的警报,开出了用科学思维来治迷信思维的药方。这里所灌注的人类思维进化观点,是阿Q-丙崽模式寻根作品的共同思想基础。它决定了对寄生于国民性内的原始心态持鲜明的批判态度,决定了阿Q、丙崽身上所体现的主体情感倾向和色彩。在与世界的沟通中,他们把握到历史的必然要求;但在现状的审视和历史的寻根中,又深感实现这一要求的条件严重脱节。这一深刻的矛盾,不仅逼迫阿Q、丙崽走上悲剧结局,并使作品弥漫着悲凉氛围;而且也极度强化了他们的批判意识与否定意向,以保持对抗所必需的张力。国民性寻根与人性寻根

---

① 鲁迅:《鲁迅全集》第7卷,人民文学出版社1981年版,第445页。
② 鲁迅:《鲁迅全集》第1卷,人民文学出版社1981年版,第240页。
③ 鲁迅:《鲁迅全集》第1卷,人民文学出版社1981年版,第298页。

在内涵上有重合之处,也都把思考深潜于古代、远古,然而在对"根"的态度上却正好是相反的。前者是发现、确认其落后性而予以改造和更新,属于反原始主义;后者则致力于寻找,肯定其普遍性而立意保留和恢复,体现了原始主义倾向。原因在于:前者是以"五四"精神和进化变革论为支柱,后者则有其不同的文化背景和哲学前提。

由此,我们得到了评价阿Q-丙崽模式深刻认识价值和巨大思想意义的两个角度:"五四"传统,人类思维的历史进程及现实方向。

首先,它以独到的透视从根子上给封建制度及文化以致命一击。一个民族的精神活动是以该民族在主体对客体的意识关系中特定的思维方式为深层结构的。这种传统的思维方式不仅参与铸造着民族性格,而且也不断催生出各种民族文化意识。事实上,中国几千年延续的封建传统文化,在思维方式上尚保存着原始思维的遗风,具有主客体未分化和原逻辑的特征。如"天人合一""天人感应"以主客体的神秘互渗为本,"道""气"等对世界统一性的概括"表现出几乎永远是不分析的和不可分析的"原始思维的模糊性和神秘性,"阴阳五行"说的概念归类及因果转化完全不考虑思维中的逻辑矛盾,而君臣、父子、男女的封建等级观念及道德认识则建立在对天地阴阳关系的神秘感知和"互渗律"之上。阿Q和丙崽正是这种传统思维方式的否定性放大。它一方面挖出了封建文化在主体创造方面的老根,另一方面也触及了原始思维特征绵延不绝的客观基础。长期存在于我国封建社会的宗法家族制度,在相当程度上是沿袭了原始氏族制的内容和形式。也就是说,两者都强调并依赖于血缘关系来建构社会组织。这就不可避免地将依附于原始制度的原始风俗、信仰和思维方式带入民族文化心理结构之中。因此,对后者的批判也就意味着对与之共生的封建制度的批判。从"五四"传统看,《爸爸爸》是继《阿Q正传》后对封建主义的又一次颠覆性冲击。

其次,阿Q-丙崽模式以否定的形式揭示了人类思维发展的方向及对本民族而言的现实任务。处于采集、狩猎和游牧活动的原始人的思维是以主客体未分化和神秘互渗为特征的原逻辑思维,具有模糊性和综合性的倾向。人类进入农业社会后,主客体在意识中开始分化,开始出现初级的概念分类和抽象概括。但是这种分化是不彻底的,思维在很大程度上仍然受神秘互渗律的支配。也就是说,"还没有进步到对自然的解剖、分析——自然界还被当作一个整体而从总的方面来观察。自然现象的总联系还没有在细节方面得到证明"[①]。因此仍然像原始思维那样,用主观想象的联系来代替现实的联系,来填补事实的空白。工业化浪潮激发了思维方式的一场深刻革命。人们开始把自然界的各种事物和过程分门别类地加以研究,以定性定量的数学化、公理化方法把握世界的客观规律。一种彻底摆脱神秘主义、以科学和理性为核心的逻辑思维模式成熟起来,并占据主导地位。20世纪以来方兴未艾的信息革命又预示着向更高的思维类型的过渡。现代自然科学的突飞猛进显露了逻辑思维方式本身的某些局限,即它在追求客观化的目标中其实无法彻底剔除某种主观干扰。同时精确化也意味着导致某种简单化,是以忽略事物间复杂的网络联系为代价的,于是人们对远古和古代的模糊思维、综合思维及其心理机制加以重新评估。但需要强调的是,正如这种反省和选择本身是逻辑思维的自我运动一样,新的思维类型也是以逻辑思维为基础和核心的。鲁迅和韩少功从现实中强烈地感受到农业文明与工业文明在思维方式上的冲突,以对前者的否定来表达对后者的召唤。这是出于对社会进程及思维方式演变的客观把握。即使站在现代新思维的立场来看,这种认识和态度仍然是正确和深刻的。因为,处于工业化浪潮中的中国,农业人口占绝大部分的民族,其整个社会思维方式的进程固然可以加速,但人类思维发展的阶段却是无法超越的,恰如小学生不能跳过中学课程的学习而升入大学一样。

正是基于这个严峻的现实,在阿Q之后六十多年冒出了丙崽,而且还能激活人们对民族文化心理的反思和现实感。可以预计,阿Q-丙崽模式的反原始主义作品还将不断涌现。

---

① 马克思、恩格斯:《马克思恩格斯选集》第3卷,人民出版社1972年版,第468页。

下部 神话原型批评

第七章　神话思维与人类艺术思维的建构

一

仅从形象思维的角度把握艺术思维,阐述它与科学思维(逻辑思维)的性质区别,这显然是不够的。艺术思维作为主体性的人类思维的一个构成部分,本身意味着它要受到人类思维机制和水平的整体制约。两者的关系既是结构性的,又是功能性的。功能是结构的必然产物。

人是符号的动物。恩斯特-卡西尔曾指出:"符号化的思维和符号化的行为是人类生活中最富于代表性的特征。"① 人类意识前史的研究表明,动物不仅可能具有感觉、知觉和表象等心理反应方式,而且,灵长类动物还可能具有初级的形象思维。动物思维与人类思维的根本区别在于,它没有以符号和符号系统为基石的抽象思维能力。因此,艺术思维不可避免地受到人脑逻辑思维机制的渗透并表现出它的特性。确切地说,它是一种形象逻辑思维。

---

① 恩斯特·卡西尔:《人论》,甘阳译,上海译文出版社1985年版,第35页。

事实上,表象和语言在人脑中是双重编码的。图像和语言互相联系和制约,在一定条件下可以互译和转换。现代脑科学为形象机制和抽象机制的交合作用提供了证明。美国斯佩里教授关于"隔裂脑"的研究成果告诉我们:大脑两半球既有各司其职的分工,即左半脑主管语言、逻辑和时间方面的观念,具有分析、运算的机能,右半脑掌管乐声、图形和空间方面的观念,具有完形、整合的机能;又有通过"联络脑"的相互作用。所谓"联络脑",就是两个脑半球之间有约两亿条排列得很规则的神经纤维,它们一秒钟之内能够往返传输四十亿个神经冲动,负责协同两半脑完成思维活动。它表明,无论是语言艺术还是非语言艺术,都不是形象思维机制孤立活动的产物,都不可能摆脱人脑系统整体思维功能的限定。因此,引入人类思维这一概念作为考察艺术思维的尺度和依据,无疑是必要的。

人类思维是现代人类学、心理学、哲学等多种学科共同关注的研究对象。在方法论上,它一般可以从两个基本角度加以考察,即共时态的研究和历时态的研究。进化学派人类学对种族思维演进轨迹的探寻,发生认识论对个体思维发育过程的阐述,都具有勾勒人类思维发展的大致轮廓和基本形态的历时性特征。而结构主义人类学则强调地质学的时间意识和超时空的共时现实,致力于寻找从原始到现代一贯性的人类思维本质和基本思维结构。然而,后者的代表人物列维-斯特劳斯也曾客观地说过:"这两种研究,一种从时间上展开人类社会,一种从空间上展开人类社会。……这两种研究实际上的差别是很小的。"①尽管他与萨特之间在关于原始民族成员是否具有智力分析能力和理性论证能力的问题上有过激烈的争论。

世界上一切事物的发生、发展,都蕴含着连续性与非连续性(阶段性、变革性、离散性)的内在矛盾,反映在理论研究上,便有注重共时和强调历时这两种基本的思考方法。两者之间是一种互补关系。然而,在艺术思维的考察中,由于一般心理学方法、成果和还原论思维的影响,我们往往习惯

---

① 转引自埃德蒙·利奇:《列维-斯特劳斯》,王庆仁译,生活·读书·新知三联书店1985年版,第14页。

于从共时性角度出发,去归结艺术思维或形象思维的一般性质及特征,从而缺乏一种"史"的思维和人类学所提供的从原始到现代文明的开阔视野。在人类思维发展的同步观照下,建构艺术思维的历时态模式,也许对现行研究不无补益。

二

恩格斯曾经指出:"人的思维的最本质和最切近的基础,正是人所引起的自然界的变化,而不单独是自然界本身;人的智力是按照人如何学会改变自然界而发展的。"[①] 人类的实践活动对人类的智力性质及其生理基础有着决定性的影响,人类物质文明和精神文明的历史性进步则标度着人类思维水平以及与之相应的艺术思维方式。

以人类文明经历的三次大的浪潮为界限,人类思维的演化大体上可分为四个阶段,即以原逻辑为特征的原始思维,以经验逻辑为特征的古代思维,以形式逻辑为特征的近代思维和以辩证逻辑为特征的现代思维。在它的统领和渗入下,艺术思维亦有逻辑同步的四种历时顺序的主要模式:神话思维模式→神话-经验思维模式→经验-理性思维模式→理性-神话思维模式。

当然,任何分类与分段都只具有相对性的意义。对思维形态和模式的历时态考察是就整个社会的思维水准和特征而言的,它并不排斥前阶段具有后阶段的萌芽,或者后阶段包容前阶段的因素。同时,上述艺术思维的三项四段公式是为了勾画出其历史演进的基本框架,比较出模式间的差别。它们的命名并不意味着可以脱离以具体表象为思维材料、以想象和情感为思维成分的形象思维的一般特点,而是较为突出了与之互渗的思维操作的逻辑机制。下面我们依次对艺术思维的四种基本模式做些简要分析。

神话思维模式

人类在跨入文明社会之前的蒙昧-野蛮时代(包括新旧石器时代),

---

① 马克思、恩格斯:《马克思恩格斯选集》第3卷,人民出版社1972年版,第551页。

艺术创造所遵循的是神话思维模式。原始人以感知和肖像表达为基本思维方式,以非现实的想象为重要认知手段,缺乏抽象归纳的心理能力,因此原始思维是一种不自觉的艺术思维,本质上是形象的幻想式的思维。这一方面使艺术活动成为人类最早的精神活动,其他的一切精神活动都是由它所派生的(史前考古学证实,距今三万二千年到一万二千年左右,人类的艺术活动业已产生);另一方面,又使原始艺术思维表现为神话模式,即一种幻想的、超现实的艺术想象力方式。它往往通过潜意识的冲动和荒诞的具象世界,传递出神秘性的原始信仰和意识。

首先,在艺术表象与外在世界的关联上,它表现为我向性思维。所谓我向性,就是朝向自身的思维活动的自我中心化,它与现实性思维是对峙的。原始人由于处在主客体(人与自然界)分化的边缘,反映在意识中便缺乏精神的和物质的理性两分法和清晰界限,内在世界的知觉、情感与外在世界的形象、属性通常是混为一体的。他们把自己的需要、欲望和想象投射于客体,即认为它是具有客观性质的,从而表现出强烈的思维主观性。在原始艺术的创造中,直觉、想象、幻想以至白日梦等心理功能占据了主导地位,将自然万物拟人化、返向人自身来寻求解释世界的答案成了主要方式。世界各民族中大量存在的远古神话,或者把草木禽兽、山岳河川想象成具有人一样的生命和灵魂(万物有灵),或者把人类起源、开辟天地、风雨雷电等自然现象的产生、变化及灾难看成神(神人同形)的行为所致,披露了原始人将幻想当作实在来感受,把世界纳入人本位的主观图式的我向性思维特点。

其次,在艺术表象或表象世界内部联结上,神话模式表现为原逻辑思维。原逻辑即原始逻辑,它是逻辑思维的源头,但在后者看来,它又是非逻辑非理性的。列维－布留尔曾指出,原始思维受神秘的"互渗律"的支配,"表现出几乎永远是不分析的和不可分析的。由于同样的原因,原始人的思维在很多场合中都显示了经验行不通和对矛盾不关心"[①]。在原始艺术中,人与动物、植物、鬼神、灵魂之间,部分与整体、原因与结果、表象与表象

---

① 列维－布留尔:《原始思维》,丁由译,商务印书馆1985年版,第102页。

之间,都存在着一种实体意义上的神秘互渗关系,天地万物交织成以超自然力量为根据的隐蔽网络,从而呈现出荒诞的具象世界,超现实的意象和画面,变形的人物和非理性的情节。欧洲史前洞穴壁画中著名的鸟头"呆子"和鹿角巫师,《山海经》里"人首蛇身"的共工、伏羲、女娲,这些似人似兽的形象都表现了人与动物图腾的互渗、嵌合关系。帝俊妻羲和生十日、共工怒触不周山、女娲炼石补天等神话情节,也无法用文明人的常识和逻辑来解释。即使那些似乎是写实的原始绘画,其实也包含着巫术的思维内蕴。欧洲史前动物壁画,有的动物形象前后被重叠多次,有的身上标明箭镞伤口位置,有的竟被画在危险的山岩隙缝上,据推测都是为了获取预期的巫术效果。

神话－经验思维模式

第一次文明大浪潮之后,人类进入了农业社会。生产力的进步和分工的扩大,奴隶制的兴起和文字符号的确立,极大地刺激和提高了人类思维的机能。主客体观念在意识中日益分化,记忆活动从突出细节的形象方式转变为记录内容的概念方式,人们在实践活动中逐渐理解到经验谬误与逻辑矛盾之间的关联,从而开始形成以经验逻辑为特征的思维方式。然而,人类还没有完全从原始思维中挣脱出来,宗教信仰和天命观意识还保留着相当多的神秘因素和原逻辑特征。在艺术思维上,神话思维的惯性与智性思维的觉醒,就交融成绵延整个农业时代(奴隶社会和封建社会)的神话－经验模式。

经验思维是这一模式的显著特征。在中外文明民族的神话史上,都发生过古代人对原始神话历史化的改造过程。农业时代人类经验和智力的发展,致使对神话遗产本身产生某种程度的怀疑,从而从不同途径对神话做出历史化的解释和再创造。在《荷马史诗》中,神话与历史因素汇合,诸神性格不仅被世俗化、社会化,而且与新近历史中的事件、人物发生纠葛。在中国,则将神话化为历史传说。黄帝、尧、舜、禹等在《山海经》中都是人兽同体的天神,但到了《尧典》就化成了华夏族的祖先和禅让帝位的历史人物。又如"黄帝四面"和"夔一足"的神秘形象,经过经验思维的梳理,被解释成派官员治理四方和杰出人物一个就足够了。历史化的实质,是人类在艺术思维中强调经验证实的自觉意识增强了。从神话传说衍生的小说，被认为是记叙故事（过去发生过的事）的文学样式；在我国古代文学史上，历史题材冠盖其他一切题材，演史小说异常发达并成为小说传统；这些都是经验性思维运用于艺术创作的结果。

然而另一方面，幻想的、原逻辑的神话思维在整个农业时代仍然占据着重要位置，与经验思维一起积极参与着艺术创造活动。对原始神话的改造，既是神话历史化的过程，同时又是历史神话化的过程。如中国古书中一方面将原始神祇解释为民族先祖，另一方面又将商、周、秦等历史上的先王赋予神异的诞生。从古希腊艺术中独占鳌头的神话题材和中世纪文学中鼎盛的宗教题材，从中国魏晋六朝的志怪小说、唐代传奇小说中的绝大部分、宋元明话本小说中众多篇什、明代的神魔小说以至清代的《聊斋志异》和《镜花缘》等，都可以窥见神话思维方式的沿袭。即使那些被认为是写史或写实类的作品，如《水浒传》《三国演义》《封神演义》《红楼梦》《金瓶梅》等，也无不插入了浓厚神话意识的章回和非现实的情节。只是随着农业文明的深入发展，神话思维逐渐摆脱了原始幻想和激情的野性，逐渐从原始信仰中剥离出来，从混沌统一的人类思维转化和演变为专门的艺术思维方式和表达方式。

经验－理性思维模式

随着第二次文明浪潮的兴起，人类跨入了工业化时代。科学迅猛发展和实践水平深化的结果，便是以形式逻辑为特征的近代思维替代了以经验逻辑为特征的古代思维。人类在把握客观世界时，习惯于把自然界分解为各个部分，把各种过程和事物分成一定的门类加以研究，强调事物及现象之间的因果联系。人类的逻辑思维能力有了质的飞跃，确定性、还原论的思维要求铸就了意识活动中的科学理性倾向。以幻想代替现实、用想象填补事实空白的原始思维从根本上被否定，古代的经验思维也缩减了它的活动范围，并被理性逻辑所渗透和改造，成为实证思维。

人类思维的历史性进步，在艺术思维上就表现为经验－理性模式。它有两个特征。其一是客观性。在科学思想和理性氛围的熏陶下，这一时期的作家都把客观地认识和把握世界作为思维的终极目标，都倾向于把文学看作是"人学",即以社会和人为客观研究对象的学问。这在本质上是与科学思维贯彻同一个思路的。巴尔扎克从博物学得到启迪,建构他庞大的《人间喜剧》,并申明:"法国社会将要做历史家,我只能当它的书记……为了得到凡是艺术家都会渴望的赞词,不是应该进一步研究产生这些社会现象的多种原因或一种原因,寻出隐藏在广大的人物、热情和事故里面的意义吗?"[①]自然主义则主张用科学的实验方法和纯客观态度来对待生活,认为作家应是解剖学家,"他只要说出他在人类的尸体里面发现了什么就够了"[②]。因此,强调文学是社会生活的反映和再现,强调文学作品的整体真实性和细节真实性,便成为艺术思维的主导原则和潮流性倾向。鲁迅反对中国传统文学中的"瞒与骗",就是对农业文明时代还相当浓厚的神话思维方式的否定和对客观性思维的确认。

其二是理性化思维。这一时期的作家对美与丑、真与假、善与恶、爱与憎、内容与形式等各种范畴,都有稳定而严谨的观念和分析态度。作品表现的主题都是经过理性梳理和把握的确定性见解。在事件的处理、情节的安排和人物性格行为、心理活动的描写上,都灌注着一定的因果关系和必然性。尽管有表现与再现、按照生活本来的面貌来描写与按照生活应有的面貌来描写等艺术主张和创作原则上的区别,但它们强调的都不过是理性支配下的作家主观逻辑或客观生活逻辑。即使奇幻的想象,大胆的比喻和夸张,结构的跳跃,也都蕴含着凭借经验常识能识别并认可的理性桥梁和情感逻辑。在叙述方法上,现实时空的逻辑秩序成为主要参照系,如有打断、倒置和跳进,一般都交代清楚,不致于理解上造成逻辑混乱。至于塑造典型环境和典型人物的艺术追求,则表明作家思维中对个性与概括性的相互关系以及环境与人物的制约关系的理性自觉。

理性-神话思维模式

以微电子技术与信息革命为标志的第三次人类文明浪潮,正在把社会推进到后工业时代。人类思维方式面临着新的变革。早在19世纪末至

---

① 伍蠡甫、蒋孔阳、秘燕生:《西方文论选》下卷,上海译文出版社1979年版,第168页。
② 让·弗莱维勒:《左拉》,王道乾译,平明出版社1955年版,第70页。

20世纪初,相对论和量子力学的建立,已经无情地冲击着力学因果性、决定论的传统思维方式。人们趋向于认为世界的必然性表现为概率、机遇和潜能,而人类对世界的认识并非是精确、纯客观和绝对的,相反却是难以避免主观的、不确定的和近似的。第二次世界大战后,以核能控制、宇航工业、卫星通信、电子计算机、生物遗传工程为主干的现代信息控制系统的产生,以及系统论、控制论、信息论为核心的方法论学科的兴起,表明人类社会开始跨进了信息时代。电子计算机和人工智能的普及应用,一方面使人类日渐从繁重的推理、运算等逻辑思维活动中解放出来,从而有可能开掘大脑潜力投入创造性思维领域;另一方面,人们发现电脑在处理二值基础上的形式逻辑思维时显示出远胜于人的精确、快速,但在形象思维、模糊思维和创造性思维上却不如一个孩童。所有这些都推动了人类对自身思维机制和思维方式的反思,使人们认识到以形象思维机制为基础的灵感思维、创造思维、模糊思维和发散思维是人类智能的"活性",是人类智能区别和优越于人工智能的关键所在。

  反映在艺术思维上,便是对理性传统的反拨,以及对神话思维的再评价,由此产生了新的神话-理性模式。其特征,首先是强烈的主观性。自从启蒙主义文学以来,"神话"通常带有贬义,即认为它是虚构、荒谬和不真实的。但这一时期的作家往往把神话看作是与历史真理、科学真理相抗衡相补充的一种真理,甚至认为小说就是现代神话,神话正在回到世界文学中来。他们重新肯定和张扬主观幻想的、超现实的艺术思维方式,强调原始人类业已发展起来的直觉、想象力、潜意识等心理功能在现代艺术创造中的重要地位。在艺术与现实的关系上,他们主张"创造客体,表现主体",以主观真实代替客观真实,通过对现实事物的变形扭曲和荒诞化的艺术处理,隐喻形而上的哲理意蕴。西方现代主义文学与拉美魔幻现实主义文学都具有这种超现实的主观性特征。其次是一定程度的非理性倾向。与文化上的非理性主义相呼应,现代艺术带有非理性或反逻辑的色彩。情节因果性链条的淡化和断裂,人物潜意识层面的开掘和意识的不规则流动,语言的突破语法和形象的扑朔迷离,主题的象征暗示和多义性、不确定性,凭借直觉、幻想和统觉,缺乏常识推理关系的自由联想,打碎现实逻辑秩序,依据心理时空的结构方式,等等,从艺术形式到思想内容都表现出挣脱理性传统的思维倾向。

这不啻是对神话思维的某种返归。然而,它本身又是基于现代理性思维的自觉反思和选择,是高度文明的自我与改造文明的欲望相交织的精神现象。理性思维作为人脑智力结构和潜能的历史进化是不可逆转的。尽管现代艺术在思维上表现出叛逆和偏激的意向,但事实上并不能割断与理性逻辑思维传统的联系。这只是在理性思维的前提和条件下对神话思维进行的新的整合,而不可能是思维的退化和文明的沉沦。因此,理性、逻辑因素与非理性、非逻辑因素在艺术思维中是互补渗合的。也就是说,原始神话的表象联结与现代艺术的表象联结仅仅在具象形式上极其类似,两者都只要在感觉上觉得可信就可以了,无须顾及在理性上是否成立;但是在思维内核上却有根本区别,前者对幻想的现实性深信不疑,后者则清楚幻想与现实的理性界墙,只是在艺术思维和表现的特定范围内暂且将怀疑悬置一边。现代艺术往往凭借理性思维表现非理性主题,或者运用非理性思维传递理性意蕴。其意义在于对理性内涵的补充和扩大,即把非理性、非逻辑也看作一种理性和逻辑,认为两者在思维方式上具有同样的重要性和价值。

三

艺术思维方式的历史演化是一个辩证的自然过程,它展示了原始神话思维→古代神话-经验思维→近代经验-理性思维→现代理性-神话思维这样一个否定之否定的大圆圈。其中包括着两个逻辑同步的特征参照系:从思维所处理的主客观关系来看,经历了主观—客观—主观的过程;从思维内部的链锁关系来考察,则走过了非理性、非逻辑—理性、逻辑—非理性、非逻辑的过程。当然,这种简化的表述方式表明的是螺旋形的跃升,而不是历史循环论。

古代艺术思维在进化序列中处于原始与近代之间的中性态,而现代艺术思维也极其可能是一种过渡性的模式。我们事实上只能看到第三次浪潮的前锋,还无法确切地预见它的全貌。也许,现在的非理性思维特征正处在两个理性浪峰间的波谷,它仅仅是为跃向更高阶段的新的理性思维作转折期的铺垫。因此,它一方面作为对传统的反拨需要保持必要的张力;另一方面,过分地沉溺于原始的冲动、幻想和非理性也将导致思维现代进程的中断。

艺术思维发展的根本动因在于人类思维的进步。人类的种族思维大致上遵循着原逻辑思维→经验逻辑思维→形式逻辑思维→辩证逻辑思维的轨道演进。原始人信仰以神秘互渗为特征的原始逻辑,古代人服从以直观为特征的经验逻辑,近代人制约于以思辨为特征的形式逻辑,而现代人则表现出以主客观互动为特征的辩证逻辑的倾向。人类思维的历史发展与逻辑发展是吻合一致的,逻辑发展又沿着否定之否定的过程推进。也就是说,在思维根本问题的主观与客观的关系上,原始人以幻想的态度相信两者的互渗,现代人则以科学的态度论证两者的互动。它们都显示出不局限于经验与形式的对世界整体的辩证把握。此外,从思维的模糊性和综合性的角度观照,人类思维也呈现为一个否定之否定的辩证发展的圆圈。原始思维是模糊的、不确定的、突出世界在整体上有机综合的思维;古代和近代的思维在不同程度上都属于确定性思维,它注重世界的还原解析,然后加以分门别类的、互不联系的研究;现代思维则又是一种科学基础上的模糊思维和综合思维,它以大系统、巨系统为主要目标,强调各学科的交叉、综合以及事物间复杂的、不确定的联系。总之,人类思维的螺旋跃升,是艺术思维四种模式历时态演化的基础。因为从根本上说,艺术思维是从属性的,是人类思维整体中的一个组成部分。

这一点从个体思维发育史亦可得到证明。儿童思维发生与发展过程通常是人类种族思维演进史的重演和缩影。皮亚杰曾经以结构的方式描绘出儿童思维的发展线索。他认为儿童的智力成熟要经过感知运动、前运演、具体运演和形式运演四个阶段,在十五岁左右基本完成。具体地说,感知运动阶段主要是通过感觉动作图式来和外界取得平衡,处理主、客体的关系;前运演阶段借助于表象进行思维活动,但还不能进行运算思维;具体运演阶段具有了运算能力,不过还离不开具体事物的支持;形式运演阶段则可以在头脑中把形式与内容分开,可以离开具体事物,根据假设来进行逻辑推演。简言之,儿童的心理发育可概括为感觉→表象→具象逻辑→抽象能力这样一个递进过程。然而,当我们把儿童思维与成人思维加以联系和比较时,我们会发现儿童个体的逻辑运演能力和格局形成之后,其思维方式并未滞固,而是继续向成人的发散式思维、综合化思维和创造性思维的发达阶段过渡。在成人期,个体的直觉、幻想、顿悟、灵感等认知模式将重新得到开掘,原初性的感觉、表象、操作思维、形象思维等心理能力在特定的训练与努力下会进一步发展。例如,作家、艺术家的形象思维,运动员、手工艺人的操作思维,就分别比儿童期的具体运演能力、感知运动能力更胜一筹。其实,这是对形式逻辑思维的一种积极扬弃,是对早期感知运动思维和具体运演思维的某种返归。由此,我们将易于理解艺术思维四种模式的历时态建构,易于理解现代的理性－神话思维模式对原始的神话思维模式的呼应与深化。

从某种意义上说,整个文学艺术史就是艺术思维发生、发展史。艺术创作的实质是精神产品思维操作和加工的方式问题。20世纪的世界文学是丰富多彩的。东方文学与西方文学的汇融,现实主义流派与现代主义流派的并行,构成了它的基本格局。在艺术思维上,它既显示出历时性的同一演进趋向,又体现了共时性的多元形态、多向选择和对逆杂交。而神话思维模式、经验－理性思维模式和理性－神话思维模式即是当代文学"万花筒"的三原色。

在这方面,拉丁美洲的魔幻现实主义文学,对于理解世界文学现在时态的复杂现象具有重要意义。魔幻现实主义是20世纪继现代主义之后最重要的文学现象,它因令人瞩目的成就和所产生的深广影响,被誉为"爆炸文学"。如果把它置于西方现代小说的历时性流变中来考察,那么它是18世纪的启蒙主义小说,19世纪的批判现实主义小说,20世纪的现代主义小说、后现代主义小说之后出现的第五代小说。它既继承了欧洲文学传统的现实和理性精神,又借鉴和汲取了20世纪欧洲先锋文学潮流中的非理性、超现实的因素,力求在现实主义的经验－理性思维与现代主义的理性－神话思维之间,寻找一条杂糅两者的中间道路。从世界文学的共时态角度来看,魔幻现实主义又是拉丁美洲与欧洲两种文化、两种文学交流融合的产物。拉美作家一方面接受外来的文学思维方式和表达方式,主要是基于工业文明之上的欧洲文学中的现实主义和非现实主义;另一方面,又努力发掘本地区传统的神话思维方式或神话－经验思维方式,从印第安民间文学和古代玛雅文学中吸收滋养,将具有原始艺术幻想特征的神话、传说、巫术成分纳入创作。魔幻现实主义由此形成了自己既有本土的民族特色,又有世界性的现代色彩的独特艺术思维方式与美学风格。

20世纪的中国文学也是艺术思维模式演进史的一个缩影。19世纪末20世纪初的中国文学,如《青楼梦》等狭邪小说和《三侠五义》等侠义小说,仍只是明清小说的余波,基本上未脱古代的神话－经验思维模式。"五四"新文学革命引入了西方近代的理性主义和现实主义,小说创作可说是经验－理性思维模式的一统天下,神话思维的因素被视为"瞒"与"骗"而遭到排斥。中华人民共和国成立后至"文革"时期,现实主义被冠之以"革命"或"社会主义"的时代印记,并且提倡革命现实主义与革命浪漫主义的"两结合"。但在小说创作领域,仍然是"五四"开创的现实主义与经验－理性思维传统的延续,绝无或极少神话的痕迹(儿童文学除外)。"文革"之后,随着整个社会逐步对外开放,西方现代派小说中的象征主义、表现主义、超现实主义、黑色幽默等引入国内,文学中出现了相当数量的运用理性－神话思维及其荒诞、非现实手法创作的作品。在1984年前后,一个被称为"寻根文学"的创作潮流又不甘于效法西方现代主义,而返身向中国古代以至原始的文化及神话思维方式借取。其作品在艺术特征的许多方面类似于拉美的魔幻现实主义。因此,20世纪的中国文学经历了从神话－经验思维到经验－理性总维再到理性－神话思维的迅速转换,并且出现了向远古神话思维返归的意向。同时,新时期文学又是一个多种艺术思维模式并存与竞争的格局。其中既有像刘心武的《班主任》、谌容的《人到中年》这样的经验－理性思维的作品,又有像宗璞的《蜗居》、马原的《虚构》这样的理性－神话思维的作品,还有像韩少功的《爸爸爸》、王安忆的《小鲍庄》这样的神话－经验思维作品的现代版。

总之,在一定的程度上,艺术思维的四种主要模式将为我们理解人类文学的复杂现象提供一把钥匙。

第八章　神话与新时期小说的神话形态

一

对"神话"这一术语的理解是五花八门的。从狭义到广义,从特指到泛指,可以开出一串长长的名单。马克思把神话看作人类蒙昧-野蛮时代对自然力想象中的征服和支配,鲁迅认为它是初民对天地万物"以神格为中枢"的解释。他们指的是原始神话或古代神话。与此相反,另有广泛包容性的神话界说。袁珂在研究中国神话后指出,各个历史时期随时都有新的神话产生,并将它划分为神话、传说、仙话、历史等九个门类;韦勒克和沃伦主张神话是一个"意义的范围",涉及宗教、民谣、人类学、社会学、心理分析与美术等众多领域;在现今的一般常识中,神话则是指永远不会实现的理想或不会出现的事件,是幻想和虚假的同义语。

然而,人们谈论最多的还是作为艺术和美学范畴的神话。在亚里士多德的《诗学》中,神话意味着"情节""叙述性结构"和"寓言的故事";艾略特把《浮士德》《堂·吉诃德》《哈克贝利·费恩历险记》都归入享有普遍意义的"人类神话";波斯彼洛夫认为,神话作为叙事文学的体裁之一,仅仅是"前艺术"的;荣格则指出神话是从原始时代绵延至今的"集体无意识"的表现,并据此发展成文学批评的"神话原型学派"。从不同角度、不同范围对"神话"的切入,造成诸说纷呈的局面,使其内涵不易界定。但另一方面,这正显示了它丰富的层次性和包容性。作为批评术语,"神话"不是古老的化石,相反它灌注着现代的活力。

在我们看来,神话是人类重要的精神现象,是认识和审美两大领域的交叉复合。它既是人类的认知方式之一,又是一种特殊的艺术思维方式和表达方式。

在人类的童年时代,神话首先是人对世界及自身本体解释的欲望和努力所催生的。由于主体与客体力量对比上的悬殊,由于认识能力与认识需要之间深阔的鸿沟,原始人无法通过实践的途径现实地逼近目标,而只能运用幻想的方式朦胧而神秘地迅速超越。因此,幻想及其产物神话是原始人认知世界的主要方式。正是在这个意义上,茅盾在其《神话研究》一书中才说:"解释自然现象的神话……可以说是原始人或野蛮民族的科学。"① 然而,这种认知方式本身已蕴含着对自然和社会形式不自觉的艺术加工,它的认识成果又恰恰是通过将抽象的本体意识充分形象化和故事化而表达的,这使神话具有艺术品的审美特征,并成为文学尤其是小说的源头。自然,作为"前艺术"产品,它还未从"前科学"认知中剥离出来,甚至还主要是后者的附带产物。

随着人类跨入文明社会和理性领域,科学与艺术明显地分化了。神话的地位也发生了根本的改变,愈来愈脱离科学的领地而扎根于艺术的土壤。古代神话不再被当作世界本体的客观描述,它的真理性价值逐渐丧失;但作为补偿,它的艺术价值却增值了。它作为某方面高不可及的艺术范本而永葆魅力。神话被视为人类主要认知方式的时代一去不复返了,实践的、科学的、理性的方式取而代之。但是,即使在认知领域,神话的幻想的方式没有也不可能被彻底驱逐。人类无法回避主体能力的局限性与世界本质的无限性之间的深刻矛盾,同时也始终面对着精神生活中现实与理

---

① 茅盾:《神话研究》,百花文艺出版社1981年版,第43页。

想的冲突。随着人类知识圈的涟漪状扩展,其外围所接触的问题和困惑也成正比地增长。在某种意义上说,人们越是接近事物的本质,便越是发现离真正的本质越远。这就为幻想的认知方式的存在和新的神话的产生提供了可能性。在科学发展的现代,对未知世界的科学幻想和乌托邦式的社会幻想依然相当活跃。它们并不与历史的真理或科学的真理相抗衡,而是作为对后者的辅助、补充和启迪显示其价值。同时,这种认知方式及其精神成果天然带有或多或少的艺术基因,它们的想象性和具象性使之通常跻身广义的文学之林。

今天,神话的主要营盘在文艺。它不再是认知世界的现实手段,而是表现认知的审美手段。作为最古老的文学惯例,作为幻想的、超现实的艺术思维模式和荒诞的、隐喻的表达模式,它被继承和光大。神话式的思维实质上是具有高度创造性和某种非现实性的想象力方式。在人类野蛮期的低级阶段,人的这种高级心理属性业已成熟发展。事实上,我们摆脱的仅仅是成为原始人想象基础的自然观和社会观,仅仅是把客观感受与主观的感觉混为一体,并将幻想当作实在来感受的原始心理结构。然而幻想的心理功能通过遗传和进化,却普遍存在于现代人的精神活动,尤其是艺术活动之中,并在现代意识的参与下不断创造着新的文学神话或神话片断。也就是说,古代神话和现代神话的本质区别不在于想象力的模式,而在于对神话的理解。原始人把神话夸饰为世界的真实图像,而现代人则因理性的渗透和逻辑思维的发达,将神话还原为真正意义上的神话,即理解为非现实的幻想。此外,古代神话是一种群体的或无名氏的创作,而现代神话则是充分自觉地运用幻想为艺术手段,是个性化的作家创作。

一脉相承的想象力模式衍生出表达上的惯例和特征。在文明诞生之前,神话就表现了在思想内容和感性形式方面的一些最基本的性质。原始人通过神话(包括与此密切相关的宗教仪式)向青年人提供关于世界起源和人类命运的形象化解释,这种知识传授具有哲学世界观的特质,同时又展示了可感知的直觉性和幻觉性的意象和故事。当"前艺术"中的审美作用从图腾的、魔法的功能中剥离出来后,就纯化为艺术的追求意识,即神话式的艺术表达方式。它具有双重的意义:一方面,它呈现的是荒诞的具象世界,超自然的意象式画面,变形的人物或非理性的情节;另一方面,它又指向现实的抽象观念,从哲理高度或本体论层次上表现对世界和人的独特理解。联系这两端的则是隐喻的心理纽带。

由此,我们可以说神话是把握世界和反映生活的一种非现实主义的想象模式及表达模式,它是与传统现实主义并列、互补的特殊艺术形态。在当代世界文学中,神话占据着极其重要的位置。西方现代派中的象征主义、荒诞派、表现主义、超现实主义、黑色幽默等流派,都不同程度地显现了神话意识和神话倾向。康拉德、劳伦斯、艾略特、卡夫卡、戈尔丁、乔伊斯、麦尔维尔等许多作家,或者被认为重新塑造出原始人的神话情操和心态,或者通过隐喻表现了现代神话主题,而被称为现代神话或寓言的编撰家。拉丁美洲的魔幻现实主义与神话的交融更为直接和密切,古老的神话、民间的传说和巫术中的奇幻,既是描写对象又是创作手段,内容与形式在神话的意义上融合为和谐的整体。18 世纪的启蒙主义、19 世纪的批判现实主义,曾把神话视为科学或真实的对立物而加以贬低、排斥,但在 20 世纪,神话又重新回到世界文学中,并且酝酿成时代性的文学潮流。在我国,神话形态也是新时期小说的显著特色之一,它的繁荣和多样性,甚至已经为分类研究提供了相当厚实的基础。

二

新时期越来越多的作家不满足于踏熟的路径,而以探索精神和实验态度,发掘人类思维与生俱来的各种潜能,多通道地投入对世界的把握和反应。他们往往有意识地交替使唤或杂糅并用两把板斧:现实的虚构和非现实的想象;既写富有生活逼真态的历史具体性作品,又创作荒诞体的历史抽象性篇什。这类作家中,较早的有宗璞、周立武、王蒙、冯苓植等,稍后有贾平凹、莫言、韩少功、张贤亮、谭甫成、郑万隆、陈村等。后来刘心武、谌容、邓刚等作家的加入,使这股文学潮流更具有陡涨的势头。

当小说家在艺术思维中拆除现实与幻想的理性界墙,并运用超自然的意象、画面和情节透视生活时,他们的作品世界便属于神话形态。这类创作目前已趋繁复多样,有的仅在现实图景中镶嵌若干神话片断,有的则构建连贯性和复杂性的神话系统;有的借助远古神话和民间传说造成氛围,有的在现代学识和意象基础上运转幻想;有的注重现实中残留的神话心态及情操的重塑,有的将主观理想投射于外在世界而使之神话化。他们以超凡的丰富想象力为杠杆和特质,不再潜心于复写客观世界的事件逻辑和性格逻辑,相反,遵循艺术惯例所积淀的幻想法则,创造未曾有过也永不出现的假定性和隐喻性的世界。然而,这并不意味着与现实精神的隔绝和相悖,而仅仅是把现实经验按神话形式加以组织和表达而已。新时期小说的神话形态,依据文学借鉴及艺术特征的不同,大体上可以划分为象征-梦幻型、童话-寓言型和历史-传说型三类。

象征-梦幻型

象征手法在当今小说中已被广泛运用,但多见的是单一性的象征,用来凸现和深化主题,如《绿化树》《北极光》等。当作品构建起一套关联的象征系统,也就是说,当象征不仅指向主题,同时也渗透进人物、情节、环境等小说要素时,它就迈入了神话。现代心理学家认为,凡梦都有意义,凡梦都是象征;它的意义和它的幻象相吻合而不相同。象征系统的作品或者直接描写了梦幻,或者摹仿了梦幻的形式,都或多或少地弥散着梦幻的气息。当"文革"如同一场噩梦过去之后,最初出现的神话形态就是象征-梦幻型。这类作品大多具有历史反思的内容特征,是融解在心灵中的特定时期纲领性和幻觉化的再现。在艺术上,则较多地引入和消化了西方现代派的某些表现方法,注重表现人的内心活动、直觉和梦幻,人物往往是某些共性的抽象和象征,在构思中摆出脱离日常经验格式的架势,造成梦魇的、神秘的、超自然的环境氛围。

宗璞的《蜗居》从梦幻般的内心独白和超现实的场景描写开始,把人牵入恍惚迷离的神话境界。主人公上天入地,历经人间、天堂和阿鼻地狱,目睹古今中外各种变形的人物和现象,结束了"黑夜"的梦。作品是一个具有繁复性和连贯性的象征符号系统。机器人似的方方的壮汉,背着蜗壳有两个触角的人,手臂变成探照灯的帮凶,举着自己头颅当灯点的勇士,用掌心雷把人压入地下的神,等等,象征着"文革"中各类人物及其行为。庙堂、黑夜、丝绒沙发、验血液、戴面具、涂画图案、藤蔓、天堂和地狱等等,则隐喻着年代、环境和社会现象。这两套在意象中浸泡过的意象群纵横交叉,编织成整篇眼花缭乱的情节和朦胧迷茫的梦幻世界,网罗巨大的现实内涵。它似乎在告诫同床同梦过的读者:利己的蜗居毫不足取,无私和抗争才是正途。

周立武的《巨兽》讲的是"昨天"的故事,与"黑夜"具有同样的象征意蕴。虚化的猎人社会和打猎过程不过是现实社会和矛盾在作者心灵的同构变形,猎人父子亦是两代人性格内核的历史抽象。至于巨兽,其象征的多义性可以理解为大自然,可以理解为命运,可以理解为威胁和平之魔,也可以理解为生命与幸福之敌。我们很少感兴趣于巨兽本身的感性形象,相反,它作为象征符号的外射意义则成了注意中心。这种多义性完全是接受者主体的自我联想所获取的。由此,作品跃升到超验的层面,从象征走向了纲领性的神话主题:对貌似强大的反人类力量,无须以必败和死的信念证明自己,而应抱着活着去战胜它的决心。同时,作者执意表现往事的心理投影,并将它与现实的叙述进程错位相映,也强化了作品的梦幻感和神秘色彩。

值得一提的还有谭甫成的《荒原》。它表现的是更加空灵的、近乎原始主义的情操和主题。作品中,插队的日子只是推远的、充分淡化的背景,为主人公孤独、玄思和幻觉提供现实的引子。人、狗、荒原分别是什么?人性、灵性、神性又是什么?他们之间的神秘关系喻示着什么?这是主人公执着探求、百思不解而又朦胧感悟的问题。这已经伸触到世界和生命的本体论领域,与远古神话所映现的原始心态有一种血脉联系。一个饱受文明洗礼的现代人,也一样会洋溢着真挚的原始情操和追求意识,试图提出和解答力所不及且未必有最后答案的意识深层的疑结。神秘的荒原,神奇的狗海洛,神话式的长仁丹胡子的人物与主人公构成了自然与人类的象征体系。前者向后者启示关于生命和生命的起源,输送原始的活力和古老的养料。这一切又是在主人公的直觉、幻觉和顿悟中完成的。应该说,作品有一股万物有灵论和主客体神秘互渗的哲理倾向;然而,正是现实的扭曲才导致了这种反身向外的自然崇拜——这才是作品的现实意向和价值所在。

这类作品数量较少,但在文学圈内影响颇大。也就是说,给予特别关注的往往不是普通读者,而是相当一部分作家和评论家。这是由它的审美特质决定的。作品象征世界与现实世界桥梁的架设,需要具备一定的艺术想象力和相应的文学训练。在某种意义上可以说,是阅读者在创造和重建作品:你理解得多深,作品内涵就有多深。

童话-寓言型

此类作品通常运用拟人和夸张手法,或者通过虚幻的环境和假设性的情节,以表现某种寓意和哲理、对现实幽默的讥讽或对理想热情的礼赞。在艺术特征上,它与浪漫主义文学传统有一定的血缘联系。因此,尽管作品世界也外现为非现实的怪诞,但氛围是明朗的而不是神秘的,情节给人的传奇感和现实感大于梦幻感,题旨和隐喻的单纯性、易解性取代了象征系统的繁复性和顿悟性。

拟人和夸张是童话、寓言的传统表现方法。当它被引入现代小说时,一方面负载起非理性的情节和场面,另一方面又带来了神话母题的基因。在王蒙的《杂色》中,我们读到了人与马的感情交流和哲理对话;不少作品扩大了拟人化动物的名单,加入了狗、鹿、熊、鸟、骆驼等等。但多数只能属于童话和寓言片断,以其奇异性加固和聚焦作品的理念主题。

冯苓植的《驼峰上的爱》则是一篇具有和谐性和完整性的佼佼之作。主人公阿赛是一匹传奇化和人格化的母驼。她因丧子的悲恸和母爱的受阻而心理变态,母爱的挪移和实现又使她成了小塔娜慈祥的"骆驼妈妈",最后以自己的乳汁、智慧和生命拯救了孩子。在母驼真实的和可能具有的形态举止中,作者移注进童话式的想象,赋予人才具有的情感丰富性和道德自觉性。作品表现的是对母爱哲理化和寓言化的认识,母爱被视作超越人的范畴而具有自然原型意义的情感。然而,它的矛尖恰恰刺向现实,刺向那种由于骄傲、自私和不负责任所造成的母爱的丢失。

另一类作品则通过强化假定性因素来导向寓言化。它们往往虚拟一个永不会出现的假想环境,但人物关系和情节不无一定的理性和逻辑依据,由此返照或透视现实的真谛。这似乎是一种文学手段的实验,在非现实的容器里检验现实因素有控制的反应变化。孙颐的《新桃花源记》和陈村的《美女岛》就是这样的作品。前者描写"文革"初在山谷里武斗的两派,在突如其来的自然灾变面前醒悟到发展生产力比什么都重要,从而在与世隔绝的大山深处携手建起了理想王国;后者虚构了一个能使一切丑女变成美人的神奇岛屿,它最终给人类带来的不是幸福而是灾难。他们分别表现了对"文革"的历史反思和对求美心理的现实评判,其中不乏对人类生存本质和美的本质的寓言性独特见解。刘心武的力作《无尽的长廊》则是一套寓言的连缀。作者运用同样的荒诞手法和浪漫想象,通过"我"在人生长廊二十多个房间周游的构思,从所见所闻中提炼出对现实人生广泛课题的哲理意识。归属于这类作品的还有谌容的《减去十岁》、邓刚的《全是真事》等等。他们往往选取较小的视角,更为直接地切入和干预现实,把某类不合理而又很容易被人熟视无睹的社会现象加以抽象,置于假设性怪诞性的环境和情节中放大、点化,以激发人们的深思和警策。他们的夸张手法和讽刺目的是配合默契的。

童话-寓言型作品从它的母体承袭了故事叙述性和教育启迪性,一般都具有连贯、完整、丰满的情节框架和指向明确的现实意蕴,可读性较强。同时它又从中外浪漫主义文学惯例中吸取传奇性和假设性,与普通读者的审美定式不致发生太大的抵牾。因此,习惯于采用现实手法而又富于想象力的作家,大都乐意尝试一番。近几年来,这类小说有迅速膨胀的趋向。

历史-传说型

这类小说有两个明显的动因。首先是"寻根"文学思潮的兴起。在开放和改革的时代背景下,现代生活方式和观念冲击、震荡着传统文化心理,并带来了种种新的矛盾和困惑。作家们愈来愈感到有必要对传统做一番重新审视和再评价,以决定艺术的肯定意识和批判意识的现实指向。判断的前提是弄清来龙去脉,于是促成了一场文化寻根热。当他们追寻到古老的民风民俗和传统心理的深层结构时,便发现这里有一片神话的土壤和残存的原始情操。创作对象的独特性过滤着作品的艺术风格,因此,神话的想象力方式往往被用来表现文化背景中的神话因素和人们的神话心态。其次是拉美魔幻现实主义的影响。在当代世界文学中独树一帜,被誉为"爆炸文学"和"本世纪的文学奇迹"的拉美文学,对面向世界的新时期小说家无疑极富刺激性和启发性。一批作家借鉴和尝试"变幻想为现实而又不失为真"的创作方法。内容的纵向寻根和形式的横向吸取,交织成这类作品的显著特色。

这类作品以古老的神话传说为素材源和直接的现实依据。作家们喜欢着眼于具有超稳定文化态的闭塞、僻远的山村边陲,致力于研究村史、县志、民风民俗等文化景观,广泛收集历史神话、民间传说和说唱文学,将现实与历史剪辑混合,创造一个古朴凝重的神话氛围。郑义的《老井》熔神话、传说、典故、祭仪、现实于一炉,结构成千年村史;王安忆的《小鲍庄》把洪水与治水的传说作为引子,渲染出生存环境的神话色彩;贾平凹的《古堡》中,被乡民视为神灵并引起莫大恐惧的神异动物反复出现,灌注着传说意味;马原的《冈底斯的诱惑》,则描绘出藏民习俗中渊源久远的神话因素。这类作品往往笼罩着深沉的历史绵延感和博大的文化气质,并以艺术上鲜丽浓郁的地域品格醒人耳目。

然而,神话氛围构建的目的还在于传统心态和神话情操的重塑。在特定的社会环境中,丰富的神话传说在人们心理的历史性积淀,烙下了神话的心理图式。神话不是他们生活的点缀,而在相当程度上是他们精神生活本身,是他们生存方式的基础和一部分。当作家力图透视和评判整个传统文化心理时,他们追寻到神话心态这个更为原始的"根"。在韩少功的《爸爸爸》里,人物的生存环境,既是真实的世界,又是魔幻的世界。姜凉、府方、公牛、优耐、刑天的神话传说和祖先崇拜,拿活人祭谷神的巫术仪典,是给他们带来生活意义和希望的精神活动。现实与神话的羼杂,使日常的生活也显得光怪陆离,诸如坐桩而死,宰牛占卜,烧吃人肉,集体自杀,等等。作品出色地塑造出群体的原始情操和心态,并站在现代文明的视点上,以批判意识揭示出它的愚昧落后和荒谬性。这种主题,在历史-传说型作品中极为普遍。西方现代派中提倡原始主义的作家认为,神话心态能稳定现代生活中的混乱,能填补现代人因物质文明所带来的精神虚空,故而投入肯定性重塑。而新时期作家所持的价值评判,相对来说更为复杂,他们的现实指向更多的还是批判,以便将残留于现实并阻碍现代进程的原始意识加以剔除。

当然,这种剔除是出于社会进步和人的现代化的功利目标,被限定在世界观的意义上。在艺术形式和审美领域,这类作品恰恰有意识地运用神话的想象方式,以与表现对象融彻浑成而显露独特的光彩。写实与幻想两种手法契合并用所造成的艺术张力,常常达到似假又真、似真又假、扑朔迷离的境界。郑万隆的《地穴》虚虚实实,描写退休的采金人堕入深洞,进入冥界,几天后复返现实,世间已过了六年。乔良的《陶》表现原始人的一桩爱情公案,与现实生活中的考古和建设相衔接,幻想超越了一定的时空。这类作品往往从非常客观和具体的现实环境,不知不觉地转换到非现实非理性的状况,以表达现实生活中的某类意念。同时,幻象大都是象征的、神秘的和隐晦的,有时甚至是作品主题的支点和聚焦,蕴蓄着作者对现实世界一种复杂的理解和把握,如莫言《球状闪电》中的鸟老头,《爸爸爸》中的丙崽,《古堡》中的灵兽,等。

三

在我国文学史上,小说的神话形态是一个自我进化的过程。远古神话传说不仅是小说的渊源,而且也给后世文学的演化以强有力的影响。秦汉的隐喻散文,魏晋的志怪小说,唐代的浪漫诗歌,宋元的梦幻戏剧,明代的神魔小说,以至清代描述异域异闻的作品,事实上大都可以归入神话范畴。就是历来被称作现实主义的那类古典名著,也往往插入了浓厚神话意识的章回。如《三国演义》孔明摆八阵图,借东风,五丈原禳星,关羽显圣;《水浒传》玄女娘娘授天书,天罡地煞星下凡,神行太保的甲马法术;《红楼梦》宝玉神游太虚幻境,《石头记》的来历,风月宝鉴和通灵宝玉,等等。

然而"五四"以来,这种神话传统在小说中似乎淡化了。像鲁迅《故事新编》那样的作品不说绝无仅有,也实在寥若晨星。幻想方式仅仅在诗歌领域保留着一席之地。究其原因,一是"五四"新文化运动打出"科学"旗号,从西方引入理性主义思潮,认为非科学非理性是民族愚昧落后的根源,这种自然观和社会观渗透、支配了文学观。二是当时的小说在艺术技巧上主要取法于19世纪的批判现实主义,强调细致逼真的写实手法和为现实人生的急近功利,追求历史的具体性而轻视历史抽象性和幻化形式。1949年后,这种状况并没有得到显著的改变,虽然也提倡"两结合",但是浪漫主义被狭隘地理解为理想精神和英雄主义——理想是有现实根据的科学预见,英雄则必然通过现实主义的典型化方法来塑造,从而铲除了在小说中运用浪漫手法和神话形式的可能。只是在文学边缘的儿童读物和科普作品中,我们才偶然见到它退缩的影子,如《宝葫芦的秘密》《"下一次开船"港》和《太阳探险记》《科学怪人的奇想》等。

新时期小说神话形态的复出,续起了传统的断链,并且与世界文学的现代流向相应合。小说家们继承了"五四"以来的理性和现实精神,在现代文明和现代意识的观照下,对传统心理中的宗教迷信和原始情操予以剥离或否定,但在文学观上,却坚守幻想的权利和神话的价值。同时,在东西方文化互渗互补和多元化代替一统化的时代潮流中,他们比前辈更为开放和宽容,吮吸着更丰富多样的外来艺术养料,对本民族文学传统中的活力部分也更为自信。

文学理论的革新和长足进展,无疑也为神话形式扫清了障碍。对作家创作主体性的阐发和普遍重视,犹如掀开了想象力和创造力魔瓶的盖子,使人所具有的各种心理潜能充分发散并驰骋于小说的艺术空间。把审美功能作为文学的本质性问题给予确认和强调,有助于开拓扇面的小说美学形态,探求现实与非现实之间的众多思维和感性表达模式。在这样的理论背景下,越来越多的小说家愿意尝试神话形式,文学真正成了最富有想象和幻想的精神领域。

神话形态具有一般小说形式不易获得的审美效果。首先是它的奇异性。读者对司空见惯的画面和情节常常会表示腻烦,或者由于磨疲的感觉而只能做出常规的反应,从而丧失审美的敏锐性和新鲜感。神话形态却像古代诗人追求"语不惊人死不休"那样,刻意寻觅小说世界的新奇怪异和审美刺激性,把创作对象从人们通常熟悉和理解的现实状况变形为非现实的陌生的感知对象,在惊异感和荒诞感中,人们才会背离习惯的审美渠道,才会从象征意义上思索它的原旨。其次是它的纲领性。写实手法往往囿于历史具体性而使作品的哲学意识稀释,而直接议论又使美感索然。相反,神话形式从诞生起就具有哲学聚焦的纲领性特质,是原始人类用来表现和传播对世界总体认识的形象工具。现代神话形态承袭了这种原始血统,它对现实事物抽象化和荒诞化的再现过程,也就是将主观情思纲领化和哲理化的表达过程。最后是它的隐喻性。神话形态一方面是奇异性的形象符号结构,另一方面是纲领性的意义体系。两者的对应和沟通就是隐喻性。这种隐喻浸润在非现实的幻想中,不仅依靠读者的理性和经验世界去识别,同时也需要凭借直觉悟性和想象世界去破译。读者的审美主体性和潜在的心理功能在这里有了充分舒展和实现的可能。他们在阅读中完成从荒诞还原为现实的逆向再创造过程,并感悟到某种形而上层次的超验认同。

新时期小说是以现实主义的复归为开端的。对"文革"中发展到极点的夸饰性和规范化的文学,这是一次重大的反拨文学被纳入自身正常的轨道。创作方法从一统化走向多样化,是紧随而来的第二次转折,其意义并不亚于前者,因为它为复苏的文学奠定了繁荣的基石。新时期小说的神话形态是多样化的标志,是其中崛起的一支新军。它以独特的内在结构和审美价值展示了自己广阔的艺术前景。然而,它将给小说观念及批评标准带来怎样的影响和变动?各种小说形态对新时期文学整体的关系、比例和评价会做怎样的重新调整?现在还很难预测和断言。我们只能期待着不断刷新的创作和理论实践来做出解答。

第九章　原型题旨:《红楼梦》的女神崇拜

一

《红楼梦》历来被指为现实主义的杰作,并被置放在一定的历史背景下,阐发出许多深刻的社会性题旨。然而,它所建构的统制全篇的神话系统,相比之下却遭到冷落。尤其是神话所隐含的普遍性象征与原型题旨,未得到充分破译。

事实上,《红楼梦》作为一个完整有机的小说世界,存在着两个互渗互补的子系统,即现实系统与神话系统。从作品的整体构思来看,神话系统不仅贯通首尾(据脂批透露,后数十回内还有《证前缘》一回,似为第一回通灵、还泪神话的照应与深化),而且,还居于现实系统之上起着支配和解释机缘的枢纽作用(见第一回通灵神话、第五回太虚幻境神话)。再从神话本身的特质来说,神话作为超现实的幻想形式,总是象征性地投射着作者主体意识中更深层的内蕴,并由于与原始文化、原始思维方式相沟通而体现出集体潜意识的征兆。所以,神话题旨与现实题旨自有相会通的一面,同时,又有抽象与具体、超越性与时代性之别。前者实是后者纲领性的表达与原型意义上的延伸。

《红楼梦》一书的现实题旨可以用"女性崇拜"来概括。贾宝玉说:"女儿是水做的骨肉,男子是泥做的骨肉,我见了女儿便清爽,见了男子便觉浊臭逼人!"①这是他思想性格中非常关键和特异的一点,即女性优越、男性邪恶。由此而生的便是女性中心与女性崇拜意识。作为贾宝玉人格倒影的甄宝玉,则换了一种更虔敬的口气表达他对女性的崇拜:"这'女儿'两个字极尊贵极清净的,比那瑞兽珍禽、奇花异草更觉稀罕尊贵呢!你们这种浊口臭舌,万万不可唐突了这两个字,要紧,要紧!但凡要说的时节,必用净水香茶漱了口方可;设若失错,便要凿牙穿眼的。"②这里,女儿已经女神化了,崇拜被要求仪式化,恰如祭神奠祖必须熏沐以示虔诚敬畏一般。

这些惊世骇俗的奇语疯话,虽出自书中人物之口,却完全可以看作作者自己思想的嫁接。开卷第一回曹雪芹自叙创作动因的话即是一个佐证。他说:"今风尘碌碌,一事无成,忽念及当日所有之女子,一一细考较去,觉其行止见识皆出我之上;我堂堂须眉,诚不若彼裙钗;我实愧则有余,悔又无益,大无可如何之日也!"③不如之词,是对女性优胜于男性论的确认;愧悔之心,则是崇拜情感的另一种表达。与甄宝玉、贾宝玉的话相比较,男性的自我批判替代了男性的整体批判,"我"所认识的所有女子的赞美替代了天下所有女子的赞美。语虽含蓄而有分寸感,变抽象的男女两性为具体的男女两性,然就其精神实质,则同为一体。这也不难理解:当曹雪芹以自己的真实身份面对男权社会的读者时,他多少有所顾忌;而借助于"假语村言"敷衍心迹时,则可以肆无忌惮。

女性崇拜必然引起男性批判。它们犹如一枚硬币的两面。当曹雪芹以女性崇拜意识为立书之本时,《红楼梦》便构成了对封建社会和封建文化的颠覆性冲击。因为从根子上看,封建社会是以男性为中心的社会,封建文化是以男性为本位的文化,它的历史是女性业已沦为女奴的历史。人

---

① 曹雪芹、高鹗:《红楼梦》第1卷,人民文学出版社1973年版,第19页。
② 曹雪芹、高鹗:《红楼梦》第1卷,人民文学出版社1973年版,第19页。
③ 曹雪芹、高鹗:《红楼梦》第1卷,人民文学出版社1973年版,第19页。

们反复阐述的本书题旨的深刻性及其反封建意义,事实上都源出于女性崇拜和男性批判的核心意识。而且,前者还不仅是后者现实指向的那一部分。就历史纵向来说,它还包容着对母系氏族社会以来的整个父权社会、父权文化的反拨和批判。

二

由此,我们可以从作品的现实系统转入它的神话系统。如果说,女性崇拜是作品的现实性创作动因和主旨,体现着作者主体意识的自觉层面,那么,女神崇拜则是象征性的原型母题,属于人类心灵的潜意识层次。两者在情感与性别对象上自有相互沟通的一面。其差别在于:女性是活生生的现实的人,女神则被赋予超现实的神秘色彩;女性崇拜往往带有世俗的性爱成分,而女神崇拜则与宗教式的情绪有信仰相关。总之,女神是女性的象征,女神崇拜是女性崇拜的极致与升华。

《红楼梦》的神话系统主要由三部分组成,即女娲补天(包括顽石通灵)的神话、太虚幻境的神话和木石前盟的"还泪"神话。这些神话,有的是作者在远古神话基础上的延伸,更多的则是作者私人性的创造。它们的共同点是,活动在神话中的主角都是女性神仙人物。这表明,作者在挪用原有的"集体意象"和新创"个人意象"时,都有意识地进行了性别选择。

女娲是中国远古神话中的造物神、始祖神。《说文》中说:"娲,古之神圣女,化万物者也。"①女娲作为女神有两个巨大的功绩。一是补天:"往古之时,四极废,九州裂,天不兼覆,地不周载,……于是女娲炼五色石以补苍天"②(见《淮南子》);二是造人:"天地初开,女娲抟黄土为人,剧务,力不暇供,乃引绳横泥中,举以为人"(见《风俗通义》)。③《红楼梦》开卷重塑了女娲补天的神话,用"高十二丈,见方二十四丈大的顽石三万六千五百

---

① 许慎:《说文解字》,中华书局1978年版,第260页。
② 参见鲁迅:《鲁迅全集》第2卷,人民文学出版社1981年版,第355页,注释[12]。
③ 参见鲁迅:《鲁迅全集》第2卷,人民文学出版社1981年版,第354页,注释[2]。

零一块"显示女娲补天的神奇力量与艰巨创造。而补天剩下那块未用的顽石"灵性已通",成为"通灵宝玉",又演化为贾宝玉的现实存在,则是女娲造人神话的一个隐蔽的变格。造人的材料改黄土为顽石,造人的方法从原来的直接成形变化为"通灵"的间接成形,但人产生于女娲创造之手的实质性情节未变。曹雪芹巧妙地将女娲补天与造人两件事在情节上连贯为一体,包容了女娲神话的全部重要内涵,从而象征性地表现了女性创世造人的巨大创造力。其潜在的底蕴,则是远古而来的人类对女性创造力崇拜的集体潜意识。

女娲神话是母系氏族社会的文化遗迹。在那个时代,男性狩猎、捕鱼、防御外来攻击,女性则采集果实、操持内务。自然分工使两性处于原始的平等状态。一说由于女性的劳动收获相对稳定可靠,往往成为部落成员食物的主要来源,在生产上还占据着优势。更重要的还在于人类自身的再生产。"只知其母、不知其父"的群婚制滋生了原始的"孤雌生殖"观,生殖被先民们视为神秘的不可理解的事情,女性因此被赋予了神奇的创造力量的光环。古籍中记载的伏羲、炎帝、黄帝、颛顼、尧、舜、禹、殷契、后稷等皆因其母神秘感应而生的神话即是明证。于是,女性在两性关系中处于优势地位,部落社会产生了一种普遍的女性崇拜心理,女性被象征地幻化为生殖女神、富饶女神、丰收女神以至始祖母神和造物创世神。

这是一个男性崇拜女性、女性崇拜自己的女性时代,也是各民族处在母系制社会阶段普泛的文化现象。例如,在澳大利亚的部落人中,日化身为女性,月化身为男性;太平洋群岛中的安达曼人认定太阳是月亮的妻子;古埃及人以天为女,以地为男;我国云南境内的摩梭人尚保留着母系制习俗,组成以女性为主干、由老祖母掌权的大家庭。这些原始文化的事实都与女娲神话一样,体现着女性崇拜或女性中心的意识。诚如珍尼特·海登所指出的:"在最古老的神话里,女性是本,男性则是衍生物。……在母权制社会中,女性具有规范性。"①

---

① 海登、罗森伯格:《妇女心理学》,范志强、周晓虹译,云南人民出版社1986年版,第36页。

人类从母系制过渡到父系制之后,女性崇拜才为男性崇拜所代替,女神至高无上的地位才被男神所占据。基督教中,创世造人的是男性的上帝,夏娃不仅成了亚当身上的一根肋骨的演化,而且是犯了"原罪"的祸首;在古希腊神话中,众神之首让位于男性的宙斯;在中国的神话传说中,男性的黄帝、炎帝当上了华夏族的始祖。而据《淮南子》说,"黄帝生阴阳,上骈生耳目,桑林生臂手:此女娲所以七十化也"①。黄帝只不过充当着帮助女娲造人的助手之一。父系文化占据统治地位的结果,便产生了"男尊女卑"的男权意识和性别歧视,产生了一系列贬损女性的观念,如女性弱智论("唯女子与小人为难养也""女子无才便是德"),女性依附论("幼从父兄,既嫁从夫,夫死从子")和女祸论(妹喜亡夏、妲己亡商、褒姒亡周),等等。一切都为了证实男性是天生的优势,而女性是天生的弱势。

然而,即使在父系文化的强大压迫之下,建筑在女性优势论基础上的女性崇拜意识仍未被完全剪除。它不仅通过原始神话残存在后来的文化结构之中,而且作为一种"种族记忆",依然遗留在人类心灵之中。只是由于现实父权文化的压抑,它被挤向集体潜意识的深层。在父系社会中,女性崇拜意识一方面通过被社会认可的形式(如性爱或对母爱的赞颂)改头换面地表达出来;另一方面,又由于母系文化残留物(主要是神话)或某些特定遭遇、心境(如对男权社会、男性文化的不满与反抗)的触发而被"唤醒"。对于曹雪芹来说,则两者兼而有之。荣格有一句名言:"不是歌德创造了《浮士德》,而是《浮士德》创造了歌德。"②同样,在某种意义上也可以说,正是女性崇拜这一集体潜意识的被唤醒与推动下,曹雪芹才创造出《红楼梦》。《红楼梦》之所以伟大,之所以不同凡响,正是因为它表现了通常被父系文化排斥在外的、被挤压在人们意识深层的原型题旨。

原型是一种具有普遍性的象征。女娲作为女神,则是象征着女性创造伟力与女性优势的一种原型。在女娲补天神话和顽石通灵神话中,投射着贯通原始先民与曹雪芹心灵之间的女神(女性)崇拜意识。这一纲领性的

---

① 转引自袁珂:《中国神话传说》上册,中国民间文艺出版社1984年版,第85页注释[4]。
② 荣格:《荣格文集》,冯川编译,改革出版社1997年版,第248页。

主旨,在小说的现实系统中得到了具体化和生活化的证明。列入金陵十二钗正册的女子富有才智,谈吐不凡。丫鬟们的胆识行止也皆在那些"须眉浊物"之上。贾府的那些爷们大多是人格低下、不学无术之徒,其中的佼佼者贾宝玉,又恰恰是近乎女性人格的人物,而且在海棠诗社的赛诗中每每败在黛玉、宝钗等人的手下。在治家理财方面,凤姐、探春的才干又与"大有祖父遗风"的贾政的无能构成鲜明的对比。这一切都表现了贾府的女性人物在见识行止和创造才能上胜过男性,都是对父权社会"男尊女卑"传统观念的反叛和批判,从而为女性崇拜树立了依据,并与女娲神话及其所隐喻的女性中心意识和神奇创造力相呼应。

三

与承古添色的女娲神话不同,太虚幻境的神话是曹雪芹新编独创的。他的卓越的想象力得以充分施展。这是一个天上的女儿国,生活着一群美貌的仙姑。她们身着荷袂羽衣,居住琼楼玉宫,周围仙花异草。瑶琴、宝鼎、古画、新诗无所不有,香茗、美酒、歌舞、演戏随时取乐。生活无忧无虑、情调高雅脱俗的女儿国的梦幻存在,本身就是对人间男性社会、男性压迫的嘲弄。男性在这里不受欢迎,宝玉的到来,即被众仙子指责为:"浊物来污染清净女儿之境。"女性中心与女性优势意识可见一斑。太虚幻境是女性的理想国和伊甸园,它的创造,遵循着曹雪芹女性崇拜的同一思路。这里的女性自尊自主自立,还有管辖人间之权,警幻仙姑"司人间之风情月债,掌尘世之女怨男痴",俨然是一个爱神了。然而从金陵十二钗正副册与红楼梦曲词的内容来看,她管的范围超越了男女情爱,而涉及人的一生的命运。因此,她实际上又是命运女神。同样,在她身上作者也投射着女神崇拜意识。

如果说女娲神话表现了对女性创造力的崇拜,那么警幻仙姑的神话则蕴含着对女性生命文化的崇拜。警幻仙姑的"群芳髓"香"系诸名山胜境初生异卉之精,合各种宝林珠树之油所制";"千红一窟"茶"以仙花灵叶上所带的宿露烹了";"万艳同杯"酒"乃以百花之蕤、万木之汁,加以麟髓凤乳酿成"。这些描写,看似为了铺陈仙境诸物之奇异、生活之讲究、气质之不俗,但其深里,却流贯着一种文化精义,即人与大自然生命灵气的沟通、互渗。贾宝玉的话可以与之互为释证。他说:"山川日月之精秀只钟于女儿,须眉男子不过是些渣滓浊沫。"这里的"山川日月"是大自然的象征意象,"精秀"即精华、灵秀,是大自然生命化、灵化的一种表述。在他看来,女子之所以高贵灵秀,是因为她们与大自然和谐合一,得了天地间生命灵气之助;男子之所以卑劣污浊,是由于与自然生命的隔绝。于是,我们也易于理解他为什么要说:"女儿是水做的骨肉。"水在神话传说中,历来是具有普遍性的生命的象征物。西方寻找圣杯神话中的生命之水,佛教里观音菩萨宝瓶盛装的仙水,都同出一个象征原型。因此,将女性与大自然一体化,将女性与万物之生命神秘互渗,正是对女性是原始的生命力的确认,也是对女性文化即生命文化的崇拜。其根源可追溯到原始的生殖崇拜,追溯到原始人把生育看作女性独自完成的"孤雌生殖观",追溯到女性与自然界神秘感应而孕的图腾意识。

所谓女性文化是指源于母系氏族社会、富有女性心理特征的文化,在原始时代,人们普遍信仰"万物有灵论"。也就是说,人们相信自然是一个巨大的生命的网络,人与动物、植物都处在同一的生命层次上,且存在着神秘互渗的联系,由此产生了原始的图腾崇拜和自然崇拜,这可以说是一种生命文化和生命崇拜。它强调的是人与自然的和谐。同时,生命文化又是女性文化的潜在特质。女性由于在人类自身延续的再生产中占据着自然优势,生命的直接创造与养育成了女性生存活动的重要内容,所以对生命的关注的天性与热爱的本能成了女性基本的文化心态之一。虽然它并非女性所独有,但无可非议,它在女性的文化意识中要比在男性中表现得更加强烈。

对女性生命文化的崇拜是为了反照与批判男性的非生命文化。在父系社会与男性文化中,对生命的非生命化倾向,不仅表现在愈演愈烈的战争和对自然界的野蛮征服上,而且还表现在对人,尤其是女人的生命的损害和自然人性的压迫上。在《红楼梦》中,女性成了泄欲与生育的工具,丫鬟的买卖中被物化;李纨守节、黛玉看《西厢记》而有犯罪感,都是人的生命本能和自然情感的压抑、异化;更有金钏、晴雯的被逼而死,黛玉、尤二姐的含恨而亡,鸳鸯、尤三姐的殉情而终……所有这些生命被摧残、人性被扭曲,都与男权和男性文化直接或间接相关。

所谓"间接",是指男性文化有时并非通过男性之手,而是借助于以男性为规范化的女性之手,借助于女性自我奴化的精神存在,来实施其对生命的戕害。王夫人骂金钏、晴雯是"小娼妇""狐狸精",咬定"好好的爷儿们,都是你们教坏的",分明透露出男性编创的"女人是祸水"的思想。贾母把贾琏的丑事说成:"什么要紧的事!……从小儿人人都打这么过。"她辩护的理由便是已根深蒂固的男子特权意识。作为掌权者,她们都是男子和男性文化的附庸。她们身上女儿时代的自然天性,早已为社会占统治地位的文化所改造与同化。这里,具有成年礼意义的女子婚嫁不啻是一个关键的文化转折点。它标志着女性由本真的自然生命的和谐过渡到对男性社会文化的认同与屈服。难怪宝玉要恨恨地说:"奇怪,奇怪!怎么这些人,只一嫁了汉子,染了男人的气味,就这样混账起来,比男人更可杀了!"

因此,同样是"女儿国",天上的"太虚幻境"与人间的"大观园"形成强烈的对比。前者的掌权者以男人为"浊物",体现了充分的女性自主与优势意识,后者的掌权者遵奉男性尊贵、女性依附的男性意识;前者与自然的灵秀之气相会通,后者则渗入了社会的污浊之气和弊端;前者在"灵魂不死"中张扬着永恒的生命,后者则写尽了生命的倍受摧折与压抑。

"太虚幻境"神话是对女性时代以及自然文化、生命文化的赞颂,但它又不是返归母系制社会的原始主义宣言。从仙境中的琴诗书画等文化设施的描写来看,作者并不愿意抛弃男性社会的现实文明成果,而是要在文明发展的基石上,摒斥男性文化对人的生命的漠视与扭曲,重建女性文化的特质与优势。

四

然而,"太虚幻境"神话还没有回答一个根本性的问题,即这个理想的"女儿国"中的仙子们是如何处理两性之间的情爱关系的?也就是说,曹雪芹理想中的两性关系的本质及其情爱模式是怎样的？这个答案，纲领性地显现在作者创造的"木石前盟"的"还泪"神话之中。

"还泪"神话与"太虚幻境"神话密切相关，甚至可以看作后者的一个组成部分，但它仍有自己独立的内容与价值。"绛珠仙草"也是一位女神形象，她是"太虚幻境"诸位仙子的表征。众仙姑称警幻为"姐姐"，称绛珠为"妹子"，就是一个有力的暗示。在高鹗续书中，绛珠也被写成"花神"：黛玉魂归离恨天时，天上响起一阵仙乐之声。此外，绛珠"既受天地精华，复得甘露滋养，遂脱了草木之胎，幻化人形"，也与众仙姑食用"群芳髓""千红一窟""万艳同杯"的生活方式及其象征内涵相契合，集中体现了人与"自然精秀之气"相通互渗的生命文化的要义。因此，写绛珠就是为了写众仙姑。

作为神话的象征性题旨，"木石前盟"与"还泪"的虚拟，表现了对女性情感文化的崇拜。绛珠是情感的化身，她游于"离恨天"，饥餐"秘情果"，渴饮"灌愁水"，这些象征之笔，暗喻着她从肉体到精神，都为情感所包容与灌注。联系到众仙子名为"痴梦仙姑""钟情大士""引愁金女""度恨菩提"，道号不一，却主情皆然，更可见以情感为女性群体精神品格的主宰与特征，并非偶然，而是寄寓着对女性文化的情感特质的认知。

这种情感文化疏远理智，带有一定程度的非理性倾向，以及非功利的审美色彩。绛珠常说："自己受了他雨露之惠，我并无此水可还，他若下世为人，我也同去走一遭，但把我一生所有的眼泪还他，也还得过了。"[①]这一人格化的内心情结，是情感浓烈到极点所致，是忘我的爱的升华。她对待异性的态度是情感化而非理智化的。这不仅表现在转世投胎之念上，更反映在以泪还露的奇思异想上。古语说："滴水之恩，当以涌泉相报。"这单是水之量上的差别。而绛珠生命之泪与神瑛身外之露，则是质的不同。事实上，"还泪"神话的隐性结构正是女性非理性的爱与男性理智的爱之间的对立，是女性情感文化心理优势于男性理性文化心理的象征性抒写。女性视爱情高于一切，等同于生命，充满整个心灵；男性则于情爱之外，尚有

---

① 曹雪芹、高鹗：《红楼梦》第1卷，人民文学出版社1973年版，第5页。

仕途经济、伦理纲常,理性的社会规范与现实功利压抑着原始自然情感的膨胀与表露。

　　同样,在众仙之首的警幻仙姑身上,也渗透着女性情感文化的特征。警幻对宝玉说:"吾所爱汝者,乃天下古今第一淫人也。"①这里所表达的情感态度与评价,显然是与宁荣二公之灵视宝玉为钻进"迷人圈子"、不入"正路"相悖的。然而一经宁荣二公"剖腹深嘱",警幻便大发慈心,不忍宝玉"独为我闺阁增光而见弃于世道",干起违心的"警戒"之事来了。这种心慈情软的"无原则性",正是重情感而不重理性、重协调而不重对抗的女性情感文化在处理广泛的人际关系方面所表现出的特征。它与绛珠在男女情爱上张扬情感、排斥理性的态度是一脉相承的。荣格曾指出过一种"女性原则",认为它代表非理性的或精神的方面,内涵包括情感、直觉和合群性。这"女性原则"就是指超越特定时代和文化、古往今来的女性特有的集体潜意识。显见,它正是源于远古的女性情感文化长期积淀于女性心理的内化特征。

　　在原始时代,男子从事渔猎和防御外敌,环境恶劣,逐渐发展了身心的粗犷与强硬成分。女子则担负采集果实、制作衣食、保存火种、抚育子女等任务,需要细致与耐心,于是日益形成了柔和、细腻的心理结构。由于原始的"孤雌生殖"信仰,不存在"父爱"的概念,女性独自体验着人类最原始的且对象恒定的母性情感。相比之下,群婚制下的"性爱"却因对象的经常变动而缺乏情感的持久性与专一性。此外,母系社会的女性还承担着维持部落内部秩序的工作,如分配食物、调解纠纷等,这也铸就了她们注重人际情感关系与合群性的文化性格。所有这些,都衍生出女性文化与心理的情感性特征。随着人类理性的形成与发展,父系社会替代了母系社会。这里,理性的两性生殖观破除了孤雌生殖的神话具有极其重要的意义。它富有象征性地表明了男性文化相对于更原始的女性文化来说,是一种具有理性特征的文化。此后,父权社会与人类理性的发展始终保持着同步关系。男性文化愈来愈以理性支配和压抑情感,所谓"以理节情",愈来愈趋于现

---

① 曹雪芹、高鹗:《红楼梦》第1卷,人民文学出版社1973年版,第64页。

实功利性而不是人类的自然温情和天性。在这个意义上说,女性长于情感思维与男性长于理性思维的心理差异,正是女性与男性文化差异的历史性遗存。

考察了这两种文化的交替过程与异质状态,我们就易于理解它们在小说中的现实对抗。如果说,作品中的神话世界是女性情感文化的象征,投射着作者的崇尚意识;那么作品中的现实世界则是男性理性文化的渊薮,体现了作者的否定倾向。

曹雪芹的批判意识,首先指向理性文化的功利性。宝玉与黛玉的恋爱悲剧,实际上是男性理性文化压倒了女性情感文化的文化悲剧,是冷冰冰的功利需要污染了人类自然的纯情、温情的情感悲剧。现实系统中的宝、黛相爱,作为"木石前盟"神话的情节因果延续,承接着天上的女性情感文化的特征。宝玉情真心软,举止行为接近女性,并以女性人格自居和为荣,即是一个证明。他们的爱情,是以男女间自然的吸引和情感上的和谐、共鸣为前提的,是以对男性理性文化的共同排斥为基础的。宝玉蔑视功名利禄、仕途经济,与男性文化对男性社会角色的理性规范背道而驰;他之所以特别倾心黛玉,也因为她自幼不曾说过劝他去立身扬名的"混账话"。他们对爱情的痴迷,显示了非功利性的爱情至上主义,返归到两性情感未受社会理性侵蚀的自然本真状态。

与此相反,宝钗却是男性文化所塑造出的典范女性角色。她认为"咱们女孩儿不认字的倒好""只该做些针黹纺织的事才是",都是顺着男性文化的要求在思维和行事。她确信理学家朱熹的话句句实在,更表明她落入了男性理性文化的窠臼。她对宝玉不无真情,但这种真情又是与功利主义目的混杂在一起的。她一再以"读书明理,辅家治国"的大道理规劝宝玉,是为了夫贵妻荣,实现"好风凭借力,送我上青云"的平生夙愿,以补偿未能入选宫中的遗憾。因此"金玉良缘"与"木石前盟"之争,象征着男性理性文化与女性情感文化之间难以调和的冲突,象征着爱情问题上功利关系与情感关系的对立。宝玉一针见血地指责宝钗:"好好一个清净洁白的女子,也学得沽名钓誉,入了国贼禄蠹之流!"这既是对她功利性思想的批判,也是对她背后强大的社会理性文化的挑战。

在贾母对待黛玉的态度上,作者也撕破了温情脉脉的人际关系的假面,还其冷漠的理性的功利本质。贾母爱黛玉,这是出自人类天性的祖孙之情。然而这种自然的感情却受到理性文化规范和功利性的统制。当她得知黛玉因深恋宝玉而病时,一反往常的疼爱态度,冷若冰霜地说:"这心病也是断断有不得的!林丫头若不是这处病呢,我凭着花多少钱都使得;就是这个病,不但治不好,我也没心肠了!"①真是一篇把黛玉推向死路的绝情宣言。她之所以对黛玉由爱怜转怨恨,因为黛玉的心病不仅违背了"做女孩儿的本分",更破坏了她对宝玉婚姻的功利性设计。她选择宝钗,一为"冲喜",二是寄希望宝玉在宝钗的规劝下从此步入"正路"。而最终目的,还是为了光祖耀宗。贾母的思想,是理性正统文化的代表。这就告诉我们,在这种文化背景下,广泛的人与人之间的关系并不是符合人类天性的纯洁的情感关系,而是违背人情的赤裸裸的功利关系。

其次,曹雪芹也抨击了理性文化的虚伪性。情感文化以情主性、真诚坦直,无须理性来节制与掩饰。绛珠仙草的"还泪"之说,警幻仙子爱"古今第一淫人"之词,都无所顾忌,直露心曲。相反,理性文化约束下的人,却工于心计,巧于修饰,用冠冕堂皇的理性外表包裹未能割断的情缘天性。贾政、宝钗可说是理性文化的完美创造物。他们的完美,就表现在善于以心口不一、言行不一来调节内心的情理冲突,以言谈举止的不越理性之矩来装饰或扭曲自然情感。他们总戴着一副理性的面具。贾政道貌岸然,却一妻二妾;宝钗一心想嫁宝玉,却惯于藏愚守拙;都活画出理性文化的虚伪本性。与此形成对比的是宝玉和黛玉。他们胸无城府,言语偏激,但处处流露出一片童心与真情。他们爱得痴迷,就表现出痴迷,而不加遮盖矫饰。他们崇拜人之天性,遵循内心自我,强于情而弱于理,故而为理性社会所不容。但同时,他们也以自己情感文化的存在方式,撕去了对立的理性文化的虚假面纱。

---

① 曹雪芹、高鹗:《红楼梦》第4卷,人民文学出版社1973年版,第1244页。

五

任何崇拜都是以崇拜者对崇拜对象的神秘认识为前提的。对于男性来说,女性世界始终是一个充满神秘感的异在王国,始终是切切实实的困惑所在。

于是,神话形象就成了表达这种神秘感的最好途径。女性一旦被艺术想象置放在神的地位上,就具有了与人保持某种距离或者隔绝的不可知性,就成了神秘性的化身和偶像意义的崇拜物。说到底,女神的存在是一种原型意象。

荣格说:"原始意象或原型是一种形象,或为妖魔,或为人,或为某种活动,它们在历史过程中不断重视,凡是创造性幻想得以自由表现的地方,就有它们的踪影,因而它们基本上是一种神话的形象。更为深入地考察可以看出,这些原始意象给我们的祖先的无数典型经验赋以形式。可以说,它们是无数同类经验的心理凝结物。"① 在《红楼梦》中,女娲、警幻仙子和绛珠仙草三位女神是男性崇拜女性的产物。她们分别象征了女性神秘性的三个方面,即创造力、生命形式与情感形式。这事实上是人类男性心理的集体潜意识。人类从远古至今,无论是女性时代还是男性时代,男性都自觉或不自觉地意识到女性在这三个方面异于自己,甚至存在着高于自己的潜能。举例来说,女娲神话产生于女性时代,寓示着女性创造力的正面;古希腊关于潘多拉盒子的神话烙着男性时代的印记,女性创造力成了邪恶的负值。然而,这两个立意相反的神话却有一个共同点,即女性创造力的神秘与巨大。她们都是男性经验的历史遗传形式,尽管有的是伟大的女神,凝聚着男性的崇拜意向;有的是邪恶的女神,渗透着男性的恐惧意向。因此,女神是人类文化史上反复出现的具有原型意义的形象。

当然,曹雪芹笔下的女神是崇拜偶像,"太虚幻境"是理想的女儿天国。其原型意义不仅表现在男性对女性的神秘感的历史中,更可以追溯到这种神秘感初始与异常炽烈的那个时代(母系社会)普遍的女性崇拜信

---

① 叶舒宪:《神话-原型批评》,陕西师范大学出版社1987年版,第100页。

仰。《红楼梦》之所以伟大，就在于它表达的不是现实的偶然与短暂，而是远古的回响与永恒；不是个人的命运和梦的无意识，而是人类尤其是男性心灵深处原始意象的复活；甚至，它还预示着将来，预示着女性优势意识与女性崇拜意识的新的崛起，预示着男权时代的必将终结与女性文化的复归。

原型题旨并不排斥或压低现实意义。从人类及其文化的历时态发展来看，在某种特定的角度和意义上，它都表现为一个上升的螺旋，一种否定之否定的辩证态势。因此，原型题旨一方面反映了人类文化心理的延续性；另一方面，在阶段性上，又以原始心态的某种激活而补偿现实社会的缺憾与不足。就曹雪芹所处的时代而言，男权社会和男性本位文化经过几千年的历史发展，已陷于畸形化和片面化的病态泥沼。特别是在两性关系上，更把女性置于非人的境遇。这无疑是女性创造力从而也是社会一半创造力的浪费，并使社会文化呈现单性化而变得脆弱，缺乏互补性而丧失活力。如果说妇女解放是社会进步的尺度，那么妇女被压在底层也阻碍了男性自身的解放。所以，曹雪芹塑造的女神形象和渗透于内的女性崇拜意识，对现实中女性的女奴地位与男性崇拜观念都是一个颠覆性与革命性的撞击。在这强烈的对照中，可以更清楚地揭示社会的病症，提供这个时代所缺乏的、具有超前性的"补天"的新思路。理解《红楼梦》这部奇书巨著，首先要解剖它的神话，破译神话的普遍性的象征内蕴和原始意象的原型题旨。否则，将无法窥视它的全貌与深层价值。

第十章　原型模式：《西游记》的成年礼

一

《西游记》也许是一部最适合于运用原型批评方法探讨的我国古典名著。其原因，在于它首先是一部神话小说，一部将历史故事和传说神话化的幻想性作品。原型作为具有普遍象征意义与文化功用的艺术符号，通常是创造性幻想的产物，基本上是神话的或与人类原始经验相关的形象，在非现实的神话领域中，原型意象和模式往往以更为纯粹的方式显现。

当然，《西游记》还有它的特殊性。从唐代玄奘天竺取经到吴承恩写定此书，前后经过了九百年的漫长岁月。"西游"故事的产生、流传和演变，也可以划分出历史故事阶段、佛教文学阶段、评话阶段、戏曲阶段的历时态过程。其间，无数民间艺人和无名作者付出的创造性劳动已为众所公认。然而，在某种意义上说，构成"西游"故事无形而又深厚的创作底蕴的还是群众（听众和观众）。因为口口相传的"传说"形式，面对面的"说书"形式，以及戏曲的表演形式，都直接受到集体心理的反馈，并在加工和丰富的再创作过程中受其影响和制约，从而融进集体意识或潜意识的内容。从根本上说,"西游"故事由历史而走向神话的演变趋向,就是民间普遍的原始心态和情操牵引的结果。而且,由于历代不断加入与重复、扩大与深化,更使故事本身的集体意识内涵具有了超时代的性质。原型即人类普遍而又不断重现的同类经验的心理凝结物。《西游记》的成书过程十分类似《浮士德》。后者原是流行于16世纪德国的民间传说,经过近三百年的酝酿以及小说、戏剧阶段的演变,最后由歌德加工写成。荣格认为《浮士德》"触及了每个德国人灵魂中的某些东西""包含着那种可以真正称之为代代相传的信息的东西"。①《西游记》同样如此。

佛教题材是《西游记》的另一个重要特色。当吴承恩投入创作时,他必须背负起前人留下的取经故事框架。不管他本人对佛教的态度如何,佛教内容已经成了题中应有之义。佛教诞生于人类进入文明社会之后,但它与始于部落崇拜的原始宗教仍然有着可以辨认的继承关系。任何宗教都不同程度地保留着原始积聚的观念和信仰,都遗存着溯源远古的神话和仪式的成分。恩格斯曾指出,宗教具有"它们的被历史时期所发现和接受的史前内容,即目前我们不免要称之为谬论的内容"。②而且,作为三大世界性宗教之一,佛教还代表着一种超越种族与语言的普遍信仰关系,它的教义折射出人类心灵中的集体意识。这一切,使得对《西游记》的原型研究成为可能和必要。

对《西游记》人物的原型考据由来已久。鲁迅曾引唐朝李公佐的小说《古岳渎经》关于淮河水神无支祁的描写:"善应对言语,辨江淮之浅深,原理之远近,形若猿猴,缩鼻高额,青躯白首,金目雪牙,颈伸百尺,力逾九象,搏击腾踔疾奔,轻利倏忽,闻视不可久。"认为"明吴承恩演《西游记》,又移其神变奋迅之状于孙悟空"③。胡适则主张印度史诗《罗摩衍那》中的神猴哈努曼是齐天大圣的原型。神话学家袁珂依据韦昭注《国语》:"夔一足,越人谓之山繰(獟),人面猴身能言。"从无支祁追寻到《山海经》中的神话

---

① 荣格:《心理学与文学》,载《文艺理论研究》1982年第1期。
② 马克思、恩格斯:《马克思恩格斯全集》第37卷,人民出版社1965年版,第489页。
③ 鲁迅:《鲁迅全集》第9卷,人民文学出版社1981年版,第85页。

人物夔。此外,还有人指出我国古代的稗史、志怪小说如《吴越春秋》《搜神记》《补江总白猿传》等,都叙有白猿成精的形象。这类研究将单篇作品放回到整个文学系统以至神话源头中加以考察,显示其间的联系和演变,已经具有了原型批评的意义。但考据学的传统和兴趣,一定程度上也削弱了他们对普遍的反复出现的半人半兽、亦人亦兽原型背后人类意识底蕴的发现与深究。另一个不足是,他们的研究集中于原型人物或意象上,而对于同样重要的《西游记》中的原型情节或模式,则少有论及。

原型作为文学中可交际的单位,可以是意象、象征、主题和人物,也可以是情节结构模式。在《西游记》中,曾反复出现过一些基本的原型情节模式,如轮回转世(唐僧、唐太宗、刘全、李翠莲、崔珏或灵胎转世,或魂游地府,或借尸还魂,或死任冥官)、因果报应(相良得富,乌鸡国王遭灾,妖魔为害皆"一饮一啄,莫非前定")和人物变形(孙悟空七十二变,猪八戒三十六变,菩萨化身美女,佛前坐骑、童子幻变妖魔)等等。这些情节结构单位之所以被称为原型,不仅是由于它们与遗存于人类心灵中的原始的灵魂不死观念、神性崇拜信仰与神秘互渗意识相联系,而且还因为它们在文学实践中已相当程度上被模式化了,借此我们可以辨认并整合文学史上大量作品中重复出现的这些模式的变格形态。如《聊斋》促织篇和卡夫卡《变形记》中的人物变形,《金瓶梅》和托尔斯泰《安娜·卡列尼娜》中的因果报应,《牡丹亭》与但丁《神曲》中的灵魂转世。

然而,上述原型模式在《西游记》中还不是最重要的。也就是说,它们仅仅构成了作品情节的枝叶,而非主干。《西游记》主要写西天取经故事,它在一百回中占据了八十八回之多,唐僧遭遇的八十一难中有七十七难发生在取经路上。全书第一部分(第一至七回)写孙悟空大闹天宫失败和第二部分(第八至十二回)交代如来说法、唐僧出世等情节,其实都是为取经做引子和铺垫。那么,作为全书主要情节内容和整体框架的取经历程是否也是一种原型模式呢?这正是本文要探讨的重点。

二

人们通常把西天取经理解为对正义事业和光明理想的追求,认为参加和支持这一事业的象征着正义,而反对和阻碍这一事业的则代表邪恶。因此,唐僧师徒历经八十一难的情节,似乎是一个克服千难万险达成远大目标或正义不断地战胜邪恶的故事原型。

但是,这样归结马上面临难以解释的矛盾。首先,取经事业与其说是取经者自觉意识支配下的行动,不如说是秉承神意和被迫的。取经出自如来的个人意愿,取经者由观音挑选,取经路线先由菩萨勘探一番,取经装备亦由神佛供给。因此从根本上说,取经是神佛的事业。其次,神佛的行为有些不可思议,体现着一种有悖常理的荒诞逻辑。他们能够轻而易举地把经送到东土,却偏偏要指派人不远万里来取;既要人来取经,又要制造种种困难;既答应危难时刻给予帮助,又暗中放纵或派遣妖魔致取经者于死地;既置于死地,每次又必定保护过关。所有这一切,使取经实际上成了一场神佛安排与操纵下的游戏,九九八十一难是游戏必需的仪式与程序,唐僧师徒充当着游戏的完成者和演员,所谓"正义"与"邪恶"不过是游戏的玩法和规则,因而常常混淆。这表明神佛的兴趣与目标,主要不在于取经这件事上,而在于取经人以及取经过程中的磨难与考验,在于"魔障未完"和"试禅心"。舍此,神佛自相矛盾的行为就无法解释得通。

那么,神佛精心导演的这场取经游戏究竟具有怎样的性质?取经者必须经过程式化的八十一难的考验又意味着什么?在这些问题上,游戏开头与结尾部分的情节内容做了重要的提示。取经之前,取经者都犯过某种与孩童的未成年特点相联属的错误,由于不合成人社会(佛社会)的法则而受罚或遭驱逐。唐僧原是如来之二徒,他"不听说法,轻慢我之大教"的错失,极似学生不好好读书、破坏课堂纪律。白马乃广晋龙王之子,其罪名是"违逆父命",不服大人管教。悟空、悟能、悟净皆是人、妖、神合一的形象,年龄阶段无从认定。但悟空大闹天宫中所表现出的十足的孩子气,悟净失手"打碎玻璃盏"的孩子式的错误,悟能"带酒戏弄嫦娥"体现了性成熟而心智尚停留在儿童水平,都曲折地喻示着他们心理和行为上未成年的特征。取经之后,历经八十一难证明了他们心理上的成熟和对佛法(成人社会法则)的认同,于是被佛社会(成人社会)接纳成为其中的正式成员,并重新加以命名(旃檀佛、斗战佛、净坛使者、金身罗汉、八部天龙马等佛名,类似于我国古代冠礼即成年礼仪式最后部分的"取字")。这里,由非佛而成佛的过程事实上是未成年至成年的象征。而整个取经故事的情节框架:儿童犯错—严酷考验—成年命名,则是一个成年礼的原型模式。

成年礼仪式是世界上各民族史前时期都普遍存在过的习俗。越是社会发展程度低的民族,成年礼仪式越是严格和隆重。对男子而言,整个仪式带有很大的严酷性。他们必须接受体力、技能、智力、文化、耐受力等方面的强制性考验,必须在甘愿忍受种种肉体和心灵的痛苦中体验到象征性的"死亡",然后才被允许加入成人集团。在澳大利亚原始民族中,"施之于儿童的所谓成年仪式,历时最久,而且最为严峻。这种仪式往往持续数年;在此期间,须接受系统的训练,主要为狩猎技能的传授;并接受严格的培训和体魄的磨砺。领受此礼者须恪守严格的禁忌和斋戒;……被晓以部落的道德规范,授以部落的仪俗和传说。他们尚须经受种种十分独特的严酷考验;至于其方式,澳大利亚各地区则不尽相同,无非是:切痕(伤痕留存终生)、毁门齿、薙发、施行割礼、置于篝火上熏炙。凡此诸般磨砺,其目的无非是赋予少年以坚忍不拔的毅力,并使之尊顺长者,唯氏族和部落头人之命是从"①。在南美洲火地岛锡克兰人的成年礼中,男孩们则集中于一个与外界隔绝的环境,只有一点点食物,几乎不准睡觉,经常在老人带领下翻山越岭长途行军,筋疲力尽回到居地后还必须静听关于历史学和公民学的教导。尽管各民族和成年礼在考验的内容上各不相同,但在考验的仪式性和严酷性上却完全一致。通过连续性的考验,仪式参加者经历了一次象征性的"死亡"和"再生",暗示着他们童稚期、无知和无宗教观时期的终结,以及第二次生命意义即成人资格的获得。

《西游记》的取经故事正是基于这一原型。这就是说,它的情节框架

---

① 托卡列夫:《世界各民族历史上的宗教》,魏庆征译,中国社会科学出版社1985年版,第59页。

与远古的成年礼仪式有着同构关系,两者在深层意蕴方面是重合的。成年礼仪式的安排和主持者是代表部落社会的老人或头人,取经的暗中操纵者是佛社会的象征如来,他们的目的都是考验人的毅力和让人懂得服从;前者的参加者已进入成年而心理上乃是不成熟的儿童,后者中的唐僧师徒则都犯过儿童性错误而显示了心智上的不成熟;前者以入社者被接纳进成人社会而告结束,后者以唐僧师徒成佛而宣告了他们成人资格的获取和加入佛社会;前者必须经过种种仪式性的严酷考验,后者则有八十一难,九九之数,既意味着难之极限和严酷性,又透露出既定的仪式化倾向;前者往往有狩猎技能的训练,后者则是镇魔方法的传授,而许多妖魔又恰恰以动物成精的形态出现;前者中的考验让人体验到死亡情绪却不会真正致死,后者则每每离死亡只有半步,便由神佛出面帮助,以死之威胁与体验为限;前者具有由人生的儿童阶段而至成年阶段的象征性质,后者也体现了从心理不成熟过渡到成熟的再生意味。因此,取经情节与成人礼仪式都贯通着儿童—考验—成年这一基本的原型结构。

　　取经故事的情节模式源于远古的成年礼仪式,其实并不奇怪。取经故事有着明显的佛教内涵,而远古的成年礼仪式则是原始宗教信仰的反映和其中的组成部分。两者虽然是人类不同历史阶段创立的宗教,但作为一种连续性的意识形态却存在着诸多的相关性和相似点。朱狄曾经指出:"在原始宗教范围内,祭礼仪式占着最显著的地位,它是原始社会中作用最大的一种'宗教语言',宗教教育往往是通过祭礼仪式来实行的。在原始部族中普遍存在的'成人礼'仪式,实际上就是起组织社会生活,进行宗教教育的作用。"①事实上,任何成年礼仪式在诸多的考验之外,都有宗教教育的内容,传授部落的神话传说和图腾信仰,晓以与此有关的禁忌和斋戒、道德规范和处事准则。在取经故事中,我们同样可以看到对取经者反复的佛教灌输。观音见到悟空,常常开口就是"你这泼猴",然后是一番有关佛教教义的训导,如"不杀生"(第五十七回),"一饮一啄,莫非前定"(第三十九回)。而观音化美女则是对唐僧师徒进行"不淫邪"的教育。

---

① 朱狄:《原始文化研究》,生活·读书·新知三联书店1988年版,第538页。

在成年礼仪式中,主持者是以神的身份或名义出现的,或者以神的形象为仪式的创立者和监护者,因此一连串的考验也具有体现神意和神判的性质。日本学者伊藤清司曾论证说:"ordeal 这个词含有考验的意思。这就是部族中的长老为了判断即将成年者是否真有资格成为成人,而在精神与肉体上对他们进行的考验。可是 ordeal 这个词还有另一种意思,就是'神裁',或者'神裁法'。这就是全部族所信仰的神为判断即将成年的后备生是否具备成人资格,而施行的神圣的神裁法。……在实际生活中执行、监督 ordeal 的部族的长老等人其实是具有替神进行神裁的代理执行人的品格。"①这样,我们又发现了更深一层的沟通。在《西游记》中,取经仪式的主持与执行者如来、观音正是以神的面貌出现的,而八十一难则是根据神的意志安排的。他们既是仪式的监护人,又是至上的裁判者。

当然,《西游记》是在历史真实事件的基础上创作的,而不是根据远古的成年礼仪式写成的。但是在再创造过程中,一旦灌注宗教观念和内容,如把历史上实有其人的唐僧变成如来二徒弟金蝉子,把实有其事的取经变成神佛的安排,把一路上实际发生过的困厄变成妖魔作怪和九九之定数,一个真实的历经艰险西天取经的故事就升华为成年礼仪式的重演。因为从本质上说,佛教通过苦行修炼才能成佛的教旨是与经过严峻考验始得成年的远古仪式同构的。而神话的幻想方式与象征性,则更使取经故事向原型靠拢。

三

《西游记》中最主要、最具光彩的形象是孙悟空。成年礼仪式与其说是写唐僧,不如说是写孙悟空。因为唐僧仅突出了仪式必经的严峻考验(所谓八十一难)和心诚服从的一面,而孙悟空的形象则还体现了成年礼中人格心理由不成熟趋向成熟的演变过程。

在孙悟空出世到大闹天宫的情节中,他是一个"恶作剧精灵"或称少

---

① 叶舒宪:《神话－原型批评》,陕西师范大学出版社 1987 年版,第 434 页。

年神话英雄的形象。他出门求师,变得神通广大、本领高强,但在个性上却是儿童。正如祖师给他取姓时说的:"我与你就身上取个姓氏……狲字去了兽傍,乃是个子系。子者,儿男也;系者,婴细也。正合婴儿之本论。教你姓'孙'罢。"这里作者有意识地作了暗示。

贪玩好动是猴子的习性,也是儿童的天性。孙悟空花果山为王,"青松林下任他顽";听师讲禅,又"喜得他抓耳挠腮,眉花眼笑。忍不住手之舞之,足之蹈之"。他像孩子一样无拘无束,还有点恶作剧:闯龙宫抢夺如意金箍棒,闹地府勾销生死簿名籍,上天庭偷桃偷酒偷仙丹,在如来手掌上还要写"到此一游",撒尿为证。当然他也具有儿童阶段的性格弱点,主要是无知与骄傲。他不知"弼马温"官职的大小,几次受太白金星的哄骗;自称"齐天大圣",还要玉皇大帝让出天宫。孙悟空的行为表明,他的个性尚停留在人生的早期阶段。他是以自体本能的欲望和冲动控制行为的人,没有超出他初步需要的理性和长远的目的;他的智力只是儿童的;他对自己力量与外部世界的关系缺乏客观认识,尤其是对自己的弱点缺乏自我意识。总之,他的个性发展尚未社会化和成人化。

作者这样写,正是为后面的成年礼仪式做有力的铺垫,孙悟空无拘无束、无视一切的天性和儿童式的行为,自然为有着既定规范的成人社会(神佛社会)所不容。悟空与如来之间的争斗,事实上反映了个人与社会、人的天性与理性、人性的不成熟与成熟之间深刻的矛盾。为了维护成人法则和社会的正常运转,对悟空无知与骄傲性格弱点的惩罚就成为必要。于是如来施法,悟空被压在五行山下,"饥吃铁丸,渴饮铜汁"。其实,这就是强制性成年礼仪式的开始。

荣格派心理学家汉德逊指出:"从根本上讲,成年礼是一个以服从仪式开始,过渡到压抑阶段,然而达到进一步解脱的仪式过程。"①在取经故事中,我们大体上可以发现孙悟空思想性格从服从到压抑再到解脱的演变轨迹。当然,在某种程度上说,这三个阶段又不是截然分明的,而是彼此打通的。

---

① 荣格:《人类及其象征》,张举文、荣文库译,辽宁教育出版社1988年版,第135页。

服从是促进成年礼仪式的主要态度。成年礼首先是通过服从仪式,以压服儿童本性中的桀骜不驯和原始粗野,使其甘愿处于被动和服从地位,从而强迫他纳入社会化和成人化的过程。服从仪式为了达到目的往往使用暴力手段。原始民族成年礼中的切痕、火炙、毁齿等,以及现代管教孩子中的体罚和打骂现象,都属于此。孙悟空经过的服从仪式有两个内容:一是五行山压顶,五百年磨难,其结果是大圣认错:"我已知悔了。但愿大慈悲指条门路,情愿修行。"这是对骄傲的治疗。二是头戴紧箍儿,心惧紧箍咒。这使他在唐僧面前连道"听教了""不敢了",从而甘愿服从保唐僧西天取经的神佛意志。当然,从不服从到服从还有几次反复,从被迫服从到自觉服从还有一个过程。初时悟空还想上南海找观音算账,以后还有几次在如来、观音面前表示要除下紧箍儿、重返花果山,但一经说明利害、劝导训斥,便马上又死心塌地地服从。而且越到后来,悟空越滋生了一种保唐僧取经的责任感,服从转为自觉行动。

戴上紧箍儿后,悟空进入了压抑阶段。压抑不在于取经路上妖魔为害和死亡的考验,而在于心灵的磨难。在紧箍咒威胁下的服从是痛苦的。他不再能够按照自己的意愿自由行事,即使对妖魔也如此;他必须忍受唐僧的是非不分和听信谗言;他几次遭唐僧驱逐,尽管有理,但神佛总是指责他的不是;他常常只能违心地做事,常常需要在神佛和唐僧面前认错。压抑的结果,悟空的性格前后发生了很大变化。如果将大闹天宫与取经路上的孙悟空性格作番比较,我们将会发现他在活泼顽皮、机智勇敢方面的连续性,但也会看到他在待人处事和个性方面深刻的不同。首先,一个天不怕地不怕的英雄变得易于掉泪了。他恳求唐僧时"泪滴腮边",离开后又"滴泪想唐僧";哭诉观音时"泪如泉涌,放声大哭",面见如来又"泪如泉涌,悲声不绝";取经路上一共哭过近十次。这是压抑下的产物,他开始体验到委屈、痛苦和无奈,个性刚强的另一面也表现了出来,从而变得更富人情味了。其次,他在处世方面也趋向成熟,能为他人着想,注意调整人际关系。由花果山返回取经路时,他竟想到要洗掉妖气,怕唐僧嫌;大闹五观庄时,他学会了忍耐与妥协,不再像过去那样一味冲杀和争胜好强;遇上厉害的妖魔,他也不再个人英雄主义,而是找关系、求救兵、依靠神佛。压抑阶段是孙悟空个性转换和成人化的时期，他开始适应成人环境（佛社会）并懂得服从，同时获得了对自己力量和弱点的自我意识，这明显地表现在他多次介绍自己的自叙诗中。

完成社会化、成人化的过程后，孙悟空就得到了解脱。所谓解脱，就是说他已经得到了佛社会的认同，已经把佛法作为自己的行为准则，而不再需要强制性的服从了。这样他就从痛苦与压抑中超越了出来，重新获得了自由，一种区别于大闹天宫时期的、建立在对必然性（必须遵循的规范）认识基础上的自由。到西天日近之时，孙悟空不仅不再感到佛法的压抑，相反，他还要用佛法去压抑、教化别人。在天竺国凤仙郡，悟空劝导郡侯说："你若回心向善，趁早念佛看经，我还替你作为；汝若仍前不改，我亦不能解释，不久天即诛之，性命不能保矣。"至城里城外一片善声盈耳，"行者却才欢喜"，俨然成了神佛的代理人，并为此得了"劝善之功"。在第九十七回，唐僧身陷牢狱，悟空反常地见难不救，其理由是："师父该有这一夜牢狱之灾。老孙不开口折辩，不使法力者，盖为此耳。"他已经具有了某种佛性，参悟到唐僧因果报应的真谛，并自觉地把观音曾教导他的"一饮一啄，莫非前定"的佛法摆在第一位，在不违背它的前提下才去救人。他懂得了自己的力量只有在一个更大力量的制约下才能施展，自己的目标只有纳入一个更大的目标中才能实现，这样他就避免了个人与佛社会的冲突及其引起的许多痛苦，达到了内心平衡和解脱。这意味着个体心理发展上的真正成熟。如来命名他为斗战佛和紧箍儿的消失，则是最后的解脱仪式。他已经不再需要紧箍儿了，因为有形的紧箍儿已经转化为内心无形的紧箍儿，化为他成人礼之后的性格的一部分。

以往的不可论者看到了孙悟空前后性格的不一致。但他们往往囿于传统社会学方法和观念的局限，不愿意看到一个反抗的英雄走向归顺，因而不肯正视或无法解释其性格之演变。相反，倒认为这是作者艺术上的败笔或思想局限之所在。从成年礼原型的角度去看，不仅孙悟空的性格发展是合情合理的，而且作者的整体构思和创作意图也是一以贯之的。

四

　　《西游记》第一回开头,从混沌中天地开辟,延着时间一维,细叙到生人、生兽、生禽:"正谓天地人,三才定位。故曰,人生于寅。"这一段有提纲挈领之意。它预告着全书的神话风格,而且落脚于人,暗示人是全书最重要的主题。

　　天产石猴是人之初,具有"婴儿"之本性。他乃天地精华所生,以草木花果为食,与虎豹獐鹿相亲,这似乎表现了人类最初的生存状态和图腾意识。"鸿蒙初辟原无姓,打破顽空须悟空。"作者是把他作为人的象征来写的。他既是个体的人的化身,又是群体的人类的缩影。这样我们才能理解悟空为什么被塑造成无父无母、超越现实时空,为什么被抽象化、神话化。

　　对人来说,最重要的人生课题是成人,亦即怎样学习做人。因为人只有进入成年,才成为真正的人、完整的人,才是自己的主人。在原始时代,经过成年礼的人才算氏族部落的正式成员;在现代社会,到了法定年龄的人才拥有人的权利和义务。尽管人类社会发展的阶段和形态不同,但怎样长成为人却始终是社会所关注、人人会碰到的恒定性主题。吴承恩的立意即在此。在第七回,他借众神的赞诗写道:"当年卵化学为人,……一朝有变散精神。……恶贯满盈今有报,不知何日得翻身。"透露了全书"学为人"的题旨,以及孙悟空之所以失败受罚,是由于"精神"即心理上的不成熟。这样,他为悟空安排一个成年礼就顺理成章了。

　　要真正理解作者的创作意图,还须深入把握作品的叙述方式。《西游记》的叙事结构是由两条平行对应的线索复合而成的。一条用写实(非指现实,而指具体的情节)的方法,用散文,它们是人物的实际活动,构成作品硬性的情节框架;另一条用写意的方法,用韵文(诗、词、对句、回目),它们是作者对故事的概括、议论和评价,建立起作品内涵的象征框架。这两者互相契合的关系,使我们可以用后者来印证前者。

　　全书最重要的象征结构是"心猿意马"和"金猴木龙"。"心猿"指悟空,"意马"本义是指化为白马的龙王之子,但又泛指悟空之外的取经者,如九十八回"猿熟马驯方脱壳,功成行满见真如"。金猴也是悟空,因他

"金性刚强";"木龙"又称"木母",是猪八戒。在这些象征意象中,"心猿"具有统领的意义,不仅"金性刚强能克木",而且"官封'弼马'是知音"。悟空之所以封"弼马温"这个官,正是猴管着马、心支配意的暗示。同时,"心猿意马""金从木顺"并提,又意味着他们之间的相似处与同一性。也就是说,取经者虽为五人,但他们完成的是同一件事,体现的是同一个题旨,即"心"和"意"——人的心理上的成年。而"心猿"则是他们的代表,也是成年礼过程的普遍性象征。

"心猿意马"是句成语,形容心思不定如猿猴跳跃、快马奔驰。大闹天宫时孙悟空的心性就如此。第七回作者诗曰:"猿猴道体配人心,心即猿猴意思深。大圣齐天非假论,官封弼马是知音"。所谓"意思深",是指人的自然天性和儿童的本性是无拘无束的、没有规范和缺乏理性的;所谓"非假论",则指悟空自封"齐天大圣"的细节,乃是一个有意为之的暗示,隐喻着不受管束的心将会狂妄与不现实到何种程度(齐天)。在作品中,"心猿意马"是人在心理上未成熟、未成年的象征,是作者与大闹天宫情节相配合的一个否定性意象。吴承恩的愿望是:"马猿合作心和意,紧缚牢拴莫外寻。"于是,随着悟空从服从到成正果的情节运转,象征写意这条线索也相应地从"意马收缰""心猿归正"过渡到"金顺木驯成正果""猿熟马驯方脱壳"。成年礼仪式的实写与虚写是如此紧密地对应契合。正是在虚写的诗体中,作者以直接的方式亮出了他的总体构思、创作意图和主观评价。

人必经成年之关,人怎样成人(在心理上成熟),这是吴承恩"漫说些痴话,赚他儿女辈,乱惊猜"(《送我入门来》曲)背后的题旨,正如他在另一篇文章《禹鼎志序》中说的:"微有鉴戒寓焉。"① 然而,据史籍记载,吴承恩又是个"性敏而多慧""复善谐剧""耻折腰""放浪诗酒"的人物。他的朋友朱日藩曾在诗中写他"痛饮狂歌空度日,飞扬跋扈为淮雄",将他比作历史上迂疏漫浪的人物嵇康、阮籍。这种敏慧、诙谐、反抗、狂放而不受拘束

---

① 吴承恩:《吴承恩诗文集笺校》,刘修业辑校,刘怀玉笺校,上海古籍出版社1991年版,第126页。

的性格,多少有些像出世到大闹天宫时期的孙悟空,而不是像取经路上尤其是后期顺驯的孙悟空。这是一个矛盾:从孙悟空"恶贯满盈"到终成正果的情节来看,他是在肯定成年礼;从吴承恩的个性来看,他又该站在大闹天宫的孙悟空一边而反对取经成佛的孙悟空。难道《西游记》是吴承恩的自我批判,抑或是一种心理补偿与平衡?

事实上,这种矛盾在作品中也有表现。书中一头一尾写了两个"极乐世界":花果山福地与灵鹫山福地。前者"自由自在""享乐天真",是人的儿童阶段或人类童年时代的象征;后者"家家向善""户户斋僧",是人的成人阶段或人类文明时代的象征。自然与文化、天性与理性之间的沟壑分开了这两个世界。但是,花果山虽然简陋却不乏诱人之处,灵鹫山极尽繁华而有些名不副实。人人向善,偏还要贪图钱财,索取人事。就连老实的唐僧也满眼垂泪道:"这个极乐世界,也还有凶魔欺害哩!"这重要的一笔,写出了作者对人成年后必须认同的那个社会的失望,对远离人类原始生活状态,用文明和理性规范装饰起来的现实社会的失望。

这真是一个深刻的悖论。人必须成年,但成人后未必比儿童时代美妙;社会必定走向成熟、文明和理性,但与原初阶段相比它也显露出种种弊端;人在成长中失去的并非全无价值,而得到的也不都真有意义。吴承恩一方面从肯定的方向指导人怎样成人,另一方面又从否定的方向指出成人社会与未成人社会相比的缺陷。这种内在矛盾,源于他本人现实理性与个性、理想之间的冲突。

也许,《西游记》主题的伟大正在这里:它揭示了成年是人无可改变的命运,告诫了未成年人将要进入的成人社会的真相,并把它作为成年礼一个最后的也是最重要的仪式内容。如果天真地把跨入社会视作极乐世界的到达,那么从根本上说,他还不够心理上成年的资格。

五

原始的成年礼仪式离我们已十分遥远了,它的种种严酷性的考验内容在今天看来简直不可思议,由此演变而来的我国古代的冠礼是由"筮日筮宾"（选定佳期和来宾）、"三加冠"（喻示成人的各项权利和义务）和"取字"（标志着第二次生命开始）三部分组成的。它已经将象征"死亡"的考验仪式出让给实际生活，而保留着象征"再生"的庆贺意味。在现实生活中，成年礼已经被废弃和遗忘了。只是在某些方面，如孩子成年后要用大名替代乳名，成年阶段逢上学、工作、生日等具有人生转折性的时刻举行庆祝，还依然留有该习俗的痕迹。

　　古代仪式化、群体化的成年礼现今已演变为个人化、心灵化的事件。也就是说，何时迈过成年之关，何时趋于心理成熟，经受多少以及何种方式的考验，越来越成为各人各异的事，成为自我的一种内心体验与确认。尽管没有考验仪式，但考验仍然存在，考验仍然是个体身心成熟的必经之关，在成人期中必然会有许多具有成年礼考验特性的事件出现。尽管没有成年礼，但人们还是拥有与成年礼过程相应的人生体验。

　　因此，成年作为人类具有连续性和恒定性的人生课题，"儿童—考验—成人"作为人类历史上无数次重复出现的原型模式，"服从—压抑—解脱"作为普遍的人类经验和集体意识，不仅在原始和古代，而且同样在现代和现代人的心灵中依然活跃着。《西游记》之所以流传于世、历久不衰，正是因为它所描述的取经故事提供了一个成年礼仪式的原型，从而激活了读者潜在的成年经验，并把个人的命运纳入人类命运的思考中去。正如荣格所说的："当原型的情景发生之时，我们会突然体验到一种异常的释放感也就不足为奇了，就像被一种不可抗拒的强力所操纵。这时我们已不再是个人，而是全体，整个人类的声音在我们心中回响。"①

　　人们喜欢孙悟空这个形象，因为在潜意识中，孙悟空是你自己的影子。你没有自觉地意识到这一点，实在是作者的幻想手法，将现实中的你与神话人物离间了。但是作者在诗赞美猴王中说："历代人人皆属此。"仔细品味这句话，你会感到你所喜欢的正是自己的成年经历和体验在孙悟空形象上的投射与掺合。无拘无束、易犯错误、不知天高地厚的童年，心理成熟过程中所经受的生活考验、内心痛苦和不可抗拒的服从，成年后懂得处世为

---

① 叶舒宪：《神话－原型批评》，陕西师范大学出版社1987年版，第434页。

人、遵守规范以及被社会接纳和承认,都是通过喜欢孙悟空而得到验证、肯定和潜意识的满足的。

当然,还有不少人更喜欢大闹天宫中的孙悟空而不是取经成正果的孙悟空,更喜欢花果山社会的自然纯真而不是索要人事的佛界天国。这是因为,成年后的人总是追怀自己的童年,总是向往已经失去的东西;身处文明社会而又发现其弊端的人,往往会将理想投射于远古,从而产生一种原始主义倾向。马克斯·缪勒说过,人类"有一种天生的崇敬过去的本能"①。如果从《西游记》中感受到这些矛盾与困惑,那么就进入了与吴承恩同一的思想境界。

---

① 朱狄:《原始文化研究》,生活·读书·新知三联书店1988年版,第755页。

第十一章　我国古典小说中的原型意象

一

"意象"这一术语,通常运用于诗歌批评。意象是诗歌最小的艺术结构单位,是诗人的主观情思与被描写的客观或想象的景物的结合体。所以把握了意象及意象间的联系,也就把握了整个作品的形象体系和思想内涵。

对小说而言,最基本的结构单位是人物,最重要的是人物行为以及人与人关系连缀的情节。小说虽也状物写景,但一般是为交代环境、塑造人物和运转情节服务的,并不具有独立的分析价值和意义。

然而,小说与诗歌又有互相打通的一面。不少现代小说挪移诗歌的象征手法,创造出一系列意象,如伍尔夫《到灯塔去》中的灯塔、鲁迅《狂人日记》中的历史书、王蒙的《蝴蝶》、张贤亮的《绿化树》等等,使题旨更富凝聚力和含蓄性。对这类作品,意象分析与人物分析同样重要。

我国古典小说中的意象与此又有所不同。它们往往不是象征手法的产物,而是神话思维的结晶。按照意象的形态特征,可以将其分成两类:一类是人物意象,如孙悟空、贾宝玉、宋江等,他们既是性格丰满的人物,又是某种自然物如石、玉、星的意象;另一类是神物意象,如《红楼梦》中的"风月宝鉴"、《水浒传》中的"天书"等,它们不是人与物的互渗,而是神与物的互渗,具有某种神性和神秘色彩。

显而易见,这些意象都与思维的原始方法和原始观念相联系,它们属于原型性意象。也就是说,它们在一个特定文化区域不同时代的人们心灵和艺术作品中是反复出现的,甚至对于人类或至少对大多数民族来说具有相同的或相类似的意义,它们的内蕴反映了某种普遍的人类心理和集体潜意识,其源头可以追溯到人类的童年时代。

相对而言,现代小说中的意象则大多是个人性的象征。它们是作家个性化的创造,借以表现或强化个别性的题旨。虽然有些意象也曾被反复使用,在不同时代多次出现,以至成为通用性象征,如王蒙的《蝴蝶》源于庄子,但它们本质上还是有迹可循的个人创造,并未与文人之外的集体心态尤其是原始意识相连。最重要的区别还在于思维方式的理性与非理性,观念的文明与原始。张贤亮以"绿化树"喻人,王蒙以"蝴蝶"喻人生,只是在动植物与人之间构建起主观的象征联系,其间的理性界墙是不容置疑的。然而《红楼梦》中绛珠仙草的意象就是林黛玉,《聊斋志异》中花狐意象就是人,却并不是一种理性的比喻或象征,而是实在的人与动植物之间的神秘互渗和幻变。尽管这些意象也同样出自作家的个人创造和想象,但是作家不过是给普遍的原型性幻想和观念赋予了具体的意象形式,或者它们本身就是原始意象。

囿于现代艺术分析的习惯,人们往往将古典小说中的原型意象理解为大胆、离奇的个人想象,而对其中的集体意识和史前心态内蕴未充分关注。或者,仅止于把这些意象视作一部作品的有机组成部分,而没有放到更大范围的作品系统中去加以整合,从中发现其独立的原型作用和思考价值。事实上,对古典小说中那些重复出现的幻想性意象进行原型分析,将会呈示出一个广泛的神秘性的意识体系,它包括自然崇拜、图腾崇拜、灵魂崇拜和神性崇拜在内的原始崇拜及其遗存形式。同时,原型意象所积淀的心理内蕴,对于理解古典小说中的一些共性母题如宿命论、因果报应论等,也是至关重要的。

二

在古典小说中,星是一个重要的意象。它基本上可以分为两类:一是作为天的象征,具有一种神秘的性质和力量;二是作为人的象征,人与星互渗合一。

《水浒传》里,辽国大元帅兀颜光阵列太乙混天象,前后左右四军正按东南西北方二十八星宿摆列,辽主及众将按上天星界北极紫微大帝、中宫土星一炁天君、紫炁星君、太阳星君、太阴星君领兵。正如作者诗云:"一天星斗离乾位,万象森罗降世间。"这个天阵杀得宋江军大败,其威力不在于军事,却在于与天象的重合而获取了上苍的神秘力量。

在《三国演义》中,管辂为赵颜出计添寿,北斗主死,南斗主生,皆是能幻化白鹤和人形的星神;诸葛亮五丈原禳星,则在地上分布象征北斗的七盏大灯,"踏罡步斗,压镇将星",星是祈祷的对象;而孔明夜观天象而知刘表不久人世、刘璋非立业之主,司马懿见将星失位判定孔明有病、不久便死,则星象成了天意的启示,其变化与人间互为感应。

这类星的意象(有些只是星的象征符号)凝聚着对天象(星体运行)的自然崇拜,以及天象与人事神秘互渗的原始信仰。星是大帝、天君、星神,是支配人间的天的象征和神的化身。混天象阵之所以威力无比,正因为它通过模仿巫术取得了与天象同一的超人间神力。这种星宿崇拜是原始自然崇拜的内容之一。星星在夜幕下神秘闪烁易于激发原始人的幻想,它高高在上的位置也易于成为天的表征和神的寄寓所在。众多民族历史上普遍出现过的星占术(又称占星术),就是星宿崇拜和天文知识结合的产物。所谓星占术,是根据天象变化来预卜人间吉凶祸福的一种方法,司马懿、孔明所行的就是星占术。据研究,"星占术起源于史前时代……在古代巴比伦、埃及、希腊、罗马、中国和墨西哥都有星占术,不少原始民族也相信星占术。……最初的星占术主要是预测氏族的安危、生产的丰收,后来才预测重大的政治事件,如国家的兴亡、王权的命运、战争的胜负等"①。在《史记》中,历史事件的记叙经常插入诸如"慧眼见西方,又见北方"之类天象的描述,暗示出两者之间的相关性;而羲和、殷商等人物亦被列入"天官"即星占学家的行列。在西方现代社会,星占术也仍有不少信仰者。可见星意象作为天意的象征和崇拜的自然物,反映了一种源远流长的跨文化的集识,它在我国古典小说中是一个艺术化的原型符号。

另一类星意象则是人星同形的,既是天上的星宿,又化为具体的人。尽管小说主要描写他们作为人物的活动和性格,但从本原上看,他们仍然归属于星的意象。《水浒传》中一百零八将是三十六天罡星、七十二地煞星转世,《镜花缘》里武则天乃天星心月狐临凡。宋江和武则天都是真实的历史人物,但一经神话化的过程,他们便成了星宿的化身,成为人星互渗合一观念寄存的原型意象了。

星占术的一个基本思想,就是人间事物与天象变化互为感应。当然它也包括某一颗星与某一个人的具体对位。《三国演义》中的"将星"之说,就是人星感应以示吉凶的例子。《左传》中也有这样的记载,如昭公十年"有星出于婺女。郑裨灶言于子产曰:'七月戊子,晋君将死。……'"类似例子在古籍中屡见不鲜,可见对人星对位感应的信仰非常普泛。小说家的创造,则使这一原型观念获得了更加富有诗意和情节性的外在形式,如天魁星宋江、天星武则天的人星同一和变幻。在现代,人们喜欢称呼走红的演员为明星、新星,把伟人去世喻作巨星陨落,都是这一原型意象的遗存。虽然它已经不再包含信仰的成分,但作为集体潜意识却仍然活跃在艺术想象和日常用语之中,而且仍可从明星崇拜、伟人崇拜中看到对星意象的崇拜。

与人星互渗相类似的是人石互渗。在民间的神话传说中有许多关于人化为山峰、山石的故事,以解释山峰、山石似人的形态。在古典小说中我们则看到由石成人。《西游记》中的孙悟空乃花果山上的仙石迸裂出的石卵所化,《红楼梦》里的贾宝玉是女娲补天遗留下的顽石通灵后投胎,他们

---

① 宋兆麟:《巫与巫术》,四川民族出版社1989年版,第380页。

都是石的意象。但这不是普通的石头,原本就是仙石、神石,加之"每受天真地秀,日精月华",更成"灵性已通"之石。显然,这样的通灵之石、能幻化人形之石与原始初民对石头的神秘崇拜意识相关,属于原型意象。

石头崇拜的产生,也许要追溯到远古的石器时代。"在那个时候,原始人类唯一可以用来制造工具和武器的,就是各种简单的石头。从原始人的思想意识来说,这也许就是神灵的赐予吧!"① 此外,在万物有灵观念的支配下,任何自然物都有神灵,有石便有石神,石头也能成为灵物。至于石头之一种的玉,更是被史前人们看成具有防鬼避邪作用的灵物。在新石器时代的墓葬中,曾多次发现死者含在口中的玉器即玉琀,这个灵玉崇拜的巫术形式。《山海经》也记载着这样的神话:"峚山,其中多白玉,是有玉膏,其原沸沸汤汤,黄帝是食是飨。……天地鬼神,是食是飨;君子服之,以御不祥。"《红楼梦》中的女娲巨石幻变成通灵宝玉,而作为服饰的通灵宝玉又是贾宝玉的降生随物和命根子,包容着的正是联成一体的石玉崇拜。

在我国,羌族有崇拜白石的信仰,彝族有祭石神的风俗,藏族、哈尼族有锅庄崇拜,而锅庄最早的时候就是三块石头。这些都是原始石头崇拜的遗存。而人石变形和感应,则历来有"启生而母化为石"(《汉书》)之说,孟姜女望夫化石之说,大禹"化生于石纽山泉。女狄暮汲水,得石子如珠,爱而吞之,有娠,十四月生子"(《遁甲开山图》)之说。因此,仙石和女娲石都是石头崇拜的意象,而它们化身为神通广大的孙悟空和秉性奇异的贾宝玉,则体现了人石互渗转换这一普遍的原型意识。

三

在古典小说中,还有大量的动植物幻化成人的意象。如果说星、石意象反映了原始的自然崇拜观念,那么动植物意象则源于原始的图腾崇拜意识。图腾是人类童年时代普遍的文化心理现象,是人类最初萌生的朦胧的自我意识。原始人深信各氏族部落都来源于各种特定的物类,两者之间存

---

① 张福三、傅光宇:《原始人心目中的世界观》,云南民族出版社1986年版,第104页。

在着神秘的血缘或亲族联系。他们不仅以该物种的图像符号来命名自己的部落,而且相信该物种是自己的祖先,该物种的命运即自己部落的命运,由此产生了崇拜和禁忌。这些物种就是图腾,它们大多数为动物,一部分为植物。在我国,龙和凤是众所周知的图腾动物,女登"感神龙而生炎帝","庆都与赤龙合昏"而生尧,都表现了氏族祖先的诞生与图腾动物的感应相关的图腾意识,至今中华民族还有"龙的传人"之说。另一些民族则以植物为图腾,如苗族把枫树当作人类及万物的总根源加以崇拜,德昂族以茶树为本民族的神树、以茶叶为人类的祖先。在图腾崇拜中,动植物与人形成了生命意义上的一体化,他们不是处在生命的不同等级,而是在信仰中实现了互渗的同一。因此,动植物幻变成人的艺术想象是由此演化而来的,它们是负载这一原始幻想与意识的原型意象。

与图腾崇拜关系最直接的也许是蛇意象。在《警世通言·白娘子永镇雷峰塔》中,白娘子是白蛇变化而成。这个故事广为流传,深入人心,诚然由于它爱情悲剧的内容,但人们喜爱不惜生命追求爱情的白娘子形象,事实上也包含了对蛇幻变人意象的默许。或者说它与人们集体潜意识中的图腾观念遗迹还存在着某种呼应。一般认为,中华民族的龙图腾的前身是蛇图腾,龙的形象是以蛇的形象为主体加上其他动物形象因素后想象、拼合的产物。在原古神话中,华夏族的始祖神如女娲、伏羲、轩辕等都被描绘成人面蛇身,亦即人与蛇图腾的互渗物。随着人类理性因素的发育,人与图腾动物杂糅同体的互渗形态渐渐显得荒诞,于是人与蛇、龙同形互变就成为互渗的替代形式,如历代帝王都自诩或被看作"真龙天子"。因此,"白蛇"作为原型意象,凝结着人类图腾意识的一种心理遗留物。

在古典小说中,狐是反复出现的意象。它滥觞于魏晋志怪小说。《搜神记》中的《吴兴老狸》《狸婢》《刘伯祖狸神》等篇,都描写了幻化人形的狐狸意象。到了《聊斋志异》,更是集狐意象之大成。《狐谐》《鸦头》《红玉》《阿绣》《封三娘》等数十篇小说,都塑造了狐女的形象。这类狐意象不仅能幻化人形,而且多具超人间的本领,如驾风而行、预知未来、无求不应等等。事实上她们是作为精灵和狐仙的形象被塑造的,其中不无崇拜意味。北美的印第安人有银狐创造世界之神话,我国鄂温克族传说中把猎人与狐狸所变之姑娘看作民族的先祖。在汉族的史籍上也有狐图腾的痕迹。《史记·五帝本纪》载:黄帝"教熊、罴、貔、貅、貙、虎,以与炎帝战于阪泉之野"。这六种野兽就是六个氏族的图腾,而其中的貔,据《尔雅·释兽》云:"貔,白狐。"可见是存在过以狐为图腾的氏族。当然,小说中的狐意象也许与原古的狐图腾没有直接联系,但图腾意识所包容的人与动物互渗的思维方式却与狐意象相关。在我国,关于狐狸成精和狐仙的故事曾广为流传,甚至成为一种民间信仰;在欧洲,产生于中世纪的《列那狐的故事》也家喻户晓,这是一个充分人格化的动物英雄的形象。这些能幻化人形、极通人性的狐意象,投射着具有普遍性的人类意识或幻想,并由此升华为原型。

同样,人与植物互渗意识也滋生了植物类的原型意象,其中出现在古典小说中最多的要数花意象。《镜花缘》中,一百名才女乃各司其花的百位花神投胎,女主人公唐闺臣是总管百花的百花仙子。《醒世恒言·灌园叟晚逢仙女》里,花神幻化人形救人急难。《聊斋志异》中,《黄英》写菊精,《香玉》写牡丹花神,皆与人无异。这些花意象都是以花神或花的精灵的面貌出现的,所以能随意化为人身。这既体现了万物有灵的原始信仰,同时也是一种植物崇拜。恩格斯曾说:"人在自己的发展中得到了其他实体的支持,但这些实体,不是高级的实体,不是天使,而是低级的实体,是动物。由此就产生了动物崇拜……"①按照同样的道理,当处于采集阶段的原始人主要从植物中获取食物,甚至遮体物、居住物和药物时,自然也可能产生植物崇拜。

据有的学者研究,"帝"字通"蒂",即花蒂的意思。因此,黄帝、炎帝可能就是戴着黄花花冠和红花花冠并以花为图腾符号的部落首领。此外,《山海经》中说"黄帝生苗龙,苗龙生融吾,融吾生弄明,弄明生白犬",如果考虑到当时处在"但知其母,不知其父"的原始群婚制而不是对偶婚制时代的话,考虑到"孤雌生殖"观与"感应生殖"观还是占统治地位的话,那么这里的"生"表明的就不仅仅是引申意义上的世代关系了,而是"生"之本

---

① 马克思、恩格斯:《马克思恩格斯全集》第27卷,人民出版社1965年版,第63页。

义的实实在在的生育了,黄帝的性别也应是女性。至于黄帝后来如何变成了男性,那是父系制文化改造的结果。当然这一猜测是建立在黄帝时代尚是母系时代立论的基础之上的,倘若此说可以成立或多少有些道理的话,那就易于解释花作为原型意象与原始植物崇拜以及图腾崇拜的关系,也易于解释为什么花意象在古典小说中总与女性引人注目地相联系。这可能是由于原始采集狩猎社会中,女性主要从事采集工作,与植物有更多的接触。同时,花的妩媚柔弱也与女性的气质外貌有某种相似性,易于激发相关的想象。更重要的是,花可能曾经是母系制社会的图腾。因此,花与女性互渗的意象,蕴含着一种普遍的人类意识,至少在大多数民族中,花是作为女性的原型性象征出现的。在中国,拈花惹草中的花成为女性的隐语,花容月貌、闭月羞花成了女性的专用形容词。在西方,花作为女性的通用性比喻也是人人皆知的,在历代诗篇中都反复出现。至于国有国花,市有市花,命名某种特定的花作为一国一区的形象标记和象征,则多少与远古的植物图腾有某种潜意识中的关联。

四

在古典小说中,鬼与梦这两个意象出现频繁。它们都与"灵魂"这一观念有关,体现了远古的灵魂崇拜意识。

史前时期,各民族都普遍存在着灵魂信仰。世界各地差不多都发现旧石器时代的墓葬中有为死者涂抹赤铁矿石粉末的习俗,一般都认为与灵魂信仰有关。我国仰韶文化流行在瓮棺葬的钵罐上凿一小孔,其意是为了能让灵魂自由出入。泰勒曾对原始人心目中的灵魂概念下过这样的定义:"它是一种稀薄的、虚幻的人的形象,具有像气息、薄膜或影子那样的性质,个体的生命和思想的本原构成产生它的灵气,它独立地占有它从前或现在肉体拥有者的个人意识和意志力。"[①]能够超越人的肉体存在的灵魂自然是不死的,人的死亡不过是灵魂脱离肉体到处游荡而已。这种灵魂观

---

① 泰勒:《原始文化》第1卷,连树声译,上海文艺出版社1992年版,第429页。

念的进一步发展,就产生了鬼魂、冥世、地狱、轮回转世等一整套体系。而灵魂变体的鬼作为集体意象,在文明发展到一定阶段上的各民族中都出现过。

古典小说中鬼的意象主要有两种。一种是冥世之鬼。人死后成鬼,生活在与人世隔离、自成系统的冥间,以后或借尸还魂,或转世投胎,重新为人。如《西游记》中的唐太宗、刘全、李翠莲,《聊斋志异》里的席方平。另一种是人间之鬼,即死后仍然活动在人间,经常能变化人形与人相处,如《聊斋志异》里的小谢、宦娘等。这两类鬼意象的共同点,即在于人与鬼的互渗。鬼具有常人一样的思想和行为,且能够转化为人。人鬼互渗的意识基础是灵魂观念。

人的身体是灵魂的寄寓之所,人的生命是灵魂的表现形式,而鬼就是灵魂更纯粹更直接的存在了。灵魂是触摸不到和看不见的,是神秘之物。于是鬼作为具体化的意象就成了灵魂崇拜的载体和象征。尽管科学和理性驱逐了灵魂崇拜和鬼的意象,但这一影响了人类心灵世世代代的集体意识,仍然会以隐蔽的或转换的方式显示其遗存,如现代人对死者的祭奠,对遗像的敬重,追悼会上诸如"安息吧"之类与亡灵的交谈等等。因为从根本上说,灵魂的观念反映了人类对生命不死的一种愿望与幻想,灵魂崇拜是对生命本体的崇拜。

与灵魂相关的另一意象是梦。梦往往具有具体的人物活动和离奇的情节,自身就包容着大量的意象。而从整体上把各式各样的梦归为一个意象,是由于任何梦总是凝结着某种对梦的认识。在古典小说中,并不是所有的梦都属于原型意象。梦意象有两种,一种是现实的梦,它是人物神思活动的结果,虽然内容荒诞不经,但它与书中所描写的现实无关,并不产生真实的变化。也就是说,它用现代理性去观照是解释得通的,或是可能发生的。如唐《南柯太守传》写淳于棼醉后入梦,被槐安国招为驸马,出任南柯太守,醒来方知是一场美梦;《红楼梦》中宝玉梦游太虚幻境,也是真正的梦,作者不过是借梦境铺写幻想。另一种是超现实的梦,整个梦是灵魂脱出肉体后实际活动的过程,梦中的情节神秘地作用于作品中的现实,并产生实在的效果。也就是说,梦世界与现实世界同样真实,互渗合一。如

《西游记》中孙悟空梦游森罗殿,勾销生死簿,"自此,山猴多有不老者,以阴司无名故也",而十代冥王也以悟空大闹森罗的罪名上告玉帝。《水浒传》写宋江梦遇九天玄女,喝酒吃枣受天书,梦醒之后,手内有枣核、袖里有天书、口中有酒香。这种梦似梦非梦,若虚若实。从梦是梦、现实是现实的理性主义观点去看,它是神秘而荒诞的,是神话思维的产物。

其实,这就是梦的原型意象。它以形象的方式灌注着原始的集体梦意识和梦崇拜。简言之,就是梦即实在。列维-布留尔曾说,原始人"首先把梦看成一种实在的知觉,这知觉是如此确实可靠,竟与清醒时的知觉一样。但是,除此以外,在他们看来,梦又主要是未来的预见,是与精灵、灵魂、神的交往,是确定个人与其守护神的联系甚至是发现它的手段。他们完全相信他们在梦里见到的那一切的实在性"①。这种对梦的解释和神秘信仰是以灵魂观念为核心的。在原始思维中,梦意象的实质是灵魂的活动。既然灵魂是生命更为本质的存在形式,那么灵魂的活动就与人的实体的活动具有同等意义,梦世界与现实世界通过灵魂的中介也就能够彼此沟通和互证。同时,灵魂是不可见的,神灵也是不可见的,它们只有在想象与梦境中才会被赋予具体形式。梦与想象相比又具有更大的非自觉性、偶然性和神秘性,因此梦就成为人借助于灵魂形式与神灵对话的极好途径。梦有如此重要的神秘作用,它才会被崇拜,而其逻辑前提则是灵魂信仰。

在现代,梦与现实神秘互渗的意识淡薄了,但并未绝迹。人们还是习惯于在梦与现实之间打比方,如"人生如梦""十年动乱一场噩梦""打破了他的美梦"之类,事实上是将梦的原型意象中所蕴含的梦即现实观念,由隐喻和信仰转为明喻和虚拟。现代人尽管懂得梦是睡眠状态中大脑储存着的表象并列或错位进行的潜意识心理活动的表现,但他们中仍会有相当一部分人常常对自己梦中的离奇古怪内容及意义大惑不解,甚至从神秘的预兆或启示方面将信将疑地去解释它的突发性、虚幻性和知觉性。梦永远是一个与现实有某种关联的超现实的神秘精神世界,这大概就是梦作为原型意象得以世代遗存的原因。

---

① 列维-布留尔:《原始思维》,丁由译,商务印书馆1985年版,第48页。

五

在神话思维的法则下,普通的生活用物往往被赋予某种超自然的神性,于是成了神物。神物意象在古典小说中门类繁多,举不胜举,单在《西游记》中就出过兵器类、服饰类、饮食类、坐骑类、用具类、建筑类等等。然而,并不是所有的神物都称得上原型。只有那些在文学作品中反复重现,代表了一种普遍性幻想和集体意识的神物,才属归原型意象之列,如"宝镜"和"天书"。

唐代王度作《古镜记》,记述一面古镜降妖伏兽、显灵治病和反映阴阳变化的诸种灵异。此后,《西游记》《封神演义》等书中都有照妖镜意象出现。《聊斋志异》里有两个说镜的故事。一是《镜听》,言一妇人除夜以镜听卜,见二人相推为戏,又作话语,事后预言被证实;二是《凤仙》,叙写凤仙别离时赠情郎宝镜一面,镜中凤仙时而背立,时而正面,时而笑谈,时而脱镜而出。《红楼梦》中,则有跛足道人送贾瑞的一面"风月宝鉴",反面照见骷髅,正面照见凤姐招手叫他。这类镜意象,都有神秘的来历和超现实的功用。它们或神仙所赠,或远古所遗,或占巫之物,不是能使妖魔现本相,就是像现今的电视屏幕一样可以显示活动的人的声音图像。镜子之所以会激发起如此类似的想象,实在与自镜诞生以来人们对它的神秘认识有关。

最早的镜大约是用青铜铸造、磨制而成的,所以中国的"鉴"与"镜"字都从"金"字。在青海尕马台齐家文化遗址曾出土一件铜镜,镜面突起,背面内凹,又有一钮,器型较小。据研究,它"像北方诸民族巫师——萨满衣服上的饰件,既是跳舞时伴奏的响器,又是照妖镜,起一种避邪作用"[①]。由此而见,镜与原始宗教有密切关系。在神话传说中,也有黄帝叫尹寿作镜的故事,如《格致镜原》引《黄帝内传》:"(帝)既与王母会于王屋,乃铸镜十二面,随月用之。"总之,镜作为一种神物,是巫术观念和神性崇拜的载体。

---

① 宋兆麟:《巫与巫术》,四川民族出版社 1989 年版,第 3 页。

事实上,镜意象的神化是镜的特性与人们对形象、影子的神秘集体意识相互交织催生的。在原始或半原始的思维中,人们缺乏将实体与其图像、标记区别开来的理性能力,存在着将特征近似或相同的事物等同、混淆起来的倾向。于是,图像、影子、名字与它们所相关的存在物之间神秘互渗,也具有生命属性和实体意义。正如列维-布留尔所说:"原始人,甚至已经相当发达但仍保留着或多或少原始的思维方式的社会的成员们,认为美术像,不论是画像、雕像或者塑像,都与被造型的个体一样是实在的。格罗特写道:'在中国人那里,像与存在物的联想不论在物质上或精神上都真正变成了同一。……这个如此生动的联想实际上就是中国的偶像崇拜和灵物崇拜的基础。'"①显然,在这种观念支配下,能够再现物体形象的镜子就具有了某种神秘性,成了秘密力量所在的神物或灵物了。在佛经中,"水中月,镜中像"用语作譬屡见不鲜,以此证明"世法无常,如幻如化",正是镜这一原型意象的沿用。现代人虽然不再视镜为神奇之物,但将画像、照片、名字、属相、生辰八字等与本人等同起来的情感化倾向,仍然是一种普泛的集体潜意识。

"天书"的意象在古典小说中也一再出现。《红楼梦》里太虚幻境有金陵十二钗正册、副册、又副册;《水浒传》中,有九天玄女授予宋江的三卷天书,有自天而降的石碣天书文字;《三国演义》中,南华老仙亦赠张角天书三卷,名《太平要术》;《镜花缘》里,也有魁星神所书的玉碑天书,上记百位花神及投胎后的姓名。"天书"皆出自神仙之手而传于凡人,内容或藏关于人事命运的"天机",或是要人"代天宣化"的法术要旨。至于文字,凡提到的都说是"蝌蚪文"。

书是文字的存在形式,故"天书"又称"天文"。在神话传说中,发明文字的仓颉被描绘成"龙颜侈哆,四目灵光,实有睿德,生而能书"(《春秋元命苞》)。显见是一个神话人物。把文字、书写与神联系在一起,就是"天书"意象的始源。此外,还有大禹授受河图的神话。据《尸子》载:"禹理水,观于河,见白面长人鱼身出,曰:'吾河精也。'授禹河图,而还于渊中。"

---

① 列维-希留尔:《原始思维》,丁由译,商务印书馆1985年版,第37—38页。

河精即河神,河图可能是治水的地图,也可能是文字或包含文字,因为最早的文字本来就是图画。从某种意义上说,这也是一种天书。《太平广记》中又有仙女瑶姬授大禹关于治水的"清宝文"的传说,其天书意象就更明确了。古典小说中的神仙授天书,其原型就在神话中。

　　天书表达的是神的旨意,因而是一种神物意象。《红楼梦》中,人物命运在金陵十二钗正副册里早就预作安排;《水浒传》里梁山泊英雄排座次,亦不敢"逆了天言"。天书的意象渗透着人类对神的敬畏和信仰。这种神性崇拜从原始时代就已开始,凡是与神有某种直接关系之物都可成为崇拜对象。此外,天书意象也与人们对文字书本普遍存在着的神秘认识和集体心态有关。《淮南子·本经篇》说:"仓颉作书而天雨粟,鬼夜哭。"据高诱注:"鬼恐为书文所劾,故夜哭也。"这里,文字书本被视为一种具有神秘力量的符号和工具,人们的敬畏由此而来。千百年来人们视书本为圣人之言或代圣人立言,不识文字的人对书本常怀虔敬与恐惧之心,即是这种集体意识的反映。因此,天与书很容易被掺合为一个意象。在现代,天书的原型意象也留下了它的痕迹。诸如教条主义、本本主义,或者把某种书视为"圣经"和"经典"而奉若神明,都是把书上升到绝对真理或天意的高度,当作不可违逆的崇拜之物。

六

　　所谓原型意象,一般说来都具有以下三个特征。

　　首先,原型意象是集体的或人类的意象。也就是说,它们不是作为个人创造物或某一历史时段特有的现象出现的,而是以集体的共同意象的面貌存在于某一特定的文化区域或跨文化区域,其中渗透着某一民族甚至全人类的普遍意识或潜意识。这是一个最重要的特征。弗莱把原型定义为"一种典型的、反复出现的意象"[①],荣格认为原型意象"是无数同类经验的

---

① 叶舒宪:《神话－原型批评》,陕西师范大学出版社1987年版,第151页。

心理凝结物"①,就是这个意思。一些意象如隐喻嫉妒的绿色、象征受难的十字架,它们植根于西方文化传统的联想之中。另一些意象如我国古典小说中的星人感应、人鬼(灵魂)互渗,则普遍出现在信仰神灵的诸民族之中。

其次,原型意象是神话的或象征的意象。通常,在抒情性诗歌中出现的大多是象征性意象,而在叙事性的小说里神话意象是主流。这是因为,诗歌意象以景物为主,不具有情节性,它们借助于象征,表达原型性的联想和情绪,如水与生命、风与灵感、白色与纯洁、黑色与死亡、大海与神秘和永恒等等。而小说的源头是神话,它们都具有一定的情节框架,都以人物意象为主。因此,原型性的象征关系在这里往往不是通过读者的联想而达成的,而是以神话的幻想方式,借助于情节过程直接蕴含在人物意象之中,如我国古典小说中花妖狐魅与人之间的象征互渗。总之,作为神话意象的原型具有更多的故事性和明喻形态的集体意识,而象征意象的原型则具有更多的联想性和隐喻形态的集体意识。

最后,原型意象是原始的或半原始的意象。某个原型意象最早产生于何时?这很难有确切的考证。一般而言,自然物意象如星、石、花、狐应当较早出现,它们与石器时代、采集狩猎社会的自然崇拜、动植物崇拜关系密切;而人造物意象如宝镜、天书则诞生较晚,它们是青铜铸造和文字发明以后的事。但我们可以追溯到历史的久远,追溯到产生神话的原始的或半原始的思维方式和观念,却是确定无疑的。如果说集体意象表明了原型与人类意识关系在地域上的广度和普遍性,那么原始意象则显示了这种关系在时间维度上的纵深和连续性。

在谈到原型批评时,弗莱曾说:"这种批评所探究的终极目标,不是作为对自然的'一种'模仿的'某一首'诗,而是被相应的语词秩序作为一个整体加以模仿的自然秩序。"②这就是说,当我们把某一套相关的原型意象(所谓"语词秩序")作为系统加以考察时,我们就会发现一个与世界的整

---

① 叶舒宪:《神话-原型批评》,陕西师范大学出版社1987年版,第100页。
② 叶舒宪:《神话-原型批评》,陕西师范大学出版社1987年版,第149页。

体性(即"自然秩序")相对应的世界观。我国古典小说中的原型意象,就是这样一个可参照的系统。星、石、玉意象与自然崇拜,蛇、狐、花意象与图腾崇拜,鬼、梦意象与灵魂崇拜,宝镜、天书意象与神性崇拜,将它们整合起来,就是一个以原始信仰及其观念遗存为内核的世界图式。在这个神话性幻想性的世界里,不仅有人的社会,也还有神界、灵界和鬼界;人与神鬼、灵魂、自然物、动植物都是神秘互渗的;在超自然的神秘力量的安排和支配下,世界一切事物都被织进充满隐蔽因果关系的巨大网络。这是一个非理性的原逻辑的世界。它从根本上体现了原始思维主观与客观混淆、现实与非现实同一的特征。

在这种世界观的导引下,我们很容易理解为什么一些共性母题如宿命论、因果报应论会广泛弥漫于古典小说作品之中,像《红楼梦》《西游记》《水浒传》《三国演义》《金瓶梅》等古典名著皆有体现。宿命论与因果报应论的实质,就是对存在于冥冥中的超人间的支配力量的信仰,对难以认知的人事变迁和现实命运的一种神秘性解释。当人们感到未能完全说清世界万物和彻底掌握人类或个人命运时,感到自身力量弱小有限和孤立无援时,宿命论和因果报应论就会以明显或隐蔽、意识或潜意识的方式抬头。它们的世界观基础,就是我国古典小说中的原型意象系统所呈示的神秘的世界图式。

第十二章　现代动物小说的神话原型

一

尽管文学的发展与现状并不完全取决于文学的原始发生,但后者作为潜在的因素或模式,却在任何时代的文学作品中都显露其踪迹。这并不奇怪,因为世界上一切事物的演化进程,都包含着连续性和离散性的内在统一。

文学的源头是原始神话。神话学资料表明,各民族的神话虽由于产生它的文化环境不同而具有特殊的系统和外在形式,但它们都反映了普遍的同质性和同构性。在时空上都相距甚远的不同民族的神话中,存在着到处可以寻证的相同或相似的情节母题、意象类型和主旨模式。这些反复出现的情节、意象和主旨便是"神话原型"。它是原始人类在感性和思想方面一整套原初性和基本的反映形式。

人类跨入文明时代后,艺术创作从不自觉走向自觉,但是,神话的原型模式并未从文学作品中根本消失,而是改换成隐蔽的伪装形式,经过了从单纯态和原生态到复杂化和精致化的历时性演变。因此,以小说与神话相比较、原始与现代相联系的批评定向,考察体现在文学作品深层结构中的神话源流和原型的意义,不仅能深化对作品的理解,而且有助于揭示文学的人类学本质。弗莱曾说过:"探求原型实际上就是一种文学上的人类学:我们从文学产生以前的东西——如宗教仪式、神话和民间传说等,可以了解到文学的情况。"①

比起其他作品,现代动物小说与原始艺术和神话的关系更为密切,因而也更具有原型探讨的价值。人类艺术创造的主体始终是人,但艺术创造的最早对象却普遍是动物。距今二三万年前的欧洲史前洞穴壁画和岩画,绝大部分表现的是动物或半人半兽形象;某些旧石器时代的洞穴内则发现了动物的塑像,塑像周围还留有猎人举行跳舞仪式的脚印。至于神话,在它发生发展的低级阶段,人们并不是按照自己的模样去塑造神祇的,而是采取了纯粹的动物造型或直观想象中的怪物外形,于是产生了动物神祇和动物神话。人形的神是在以后才出现的。对此恩格斯曾说:"看一看神圣的观念是怎样产生的——在所谓原始部落那里可以看到——这很有意思。神圣的东西最初是我们从动物界取来的,就是动物。"②因此,现代动物小说有着最古老的艺术惯例和人类经验的积淀。事实上,它是直接从渔猎时代的动物神话、农业时代的动物寓言、童话和传说一路发展而来的。相同的艺术形象类型,使它易于保存并显现神话中的原型模式。本章的重点,即在于揭示现代动物小说与原始动物神话之间的种种相关性。

二

原始人的思维能力虽然极其低下,但"不断活跃起来的探索欲",却使他们喜欢去攻击关于人类起源和自然奥秘的巨大问题。当然,由于认识目标与认识手段之间的悬殊差距,他们无法现实地逼近问题的答案,而只能

---

① 弗莱:《文学的若干原型》,见伍蠡甫主编:《现代西方文论选》,上海译文出版社1983年版,第343页。
② 马克思、恩格斯:《马克思恩格斯全集》第35卷,人民出版社1965年版,第121页。

运用幻想的方式神秘地超越。同时,认识成果也不是通过抽象概念来表达的,而是隐喻在具体的形象或幻象世界之中。所以,神话具有象征的性质。

原始动物神话有两大基本形态:图腾神话和自然神话。图腾是人类童年时代普遍的文化心理现象,是人类最初萌生的朦胧的自我意识。原始人深信各氏族部落都来源于各种特定的物类(绝大多数为动物),两者之间存在着神秘的血缘或亲族联系。他们不仅以某种动物的图像符号来命名自己的部落,而且相信该动物的命运即该部落的命运。在我国的原始神话中,龙和凤是众所周知的图腾动物。一般认为,龙蛇是炎黄氏族集团的图腾,而凤鸟则是夷人部落联盟的图腾。龙的"九似之像",据推测极可能是远古华夏氏族战胜和融合其他氏族后,蛇图腾不断合并其他图腾演化而成的。图腾神话进一步发展,图腾动物便由氏族转而嫁接在氏族祖先身上。始祖神大多具有人首兽身的怪异形貌,如女娲、伏羲、轩辕等皆人面蛇身,或者氏族祖先的诞生与图腾动物的感应相关,如女登"感神龙而生炎帝","庆都与赤龙合昏"而生尧。

如果说图腾神话灌注着人与动物的交感意识,那么早期的自然神话则体现着动物与自然的神秘互渗。在这两者中,动物都充当着人类意识投射的对象和认识的中介。原始人在与强大而异己的自然力量的对峙中,既滋生了对自然的恐惧和崇拜,也涌起了解释和把握自然的欲望。他们凭借肤浅的观察和直觉的想象,将有着某种外在联系的自然现象与动物形象对应起来,塑造出全部或部分动物外形的自然神祇,以表达心目中的原始自然观。古埃及的太阳神取完全的鹰形,古代克里特人奉蛇为地母。中国的原始自然神大多是人兽或几种动物的异类合体,如雷神是人首龙身,火神是人首兽身,海神是人首鸟身,风神是雀首鹿身豹纹蛇尾。它们的怪异动物形貌,象征着自然的神秘莫测和超人的威力。

由此,我们得到了两种基本的象征原型模式。在图腾神话和自然神话中,动物都不是以现实的形象出现的,而是作为象征意象塑造的。动物的外形并不包容自己固有的内涵,而是人的想象、观念的对象化和载体,隐喻着自身之外的另一类事物及意义。它们由于所表现的观念内蕴的不同(人的自我意识和自然意识),从而分别成为人的象征和自然的象征。

在现代社会,人们关于自然和人的知识极大地丰富和深化了。原始信仰被逐出了意识的现实经验领域,原始神话的动物神祇进化为现代小说的动物形象。然而,动物的象征性及其两种内涵原型却通过千百年的艺术积淀被继承下来。而且除了作为人物陪衬和环境因素的动物形象之外(如鲁迅《伤逝》中的阿随),它们几乎涵盖了所有专写动物的小说和具有独立审美意义的动物意象。

自从卢梭提出"返归自然"的口号以来(它的深蕴题旨是返归原始),人与大自然的关系重又成为诱人的文学主题。动物作为大自然中具有灵性的生命形式,受到作家的特别关注。他们仍然习惯于将动物与自然的现实关系,幻化为艺术上的象征联系;仍然喜好以动物形象为观照中介,表达对自然的情感和认识。

海明威的《老人与海》以虚化的社会背景、寓言式的叙述和泛指性的人称,织就了作品的象征氛围。但最重要的象征还是那条与老人长时间周旋和搏斗后英勇死去的大鱼。它是大海的象征,也是大自然力量和智慧的象征。在作品中,捕鱼与其说是人与自然敌对的表现,不如说是发展更深的友好关系的方式。老人对大鱼的情感态度逐渐从纯粹的现实功利转向精神上和审美上的联系。他钦佩大鱼的力量和英勇,欣赏它的美和聪明,为它的死而悲叹,并感到自己与大自然息息相通。大鱼的象征表现了这样的自然观:自然既是人无法回避的、值得一斗的劲敌,又是与人亲善的、富有灵性和值得尊敬的友伴;在这深刻的背悖中,后者对人的心灵世界更具有本质意义和价值。与此形成鲜明对照的是麦尔维尔的《白鲸》,它突出表现的是人与自然的冲突而不是两者的沟通与和谐,是人对自然神秘力量的恐惧而不是对自然的崇敬。那条使船长埃哈伯丧失了一条腿,最后又撞沉"皮阔德"号船的白鲸莫比·狄克,是大自然一切邪恶的象征,是种种心怀恶念的神力的化身。它在人们心灵上投下了普遍的恐惧的阴影,并使整个捕鲸过程笼罩在日益浓烈的神秘不详氛围之中。这种恐惧心理和神秘感可以归结为原始心态的遗存,它不过是自然崇拜的另一种情感反应方式。恰如原始人心目中的龙神,既是求赐风调雨顺的对象,又是造成洪水久旱灾难的根源。另外,埃哈伯对白鲸偏执的追击,则体现了对自然神秘内核的探求,以及对天地万物和神力的蔑视。无怪乎西方评论家称他为现代的浮士德和李尔王。白鲸的象征形象,正是在这两种自然观的撞击和投射下完成的。这类以动物象征自然的作品,还可以举出阿斯塔菲耶夫的《鱼王》、周立武的《巨兽》、谭甫成的《荒原》等等。

属于人的象征原型的作品数量更多。它们往往通过与人关系密切的驯化动物如狗、马、骆驼等形象的塑造,表现现代人的自我意识,象征人的性格、命运和丰富的人性、民族性等精神内涵。杰克·伦敦的《雪虎》描写了冰雪世界一条名叫雪虎的狼狗的曲折经历和性格形成、发展、转变的过程。一方面,雪虎的动物特征和习性刻画得生动、具体和充分;另一方面,又通过人的称谓(他)和专用来写人的词汇(如想、懂得、认为、妒忌、憎恨等)塑造出雪虎人化的内心世界,从而导向人的象征。雪虎把人类看作神,这和原始动物神祇的地位恰好是颠倒的,但和他摆脱野性趋向人性的追求是一致的。人的可塑性摆动于兽与神、人性与非人性之间,而这一切皆取决于环境的制约。在"疯神"史密斯的折磨和教唆下,雪虎变成盲目憎恨一切、凶恶得毫无理性的魔鬼;在"爱之神"斯各特的感化下,他的性格和行为规范发生了本质变化,爱充溢着他内部的深处。雪虎的形象,表现了善恶冲突、善战胜恶的人性内涵,象征着人对自身和社会的一种道德化理想。

这类象征美善人性的肯定性动物形象,在我国新时期小说中异乎寻常地不断涌现,而且往往是作为人情淡薄和人性扭曲的社会现象的反衬。"文革"中人性的沉沦及其种种后遗症,刺激着人们对人性的反思和呼唤。正如"人是万物的灵长"这种对比强化了人的骄傲感、自信心和光明面一样,"人不如动物"也历来被用来凸现对人性和社会阴暗面的批判意识和忧患意识。冯骥才《感谢生活》中的黑儿是只通人性的狗,当主人在"文革"中遭难时,它夜里偷撕"大字报",舍身挡住游街示众的汽车。在狗身上,凝聚着浓烈、忠诚和执拗的人的情感;这一切又恰与主人妻子的薄情寡义形成强烈反差。这几乎成为一种倾向。那些不以"文革"为背景的动物小说,同样以动物的人性化、理想化反照社会背离人性的现象,如冯苓植的《驼峰上的爱》、宗璞的《鲁鲁》、乌热尔图的《七岔犄角的公鹿》等。在这些作品中,可以发现一种潜在的共同意识,即作家的理想人性在相当程度上包容着自然人性或原始人性的价值内蕴。也就是说,他们基本上都信奉"人之初、性本善"的观念,把人性的扭曲看作后天环境因素钳制的结果,认为美善人性在一定意义上是向人的自然本质和社会本质的原始状态和普遍人性的复归。因此,物种进化序列上与人最接近的动物很自然地成为人类童年的象征,从而也成为原始人性即人的本质性的象征。

当作家的审视点从人性转移到民族性时,动物形象则体现着种族的精神性格和力量。张承志《黑骏马》中的钢嘎哈拉,是匹具有传奇性的神马,象征着草原民族的精神气质特征和文化历史内涵;陈敦德的《九万牛山》通过牛的群像(真实的牛和似牛的山),重塑汉民族吃苦耐劳、质朴英武的品格基因;王星泉的《白马》描写一匹战争年代的军马,不仅灌注着丰富的人格情感,而且表现出崇高的民族气节。这些作品是民族的自我意识、自我确认甚至自我崇拜的凝结和对象化,它们借助图腾意识在民族文化心理中的模糊遗迹及其向民族审美习惯的挪移和转化,使动物的民族象征内涵易于获取广泛的认同,并激起深沉的民族历史感和自豪感。也许,它们比人性象征的作品更靠近于它们的原型模式。

事实上,上述两种原型象征之所以贯穿于原始至现代的动物形象,是有着深刻的人类学根源的。列维－斯特劳斯曾经从诸多文化材料的共时性分析中,提炼和概括出著名的"烹饪三角"公式,即煮熟的食物(代表文化)、变烂的食物(代表自然)和生的食物(介于自然和文化的中间性食物)。他认为,这种思维操作和结构形式的共同性,反映了人类智力机制属性的普遍模式。埃德蒙·利奇评论说:"结构主义全部要领就是这类三角,它表示人脑理解自然模式的转变过程。尽管在一般情况下,事情要更复杂一些,但这种三角模式是有普遍意义的。"[1]其实,自然、动物和人三者构成的也是类似于"烹饪三角"的关系。尽管原始人范畴划分能力非常有限而模糊,但动物神话实际上反映的正是动物的中介性质及其与自然、人

---

[1] 埃德蒙·利奇:《列维－斯特劳斯》,王庆仁译,生活·读书·新知三联书店1985年版,第25页。

相接近基础上的互渗联系。诚然,现代人的认识大大地理性化和精致化了,但也未摆脱这种三角模式,即动物在意识中仍处于自然与人类之间进化的中途,它既作为自然的一个特殊组成部分与之密切相关,又作为生命形式中最靠近人的一个等级与人类沟通。这种体现人类智力根深蒂固属性的关系体系本身,正是动物原型象征分类和存在的基石。

三

在考察原型意象之前,有必要简述一下神话发展的基本线索。各民族的神话史几乎一致地表明,神话的演化大体上都经历了动物造型、人兽同体和人形神格三个发展阶段。首先是神的动物造型阶段。原始人类在强悍而神秘的大自然面前,地位的渺小和无能为力造成了普遍的拜物倾向,他们创造出完全动物形体或想象怪物外形的神祇形象,以表达关于自然和人的原始信仰,中国的龙、凤、饕餮、夔等动物,便是最早的神话意象。其次是神的人兽同体造型阶段。随着人与自然的力量对比朝着有利于人的方向变化,以及人的自我意识的觉醒和自信的增长,人的要素开始渗入神的外在造型上。《山海经》中的河神、水神、海神、沼泽神、山神、沙漠神等数十位神祇,都取人面兽身、人首鸟尾或人头蛇躯的外形。处于同一阶段的古埃及神话则以人身兽首的神祇形象为多数。最后是人形神格阶段。作为变化了的现实关系的观念反映和人的价值、地位提升的合逻辑发展,在神的造型上,动物的因素完全让位给人的因素,神人同形代替了人兽同体。神的精神内质继续保持着超自然的能力,同时神格与人格又互相渗透,神具有人的意志、欲望和性格特征。《荷马史诗》中的奥林匹斯诸神,经过历史化改造的中国"少典氏帝系"的神话人物,宗教神话中的上帝、真主和佛祖,都属于这一神话发展的高级阶段。

对此,闻一多曾分析说:第一阶段为"人的拟兽化",是人装扮成图腾物形象,属"全兽型";第二阶段是"兽的拟人化",图腾蜕变为人首兽身的始祖,是"半人半兽型";第三阶段则是"全人型"(我以为,它表现为神的人化和人的神化两个对逆的方向和形态）。① 事实上，这里指出的"人的拟兽化"和"兽的拟人化"，就是原始动物神话中的两类基本的原型意象。

　　动物小说是神话分化和转化发展的产物。从整个神话系统来说，当它演进为小说形态时，就分化为占主流的历史化或现实性的人物小说，以及非主流的动物小说（包括各种描写动物的寓言、童话、民间传说、幻想故事等）。从动物神话的角度看，动物小说又是前者的直接继承和转化延伸。因此，动物原型意象的基因不仅遗传至今，而且还规范着现代动物小说的审美意象。尽管在经验理性思维的参与下，动物小说比动物神话更少神秘性和更多合理性，但由于它们都出于人与动物互渗的想象方式，都具有人与动物要素双重复合的感性特征，故通过透视和还原，我们仍能从中发现潜伏的原型。具有独立审美价值的现代动物意象可分成荒诞性和传奇性两类。一般说来，它们依据的是形象中主观性和客观性所占的不同比例，以及形象在现实性与非现实性之间的倾斜。但更深刻的原因则在于，它们分别对应于"人的拟兽化"和"兽的拟人化"这两种意象的原始模式。

　　荒诞性动物意象直接采用了动物的形貌与人的高级智力非现实互渗的形式，借以表现人的丰富、复杂的心理世界和个性特征。这类作品对动物外形和习性的描绘往往是简略的和淡化的，相反，对动物的人格刻画却是充分、完整和凸现的。也就是说，出于某种观念和艺术表现上的需要，作者赋予真实的人性以荒诞的动物形态，从而达到人的拟兽化。兽形的外在因素与人格的内在因素强烈的反差及其超自然的调和，使之最接近于富有主观性和幻想性的动物神话。然而，动物人格内蕴的现实性和理性化的构思、立意，又透露着鲜明的现代性特征。

　　卡夫卡创造的一些荒诞性兽形人格意象，堪称人的拟兽化的出色代表。《变形记》中，格里高尔一觉醒来，发现自己变成了大甲虫。他具备了甲虫的外形，只能像甲虫那样生活和行动。但他仍然保持着原来的小职员身份、社会关系和思想性格，仍然拥有着人的思维活动和语言能力，在本质

---

① 闻一多：《伏羲考》，见《闻一多全集》第1卷，生活·读书·新知三联书店1982年版，第31—32页。

上仍然是人而不是动物。这种拟兽化描写从常识上看是不可思议的,但在艺术想象和作品内在连贯性上却是和谐和可信的。这突出地表现在格里高尔清醒的自我意识和感觉,不仅指向外界,并且还努力沟通和控制自己的甲虫躯体,从而使人兽对立因素交融与整合成有机的审美意象。人变甲虫的事件本身无疑具有它的象征意义。在原始神话中,人兽互变亦是一种重要的情节模式。如"禹治洪水,通轩辕山,化为熊";舜在遭逢危难时,化鸟飞离大火,变龙从旁井潜遁。他们的动态变形能量具有可逆性和随意性,体现出神的超人地位和能力。与此相反,格里高尔变甲虫却是不可逆转和无可奈何的,是人异化为非人的物的现实处境的写照。现代人的灾难感代替了原始人的崇拜意识,人兽互变背后的自然力量的神秘性让位于异己的社会力量的非理性和荒谬性。卡夫卡的《地洞》和《致科学院的报告》也塑造了拟兽化的人格意象。前者将社会中小人物患得患失、心惊胆战的现实心态,拟化为千方百计营造地洞和保存食物的不知名的小动物;后者则假借一只进化为人并达到"普通欧洲人的文化水平"的人猿之口,宣泄人们找不到出路的普遍的绝望感和恐惧感。这类形象都偏重于现实人格的重塑,但又都披上了动物形态的伪装。

如果说荒诞性动物意象在本质上是人而不是动物,那么传奇性动物意象恰好相反,它们在本质上是动物而不是人。在共同的兽形因素之下,后者蕴蓄和表现的不是强化的完整的人格,而是弱化、部分的人格。亦即这类作品对动物外形和习性都有非常细致生动的描绘,透出写实的倾向和特征,对动物人格的塑造,则有分寸地把握在人的心智与动物心智之间。这种分寸感具体表现在两方面。一方面,动物意象仅仅被赋予人的低级思维能力,如感觉、知觉、表象、记忆、情感等心理反应形式和能力,动物的行为特点也只是类似于、接近于而不是等同于人的行为方式,至于人的高级心智,如概念思维、逻辑分析以及人最富代表性的外现特征——运用语言的说话能力,作品则是极力回避的。另一方面,作品在展示动物的心理世界时,通常冠以似乎、仿佛、大概、可能等推测性和虚拟性语词,在描写动物的性格行为时,则有意无意地直接运用塑造人物的心态化语言,这样既保持一定程度上的客观性,又尽可能地将动物拟人化。荒诞性动物意象明显的非现实性与传奇性动物意象隐蔽的非现实性,是人的拟兽化和兽的拟人化这两类原型意象的现代发展所形成的区别。

我们可以举出乌热尔图笔下的公鹿,它威武而倔强,既有善良也有憎恶,既有勇敢也有智慧;也可以举出郑义《远村》中的黑虎,它有自己的尊严和个性,也有爱情和对爱情的忠贞;还可以举出《驼峰上的爱》中的母驼阿赛,它身上炽烈深沉、富于自我牺牲精神的母爱,拯救了两个孩子的生命。它们都是人化的动物,但这种人格化和智慧却又是若有若无、似假又真的,既是读者常识之外和未曾亲见的,却又是可能有的和应该有的,从而泛溢出浓厚的传奇色彩。在拟人化意象上,阿赛更具典型性。它因驼羔儿的夭折,在悲伤和绝望情绪的折磨下发疯了。作品这样描写它的变态行为:"阿赛已经虎视眈眈地步入了驼群,偏执而怀疑地注视着其他母驼身畔的驼羔儿,狂躁而愤怒地盯视着每一峰昔日的伙伴。……片刻它忽然怒吼了一声,便在驼群里仇恨地追逐着其他的驼羔儿,嫉妒地咬着每一峰母驼。"作者凭借富有人情味的词汇,偷偷运进自己的想象,阿赛潜移默化地被牵向人的境界,成了因丧子悲恸和母爱受阻而发生心理变态的母亲形象。为了塑造动物人格,作者当然不会疏忽心理描写手段的运用。展示动物内在心态比叙写外在行为更富于直接的拟人意味,但同时也承担着将动物意象荒诞化的风险。坚守传奇性作品的惯用手法是将动物心理的现实性模糊化和虚拟化,既写了动物人化的意识活动,又留着"并非实有"的退路。例如,当小塔娜向发疯的母驼走来时,阿赛"恍恍惚惚,好像又回到了那过去美好的早晨:歌声在它身旁飘荡着,驼羔儿在它身旁嬉戏着,小女孩的手指在它的乳房上轻柔地捋动着"。骆驼是否具有表象记忆和幻觉能力?这是悬而未决的课题。不过现代心理学和动物行为学已经证实,高等动物不仅存在着感觉、知觉、表象等心理反应方式,而且还具有低级的形象思维能力,它们事实上构成了人类的意识前史。传奇性动物意象的塑造者可能受到这种观点的鼓舞和制约,但艺术创造毕竟不是科学的观察和记录,它在更大程度上遵循的是"兽的拟人化"的古老的艺术惯例。因此,作品使用"恍惚""好像"这类富有弹性的词轻易地予以遮掩和超越,使阿赛在行为和心理上都人性化了。

动物小说（古代和现代）中的动物意象（拟人或拟兽）都属于兽形人格的范畴。它们是从原始动物神话的动物造型、人兽同体阶段直接演进而来的，并大致上对应于神话高级阶段的人形神格和同流于以后小说中的人形人格。动物小说与动物神话都是对人与动物现实关系和想象关系自觉或不自觉的艺术处理。两者的区别在于：动物意象塑造的重点已从直观的外形扩大并转移到不可见的内在精神，互渗的方式也从人兽身体不同部分的表象拼接发展到形与神的交融统一。其原因自然是原始与文明之间存在的深刻的社会差异。正是人类自我意识的发展和人性的丰富化、社会化，导致了动物意象人格程度的深化；同时，人类主客体分化意识和逻辑因素的滋长，投射在意象塑造上，便是人与动物的形象分类以及意象外形与内蕴的分合。

四

任何艺术都是情感的创造，都烙上了情感的印记并积蓄着情感的能量。当我们从情感的角度考察动物意象时，会不无惊讶地发现，在原始神话与现代小说之间，事实上存在着人类对动物情感基质的某种连续性和同一性。尽管自原始迄今，人类认识已发生了翻天覆地的变化，而认识的每一突进必带动情感的相应改变；然而，一般说来，情感总比观念更具保守性和继承性，尤其当它与人性本原相缠绕时更是如此。所以，在动物小说中我们仍然能够发现原始情感的蛛丝马迹或它的现代变体。这就是原型情感。它主要包括两种情感模式，即万物有灵和动物崇拜。

卡西尔在论及神话时曾指出："神话的真正基质不是思维的基质而是情感的基质。……原始人绝不缺乏把握事物的经验区别的能力，但是在他关于自然与生命的概念中，所有这些区别都被一种更强烈的情感湮没了：他深深地相信，有一种基本的不可磨灭的生命一体化（solidarity of life）沟通了多种多样形形色色的个别生命形式。原始人并不认为自己处在自然等级中一个独一无二的特权地位上。所有生命形式都有亲族关系似乎是神话思维的一个普遍预设。"①生命一体化实际上是万物有灵的另一种表述。原始人不但认为自己具有"灵魂",而且推己及物,信仰一切植物、动物和自然现象都如同自身一样,拥有生命、灵魂和意向。于是整个世界成了到处充满生命的巨大网络。图腾动物意象是这种情感的最典型的显示,某种动物被当作部落的起源和祖先的化身,不啻是获得了人的或超人的生命和智慧了。当万物有灵情感投射于图腾之外的动物时,它们也成为人类的兄弟和亲族。彝族中有人和马、牛、羊、猪是兄弟的神话,哈尼族有人、虎、鹰、龙、凤等同为塔婆所生之传说,珞巴族则认为天地结婚生下日、月、动物、植物和人。关于自然的动物神话同样如此。商代有求雨于龙的记载:"龙,每启,其启,弗启,又雨。"这里,龙被看作与人一样具有喜怒哀乐之情,通过祭祈仪式能够与其沟通。归根结底,动物神话所体现的动物有灵的原始情感,是与人类的童年智力相连接的。思维能力低下和认识手段贫乏,使原始人只能本能地、简单化地以自身作为理解外界事物的尺度和样本。

然而,现代人并非完全与原始思维相隔绝。黑格尔表达过这样一个思想,即个体智力发育过程通常是人类种族思维演进史的重演和缩影。这就是说,现代人智力发育的一定阶段(如皮亚杰划分的儿童前运演阶段和具体运演阶段)是同原始思维的水平和方式相类似的。以后个体思维的继续发育虽予以超越,但并非彻底断裂和抛弃,而是在新的逻辑运演能力的基础上,对前者积极扬弃和重新整合。因此,现代人思维中仍然存在着喜将宇宙万物生命化和拟人化的种种表现,尤其在文学领域物活论式的拟人情境更是屡见不鲜。这就是现代动物小说里原型情感遗存的个体心理机制方面的原因。

当然,此外还有群体中文化传承的因素。民间的风俗习惯、宗教信仰等都保存并传播着动物有灵情感。文学中,这种代代相传的原型情感则逐渐地由内容积淀为形式,凝结为一种艺术惯例和似人手法。内容向形式的转化造成了这一现象:我们往往记住形式而忘记了它的内容和来源,作家

---

① 恩格斯·卡西尔:《人论》,甘阳译,上海译文出版社1985年版,第104—105页。

们并不真的相信动物有灵而事实上却不自觉地表现了潜藏的这种情感。大量现代动物小说或直接或间接,或显露或含蓄地运用拟人化方法,这本身就代表着将动物灵化的情感意向,从而使作品渗透着由于艺术化和规范化而变得隐蔽冲淡的原型情感。还有的作品则不仅在艺术手段上体现出原型情感的性质,而且还直言不讳地表达了动物有灵的题旨。《鱼王》是一篇典型之作。那条巨大鲤鱼既是大自然的化身,又是具有某种人性的东西的精怪。鱼王和捕鱼人在搏斗中同遭厄运,但最后竟互相亲善地依偎在一起。"人和鱼又何必互不相让,何必呢?河流之王和整个自然界之王一起陷身绝境。"作品以忏悔意识重新反思了人与动物的关系,表现了对自然的践踏必遭自然的报复及人与动物应友爱相处的主题。这无疑是保护物种和自然生态平衡的现代自然观的投影,同时也是人类集体潜意识中万物有灵以及人和动物作为生命形式有亲族关系的原型情感的流露。现代意识往往在某种意义上是对原始的返归,是在理性过滤下对人与自然本原关系的追寻和认可。

与万物有灵密切相关的另一原型情感是动物崇拜。对动物的神化是灵化的延伸。原始人不但认为自己与动物处在生命或灵魂的同一层次上,并且还由于从动物那里得到的实际启示和帮助,而将其抬高到超人的地位加以崇拜。恩格斯说:"人在自己的发展中得到了其他实体的支持,但这些实体,不是高级的实体,不是天使,而是低级的实体,是动物。由此就产生了动物崇拜。"[①]人与动物现实关系在原始人心目中引起的情感反应,是动物崇拜的深刻动因,神话则是它想象的表现形态。有一类神话表现了人类怎样从动物方面得到智慧和能力,从而灌注着动物崇拜情感。如燧人氏看到"有鸟……啄树则灿然火出"而发明钻木取火;仓颉"俯察龟文鸟羽山川,指掌而创文字";太昊"师蜘蛛而结网";彝族和傣族神话分别说人跟蜜蜂学会种庄稼和繁殖后代。另一类神话则把动物描绘为开辟天地的造物之神,其中的崇拜色彩更为浓烈。北美印第安人有银狐创世的神话,叙说它先后创造了陆地、人类、动物、树木、泉水等。我国有盘古在混沌中开天

[①] 马克思、恩格斯:《马克思恩格斯全集》第27卷,人民出版社1965年版,第63页。

辟地、血肉化为世界万物的神话。盘古的前身是南方少数民族神话中名叫"盘瓠"的龙狗,而他的汉化形象则是"龙首蛇身"。所有这些动物神话都负载着动物崇拜的原型情感。

  在现代,由于人类意识和情感保持着某种远古至今的绵延性和稳定性,更由于动物有助于人类的现实关系依然存在,所以这种原型情感并未销声匿迹,只是剔除了其中信仰的内核,淡化和蜕变为动物崇敬的情感形态。在现代动物小说中,有一种十分普遍的情节模式,即动物助人、救人而有恩于人。《鲁鲁》《雪虎》《远村》《感谢生活》《野狼出没的山谷》《驼峰上的爱》《白马》等一大批作品都有类似情节。它们既是人与动物现实关系的审美反映,同时又折射出潜流于现代人理性心灵底层的动物崇拜情感的孑遗。这两者互为补角,动物助人的现实关系易于勾起人类潜意识中的原始情感,而原始情感又有意无意地引导作家专注于寻找并表现人与动物的特殊关系。归根到底,动物救主的情节模式亦是千百年来的情感内容向形式长期沉淀和转化的结晶,凝冻和潜藏着原始的情感、观念和心理,从而成为母题化了的艺术符号和标记。

  崇拜和崇敬之间并没有一道截然的界墙,事实上它们是互相包容和印证的。一般而言,我们把动物的神化称作崇拜,而把动物的人化称作崇敬。当动物意象作为民族历史和精神性格的象征时,它部分地被神圣化了,因而透露出更多和更显见的崇拜情感元素。在《黑骏马》中,我们能够强烈地感受到草原民族对他们生存方式中不能须臾离开马的原始情感。由于它和民族自我意识的图腾遗存相嫁接,更使崇敬之情升华为现代崇拜,即与宗教式信仰相区别的文化信仰的崇拜。在现代,还有一类表现出原始主义倾向的作品,企望从原始心态和神话中发掘出现代生活与现代文化所缺乏的某些精神要素予以张扬,以此填补理性一统天下后人性的某种空白和失落。它们塑造的动物意象同样也获有动物崇拜的情感内涵和意义,其代表如谭甫成的《荒原》。神异的黑狗海洛具有超自然的灵性与神性,它的象征意蕴和精神价值非常近似原始动物神祇。在主人看来,"它早已不再是一个四条腿的异类,而是一个超乎所有生命之上的意志,甚至超乎冷漠无情的荒原。这意志曾引导他认识荒原,认识他自己,引导他无保留地投入荒原的怀抱,被荒原占有"。海洛由此成为大自然原始生命力的象征,成为与人及人性神秘互渗的对应物。他像自然神一样被崇拜,因为他能够向人类启示关于生命和生命起源的一切,输送原始的活力和源源不断的精神养料。这种动物崇拜情感,是强烈的理性精神制约下所引发的非理性的冲动和倾向。这里既有沉淀于心理深层的真挚原始情感的发酵和宣泄,也是现代文明人奢望一揽子解决自然和生命本体论凝结的探求意识的幻化显现。

五

在某种意义上说,现代动物小说是一种亚神话。也就是说,它所展示的形象世界与原始动物神话有诸多相似性和一致性,都是超现实的想象方式的精神产物。具体表现在三个方面,即动物意象的非现实性,它所表现的情感和观念内涵的纲领性,以及两者联结方式的象征性。然而,它又不是原生态和纯粹态的神话思维的运用。理性思维作为现代思维的前提和内核,无所不在地渗透在现代动物小说的创作过程和艺术结晶体之中。正如人类学家泰勒所说:"现代作者只有靠了理智反映的努力才能想象出动物寓言中的动物,因为对于他们的心灵而言,动物只是为了表现一种道德训诫或讽刺而创造出来的。但是,在原始人中间却不是这样的。对于原始人来说,半人的动物不是创造出来劝诫或讽刺世事的,而是完全真实的存在。"[①]因此,确切地说,现代动物小说是一种理性神话。这一结论以及原型溯源的方法,似可推而广之,用来审视整个远古神话系统与现代一切非现实主义作品之间潜在的或外显的异同。

---

① 转引自刘魁立:《神话新论》,上海文艺出版社1987年版,第82页。

附录

鲁迅与人类学思想[①]

一

曾有学者提议将"鲁迅研究"升格为"鲁迅学",并设想"从学术品性和品位上来说,鲁迅学又是一门跨学科的、综合性的'大'学科。它关涉的亲缘学科是很多的。比如,中国现代文学史、文化史、哲学、美学、文艺学、艺术心理学、社会学、历史学、语言学、科学等等"[②]。以上列举的学科有十种之多,但没有列出人类学。当然,人类学在这一设想中可以包括在"等等"之内,不过也多少反映出一种学术现实,即所列十种跨学科研究皆有大量成果显现,属于学术史的经验归纳,而人类学的角度至今鲜有人切入,故在学术史视野之外,只能纳入"第二等级"或可能性领域。

其实,鲁迅与人类学关系甚大,尤其是其前期的思想与创作。只是由于人类学与社会学、历史学、文化学之间的学科互涉造成边界模糊和重叠,更为主要的是,社会学理论与方法长期以来一家独大,使鲁迅与人类学的

[①] 本文原载于《文艺研究》2015年第5期。
[②] 彭定安:《鲁迅学导论》,中国社会科学出版社2001年版,第3页。

关系被严重遮蔽。

在主流的鲁迅研究中,"进化论思想"和"国民性批判"[①]是阐释鲁迅的两个重要关键词。其出现频率之高、影响范围之广,几乎到了众口一词、不假思索的地步。很少有人去探究进化论思潮、国民性研究与人类学思想的具体关系,更少人关注到,在19世纪文化人类学初创时期,进化论与国民性已经构成人类学学科的重要内容。

人类学学科的特征是偏重于经验性与实践性。有一个人类学熟知的命题是"从地理大发现到人类大发现"[②],其要义是"人类"这一概念是"被发现"的。这意味着"人类"与"人"这两个概念之间的差异:"人类"是基于实证性的地理大发现上的集合概念,是指地球上不同种族、民族的大集合,同时地理大发现又是原始大发现,标示着从原始文化到现代文化时间上的大集合;相对而言,"人"是建立在人与神、人与兽二元对立思辨意义上的抽象概念,并不依赖于实证的发现。1492年哥伦布发现美洲大陆,仅数年后,德国学者亨德于1501年出版了以"人类学"为书名的著作[③],由此开"人类学"这一术语之先河。之后的数百年间,随着博物学和民族志资料的大量出现与积累,东方与西方的不同、野蛮与文明的对立,成为众多思想家与学者研究的基点或重点,形成了人类学思想、人类学思考、人类学视野的时代潮流与特色。

英国文化人类学家巴纳德在探讨人类学学科史时曾指出:"19世纪中

---

① 瞿秋白在《〈鲁迅杂感选集〉·序言》中最早提出"鲁迅从进化论到阶级论"的观点,"进化论思想"为鲁迅前期思想标记的说法日后广为流传(瞿秋白:《瞿秋白文集·文学编》,人民文学出版社1989年版,第115页)。李泽厚在《略论鲁迅思想的发展》中指出:"'国民性'是鲁迅早年和前期十分关注的问题,它经常占据鲁迅思想活动的中心。"(李泽厚:《中国近代思想史论》,人民出版社1979年版,第440页)李泽厚的说法颇具代表性。

② 叶舒宪曾说:"'大发现'不仅是地理的大发现,而且也是人类的大发现。"并在此下注:"参看 G. Geana, *Discovering the Whole of Humankind*, in *Fieldwork and Footnotes*, ed. by H. F. Vermeulen, Routledge, 1995, pp.60-72。"(叶舒宪:《文学与人类学——知识全球化时代的文学研究》,社会科学文献出版社2003年版,第4页)"从地理大发现到人类大发现"的命题由此衍生而来。

③ 吴泽霖:《人类学词典》,上海辞书出版社1991年版,第30页。

期前后,当公众的兴趣被吸引到人类进化问题上之时,人类学作为一门别具特色的学术分支开始出现,对此,大多数人类学家已经达成共识。稍晚,伴随着第一批专业人类学家就职于大学、博物馆和政府部门中,人类学作为一门学术学科产生了。但是,毋庸置疑人类学思想在更早时就已出现了。"① 这里,巴纳德提到了人类学界的两点共识。其一,人类学诞生于19世纪,而19世纪人类学的主要流派,同时又是人类学历史上第一种重要理论,就是人类学进化论。其二,人类学传统有其先驱。也就是说在地理大发现之后,人类学作为学科诞生之前,人类学思想已经广泛流布了,尽管人类学家和学科史学家对于人类学思想究竟早至何时出现存在分歧。就巴纳德个人而言,他主张"联系'社会契约'的概念和人类天性、社会,以及源自该概念的文化多样性等观念开始探讨人类学"②。他列举的人类学思想家有卢梭、林奈、孟德斯鸠、孔德等人,他们共同的一点是具有"野蛮人"的概念以及野蛮与文明的冲突观念。另一个人类学学术史研究者、美国人类学家亚当斯则提出了人类学界的第三条共识:"整整一个多世纪之后,人类学才开始认识到自己在社会科学中的正确位置,是对他者(the other)的系统研究,而其他所有的社会学科都在某种意义上是对自我(the self)的研究。只有人类学家敢于宣称通过研究他者能够比仅仅限于研究自己更深刻地认识自己。通过这样的宣称,人类学得以抢占一片独特的科学领域,而那原是哲学家、文学家和道德家(moralist)们的领地。"③ 这就是说,人类学是以原始、非西方与前现代这些"他者"为研究对象与学科特色的。因此研究"他者"文化特性和国民性的民族学,在一定程度上成为人类学的同义语,或者成为研究人类文化普遍性的人类学的一个组成部分。

---

① 阿兰·巴纳德:《人类学历史与理论》,王建民、刘源、许丹等译,华夏出版社2006年版,第16页。
② 阿兰·巴纳德:《人类学历史与理论》,王建民、刘源、许丹等译,华夏出版社2006年版,第16页。
③ 威廉·亚当斯:《人类学的哲学之根》,黄建波、李文建译,广西师范大学出版社2006年版,第7页。

二

上述人类学界的三条共识可以提供我们探讨鲁迅与人类学之间关系的三条线索。

首先是鲁迅与19世纪人类学进化论的关系。一般认为，人类学包括生物人类学、史前考古学、语言人类学和文化人类学四个分支。鲁迅于1907年发表的《人之历史》①，是介绍德国生物学家海克尔《人类发生学》和达尔文生物进化学说的论文，属于生物人类学的研究领域。至今文化人类学的教科书还大多保存生物人类学的内容，典型如美国哈维兰著《当代人类学》，就在开头部分有六章内容讲述人类的生物演化。②生物进化论与社会或文化进化论的关系是如此密切，以至在19世纪，前者不仅是后者的理论与方法论基础，甚至前者本身就构成了人类学进化论的一部分。中国文化人类学家林惠祥曾列举了地理学上的"大发现时代"所带来的各种问题，并进而指出："这些问题很能影响于实际的种族关系以及现代文化的进退，因此很被近代的人所注意而欲求其解答，于是人类学的研究遂应运而兴了。19世纪以来的大学者如达尔文、斯宾塞、赫胥黎、拉策尔、普理查德、泰勒、博厄斯等都尽力于此，各提出重要的学说，于是人类学遂确实成立为一种科学。"③可见林惠祥是把达尔文、斯宾塞、赫胥黎列入文化人类学家一类的。鲁迅在《人之历史》中介绍了达尔文与赫胥黎的观点。在《鲁迅全集》中，提到达尔文的有八次，赫胥黎四次，斯宾塞两次。④ 在《我们现在怎样做父亲》中，鲁迅特别以斯宾塞未曾结婚为例，可知对其生平与思想有一定的熟悉度。周作人在其回忆录中曾提供两条史料。其一："鲁迅在这里看到了《天演论》，这正像国学方面的《神灭论》，对于他是有着极大的影响的。《天演论》原只是赫胥黎的一篇论文，题目是《伦理与进

---

① 鲁迅:《鲁迅全集》第1卷，人民文学出版社1981年版，第8页。
② 威廉·A. 哈维兰:《当代人类学》，王铭铭等译，上海人民出版社1987年版，第二章至第七章。
③ 林惠祥:《文化人类学》，商务印书馆1991年版，第2页。
④ 作者依据《鲁迅全集》第16卷"全集注释索引·人物类·人名"进行统计。

化论》……鲁迅看了赫胥黎的《天演论》,是在南京,但是一直到了东京,学了日本文之后,这才懂得了达尔文的进化论。因为鲁迅看到丘浅治郎的《进化论讲话》,于是明白进化学说到底是怎么一回事。"①其二:"因此大家便看重了严几道,以后他每译出一部书来,鲁迅一定设法买来,自甄克思的《社会通诠》,斯宾塞的《群学肄言》,孟德斯鸠的《法意》,以至读不懂的《穆勒名学部甲》,也都购求到手。"②周作人披露了鲁迅与赫胥黎、斯宾塞著作的直接联系,以及鲁迅通过日本学者理解与接受达尔文进化论的过程。鲁迅接触19世纪人类学主要是借助日文翻译或日本人的研究成果,查《鲁迅全集》中的日记及购书单③,计有鸟居龙藏的《从人类学及人种学所见到的东北亚》(1924年12月13日)、《世界的开端》(1927年10月5日)、《神话学概论》(1928年1月19日)、《祭祀及礼与法律》(1930年2月27日),丘浅治郎的《从猿群到共和国》(1926年6月26日),库诺夫的《婚姻及家族的发展过程》(1928年10月29日),美国文化人类学家摩尔根的《史前人类》(1933年11月5日),等等。所购这些书籍,鲁迅未必都通读过,但这多少反映了鲁迅对人类学知识的兴趣与关注。此外,正如日本人类学家绫部恒雄所言:"我们完全可以认为,人类学——当今人们谈论的一门专门学科,是与文化进化论一起诞生的。"④人类学与进化论不仅伴生,而且难以分割。鲁迅的进化论其实是有着人类学思考和视野的,而不是脱离人类学背景的单纯物。

其次是鲁迅与具有人类学视野的思想家的关系。这些人类学思想家不同于人类学研究者。前者是业余的或跨学科的,后者是专业的学科中人;前者出现在15世纪地理大发现之后,后者则诞生于19世纪文化人类学学科形成之时;前者以野蛮与文明、原始与现代为思考框架,后者则在同一框架下以原始文化为研究重点。然而,他们之间的连续性与共同点也是

---

① 鲁迅博物馆:《鲁迅回忆录》中册,北京出版社1999年版,第820—821页。
② 鲁迅博物馆:《鲁迅回忆录》中册,北京出版社1999年版,第843页。
③ 作者查阅《鲁迅全集》第14卷和第15卷中的"日记"与"书账"所得。
④ 绫部恒雄:《文化人类学的十五种理论》,中国社科院日本研究所社会文化室译,国际文化出版公司1988年版,第2页。

显而易见的。那就是以原始与现代相联系、相比较为标志的人类学思想,人类学思想则是人类学学科的萌芽与伴生物。

在审视人类学历史的巴纳德眼里,"野蛮人"概念的提出是人类学传统的先驱之一,其中卢梭又是一位杰出代表。① 在卢梭名著《论人类不平等的起源和基础》里,贯穿着野蛮人与文明人、原始自然状况与文明社会状况的批判性对比,倡导"高尚的野蛮人"与"返归自然"的主张。他在比较野蛮人与文明人在精神方面的差别时,指出野蛮人"由于缺乏智慧和理性,他总是丝毫不假思索地服从于人类的原始情感",而文明人如"苏格拉底和具有他那种素质的人能够通过理性获得美德,但如果人类的保存仅仅依赖于人们的推理,则人类也许久已不复存在"。② 卢梭的这一思想曾受到鲁迅的关注与评论。鲁迅在著述中曾六次提到卢梭③,涉及卢梭著作与思想的诸方面。在1907年作《文化偏至论》中首次论及卢梭:"往所理想,在知见情操,两皆调整,若主智一派,则在聪明睿智,能移客观之大世界于主观之中者。如是思惟,迨黑该尔(F. Hegel)出而达其极。若罗曼尚古一派,则息乎支培黎(Shaftesbury)承卢骚(J. Rousseau)之后,尚容情感之要求,特必与情操相统一调和,始合其理想人格。"④鲁迅这一番话,虽以主智派与主情派为论述线索,且言语极概要,未涉野蛮人之情操,但以浪漫主义与尚古主义定义卢梭,还是能透见鲁迅对上引卢梭思想的了解与把握。鲁迅与另一人类学思想家尼采的关系则更为密切,在著述中提到十一次,并直接论及尼采关于野蛮与文明相联系、相比较的思想。鲁迅在《摩罗诗力说》中指出:"尼佉(Fr. Nietzsche)不恶野人,谓中有新力,言亦确凿不可移。盖文明之朕,固孕于蛮荒,野人狂獉其形,而隐曜即伏于内。文明如华,蛮野如蕾,文明如实,蛮野如华,上征在是,希望亦在是。"⑤虽然鲁迅未必认

---

① 阿兰·巴纳德:《人类学历史与理论》,王建民、刘源、许丹等译,华夏出版社2006年版,第16、23页。
② 卢梭:《论人类不平等的起源和基础》,李常山译,商务印书馆1982年版,第102—103页。
③ 作者依据《鲁迅全集》第16卷"全集注释索引·人物类·人名"进行统计。
④ 鲁迅:《鲁迅全集》第1卷,人民文学出版社1981年版,第54页。
⑤ 鲁迅:《鲁迅全集》第1卷,人民文学出版社1981年版,第64页。

同尼采的这一观点,但他对尼采所用的野蛮与文明二元对立的分析框架却肯定印象深刻并浸润于心。1907年与1908年在某种意义上可以视为鲁迅人类学思想的发轫期与表述期。鲁迅在这两年间写作了五篇文章,即《人之历史》《科学史教篇》《文化偏至论》《摩罗诗力说》及未写完的《破恶声论》。用关键词检索方法,我们得出的数据是:"人类"一词出现二十六次,"文明"一词使用四十一次,"野蛮"或"蛮野"呈示十四次,"野人""古民""古人""太古之民""土著""猿人"出现十六次,"生民之始""古初""朴古"共三次。需要指出,鲁迅这里使用的"古民""古人"是指神话时代、史前时代的人,而非一般意义上的"古代人","生民之始""古初""朴古"则指原始社会或原始时代。因此上举五类关键词的后三项分别指称原始文化、原始人与原始社会,是与文明、文明人与文明社会构成二元对立的,如将其合并,则共计三十三次,几与"文明"一词的出现频率相当。更深一层的考察是文章中将文明与野蛮联系并对比的论述,计《破恶声论》一次,《科学史教篇》两次,《文化偏至论》两次,《摩罗诗力说》四次,合计九次。这表明,从原始到现代的人类学视野,文明与野蛮二元联系或对立的思考框架,已经扎根于当时鲁迅的思想之中。在相当大的程度上,鲁迅也是一位像卢梭、尼采等人一样的人类学思想家。

最后是鲁迅与人类学国民性研究的关系。关于国民性研究,通常认知是它属于文化学、社会学、历史学领域,而鲜少与人类学挂钩。其实,以研究非西方、前现代和原始为重点的欧美文化人类学,是包括民族学、国民性研究的,但必须是作为"他者",否则无以与一般的文化学、社会学、历史学相区隔。《简明文化人类学词典》收录了"国民性""国民性研究"的条目,称:"国民性亦称民族性,指某文明国家内普遍的人格类型……在美洲,国民性研究已成为人类学关于人格研究的一个重要组成部分。"[1]美国"文化人类学之父"博厄斯的大弟子本尼遭克特1934年发表的《文化模式》被认为"奠定了国民性研究的科学基础"[2],其成果有关于日本、泰国和罗马尼

---

[1] 陈国强:《简明文化人类学词典》,浙江人民出版社1990年版,第317—318页。
[2] 陈国强:《简明文化人类学词典》,浙江人民出版社1990年版,第318页。

亚等国国民性的研究。然而在此之前,出于旅行者、传教士、观察家等业余人士之笔的关于"他国"国民性的记叙、概括与分析、评判,亦应属于这一领域的早期成果。

鲁迅与"他者"国民性研究的联结,主要有三个方面可供考察。一是日本安冈秀夫1926年出版的《从小说看来的支那民族性》,鲁迅曾在《马上支日记》(1926年)、《致陶亢德信》(1933年)、《内山完造作〈活中国的姿态〉序》(1935年)中三次提到此书并作评论。二是美国斯密斯(Smith,又称明恩溥)1894年出版的《支那人气质》,鲁迅提到他共四次,前三次是与安冈秀夫并论的,最后一次是在1936年去世前:"我至今还在希望有人翻出斯密斯的《支那人气质》来。看了这些,而自省,分析,明白那几点说的对,变革,挣扎,自做工夫,却不求别人的原谅和称赞,来证明究竟怎样的是中国人。"①三是日本芳贺矢一1907年出版的《国民性十论》②。此书讨论日本国民性十个方面,主要讲优点,并不时拿中国国民性做负面比较,尤以"支那食人时代的遗风"对照日本人的温和宽恕。据学者李冬木统计,此书列举《资治通鉴》四例、《辍耕录》八例关于中国人食人的文献。李冬木认为:《国民性十论》是日本当时的畅销书,"在这样的情形之下,《国民性十论》引起周氏兄弟的注意便是很正常的事。据《周作人日记》,他购得《国民性十论》是1912年10月5日。笔者曾在另一篇文章谈过,截止到1923年他们兄弟失和以前的这一段,周氏兄弟所阅、所购、所藏之书均不妨视为他们相互之间潜在的'目睹书目'。兄弟之间共享一书,或谁看谁的书都很正常。《国民性十论》对周氏兄弟两个人的影响都很大……总体而言,在由'文学'而'国民性'的大前提下,周作人所受影响主要在日本文学和文化的研究方面,相比之下,鲁迅则主要在'国民性'方面,具体而言鲁迅由芳贺矢一对日本国民性的阐释而关注中国的国民性,尤其是对中国历史上'吃人'事实的注意"③。鲁迅文本中确实未提到此人此书,但从种

---

① 鲁迅:《鲁迅全集》第6卷,人民文学出版社1981年版,第626页。
② 参见李冬木:《明治时代"食人"言说与鲁迅的〈狂人日记〉》,载《文学评论》2012年第1期,第六部分"芳贺矢一的《国民性十论》"。
③ 李冬木:《明治时代"食人"言说与鲁迅的〈狂人日记〉》,载《文学评论》2012年第1期。

种迹象与间接证据推论,鲁迅看过《国民性十论》或知晓此书观点、材料的可能性还是相当大的。

鲁迅探讨本国的国民性,实际上算不得是严格意义上的文化人类学。他研究的是"自我"而非"他者"。但鲁迅参照外国人对中国国民性研究而返观"自身"时,却已经与西方的文化人类学传统发生了联系。由此带来的中西观点相近与碰撞具有各民族文化相比较的内涵,由此引发的"中国人尚是食人民族"①议论则体现了原始与现代相联系的思考趋向。这已经近乎文化人类学所倡导的方法了。

三

鲁迅与人类学的上述诸种联系奠定了他提出自己的人类学思想的可能与基础。从鲁迅在南京求学期间初识进化论人类学到1918年,可以说是鲁迅人类学思想的准备和孕育时期。从1918年到1926年则是鲁迅特色的人类学思想成形和发表时期。1927年以后,鲁迅为新思潮所吸引,但人类学思想还余波尚存。那么,鲁迅人类学思想的核心与特色是什么呢?如果用一句话来表述,即论证或阐释沿袭至今的中国传统文化具有原始性或半原始性。具体而言,鲁迅是从原始民族、原始文化和原始思维三个层次推进自己的观点的。

其一,关于中国人与原始民族关系的论述。人是文化的创造者与体现者,也是思维的主体。人处于怎样的社会发展阶段,往往具有怎样的文化与思维。鲁迅在1918年致许寿裳信中谈起《狂人日记》创作动因时说:"偶阅《通鉴》,乃悟中国人尚是食人民族,因成此篇。此种发见,关系亦甚大,而知者尚寥寥也。"②对这段话的解读,有几点须指出。首先,这是鲁迅第一次提出具有自己特色的人类学思想的观点,可能也是中国第一个敢于申言中国人是(而且还是"尚是")食人民族的人。当然,仅仅是在不供发

---

① 鲁迅:《鲁迅全集》第11卷,人民文学出版社1981年版,第353页。
② 鲁迅:《鲁迅全集》第11卷,人民文学出版社1981年版,第353页。

表的私信之中。其次,在当时人的知识背景中,食人是未开化的"生番"所为,是文明社会的首位禁忌,"食人民族"是"原始民族"最强烈、最显著的标志。最后,鲁迅的"乃悟"来源于《资治通鉴》的历史材料,是理性归纳、推论的知识性成果,在《狂人日记》的小说创作中,衍化为文学性的隐喻。后人解读时大谈"吃人"的隐喻义,遮蔽先于隐喻义的知识义,恐怕是因为这一观点实在太具有爆炸性与刺激性,为中国人所难以接受与认同,故"为尊者讳"。

  如果鲁迅这一观点的表述是一次性的,或仅在私密性的文献中,那还可以用偶然性或不成熟见解来辩解。事实不然。鲁迅在1912年6月27日的日记中已经表露了类似观点,只是未及"中国人"整体,而是指有百万之众的义和团。鲁迅说:"下午假《庚子日记》二册读之,文不雅驯,又多讹夺,皆记'拳匪'事,其举止思想直无以异于斐、澳野人。"①鲁迅日记大凡记流水细账,谈读书感想还真稀罕,似出于印刻感悟太烈。见于公开发表的则有1919年的《随感录四十二》:"听得朋友说,杭州英国教会里的一个医生,在一本医书上做一篇序,称中国人为土人;我当初颇不舒服,仔细再想,现在也只好忍受了。土人一字,本来只说生在本地的人,没什么恶意。后来因其所指,多系野蛮民族,所以加添了一种意义,仿佛成了野蛮人的代名词。他们以此称中国人,原不免有侮辱的意思;但我们现在,却除承受这个名号以外,实在别无方法。因为这类是非,都凭事实,并非单用口舌可以争得。"②此文发表于鲁迅给许寿裳信之后约五个月,表达的是中国人是野蛮民族的同一观点。但细较信与文的不同,前者是自己"乃悟"与"发见",后者是"忍受""承受",即不情愿地接受认同他人的观点。前者的依据是《资治通鉴》的史料,后者的证明则是"一本医书"里的"事实"。表述方式的不同,源于读者是一人或众人造成的私密性与公共性之间的差异,也源于力图要说服众人接受一个难以接受观点的叙事策略性选择。

  其二,关于中国传统社会、传统文化原始性的论述。相对于直接批判

---

① 鲁迅:《鲁迅全集》第14卷,人民文学出版社1981年版,第6—7页。
② 鲁迅:《鲁迅全集》第1卷,人民文学出版社1981年版,第327页。

中国人而言,批判中国传统社会和文化所遇到的阻力与反对声会少些,因此鲁迅这方面的言论较多,也更多地为人熟知。如"凡有所谓国粹,没一件不与蛮人的文化(?)恰合"①。"蛮人的文化"即原始文化,奇怪的是鲁迅在"文化"后打了一个问号,意谓蛮人是否有文化、是否称得上文化都大可质疑。下举另两条较冷僻的。鲁迅在《随感录》五十八·人心很古》中说:"在现存的旧民族中,最合中国式理想的,总要推锡兰岛的 Vedda 族。他们和外界毫无交涉,也不受别民族的影响,还是原始的状态,真不愧所谓'羲皇上人'。"②理想虽不等于现实,却是现实的折射和内心的升华,也是潜意识深层欲望的达成。有怎么样的文化才有怎么样的理想,对中国式理想的批判就是对中国文化原始主义倾向的批判。在《中国小说史略》中,鲁迅在论及中国神话传说及其传统时说:"人神淆杂,则原始信仰无由蜕尽;原始信仰存则类于传说之言日出而不已,而旧有者于是僵死,新出者亦无光焰也。"③传说是中国古代书传与口传的很大一个门类,人神、人鬼、神鬼之不别与淆杂也在作品中屡见不鲜,鲁迅在此将中国传统文化中的非现实、非理性一面归为原始信仰,以揭示其与现代文明距离之遥远。

其三,关于中国人与中国文化中原始思维问题的论述。文化作为精神产品,是人的思维活动和特定思维方式的创造物。这就犹如物质产品,总有一定的生产流程和加工方式。从某种意义上说,人的问题、文化的问题,深层内核都是思维与思维方式的问题。《阿 Q 正传》中落后的国民性问题,既是人的问题又是文化的问题,但深层埋伏的则是"精神胜利法"的问题。精神胜利法实质上是心理学上的"自我心理防御机制"和思维人类学上的"主客观神秘互渗律"的原始思维。鲁迅之所以"深刻",之所以与当时的一般思想家、作家不同,就在于他注意到思维方式是解决问题的总根子。

关于原始思维,鲁迅在 1917 年的写作中用的是"神思"概念,可以解

---

① 鲁迅:《鲁迅全集》第 1 卷,人民文学出版社 1981 年版,第 327 页。
② 鲁迅:《鲁迅全集》第 1 卷,人民文学出版社 1981 年版,第 352 页。
③ 鲁迅:《鲁迅全集》第 9 卷,人民文学出版社 1981 年版,第 22 页。

读成神话思想、神话思维。1924、1925年,他则明确地使用了"原始思想""原始人民的思想手段"的概念。鲁迅在1924年《中国小说的历史的变迁》不过二百来字的开场白中郑重申明:"虽至今日,而许多作品里面,唐宋的,甚而至于原始人民的思想手段的糟粕都还在。今天所讲,就想不理会这些糟粕——虽然它还很受社会欢迎——而从倒行的杂乱的作品里寻出一条进行的线索来,一共分为六讲。"①"思想手段"转换成今日习语就是"思维方式"。鲁迅指出这种原始思维方式不仅"都还在",而且"还很受社会欢迎"。这段话一是提出了人类思维方法的进化观,即原始的、古代的(以唐宋为例)和现代的;二是判断中国人思维方式相当大程度上还停留在原始思维阶段。1925年鲁迅在给北师大学生梁绳祎的信中说:"中国人至今未脱原始思想,的确尚有新神话发生,譬如'日'之神话,《山海经》中有之,但吾乡(绍兴)皆谓太阳之生日为三月十九日,此非小说,非童话,实亦神话,因众皆信之也,而起源则必甚迟。"②鲁迅在信中提出了起源甚迟的"新神话"概念以区隔于原始神话,但他们的精神生产机制都是"原始思想"即原始思维方式。这也就为古代乃至当下仍存原始思维方式提供了理论依据。只要有新神话发生,就能找到其背后隐伏的原始思维。由此以故乡绍兴"众皆信之"为例,论证"中国人至今未脱原始思想"。

总括上述三个方面,鲁迅全方位地提出了"中国的原始性或半原始性"命题,形成了他的个人特色鲜明的人类学思想。所谓"原始性",指的是一种全称判断、知识性判断,鲁迅往往私下谈得多,公开发表的少。所谓"半原始性",则是指特称判断、隐喻性判断。前者揭示原始性存在或部分存在,原始性是存在的多种性质之一,多使用例证枚举法;后者则将知识性点化为隐喻性,隐藏于文学性,如通过狂人之口讲"食人民族"的历史,如"人肉筵宴"的著名比喻。由于举例法与隐喻法的感染效果强,实证作用弱,故归于"半原始性"。

---

① 鲁迅:《鲁迅全集》第9卷,人民文学出版社1981年版,第301页。
② 鲁迅:《鲁迅全集》第11卷,人民文学出版社1981年版,第438页。

四

鲁迅独特的人类学思想建基于他独特的文化逻辑,主要是将传统与现代的二元区隔转换成原始与现代的二元对立。这显然与西方人类学进化论有密切的关联,从某种意义上说,前者是后者的简化版本、大众版本和中国版本。

文化人类学的首波思潮与理论建构是进化论。早期的文化进化论学者如美国摩尔根、英国弗雷泽都采用了人类发展三段论。摩尔根在《古代社会》一书中提出人类社会经历蒙昧时代、野蛮时代和文明时代三个发展阶段。① 弗雷泽在《金枝》中主张的巫术阶段、宗教阶段与科学阶段三分法则更为著名。弗雷泽在《金枝》最后一章总结说:"我们也许能作出这样的结论:人类较高级的思想运动,就我们所能见到的而言,大体上是由巫术的发展到宗教的,更进而到科学的这几个阶段。"② 弗雷泽引述了大量民族的资料以证明巫术思维的特征。其指代原始及原始性似无疑义。关于宗教,他提出:"巫术思想逐渐为宗教思想所替代,后者把自然现象的更迭解释为本质像人、而能力无限超过人的神的意志、神的情感或愿望所规定的。"③ 这里的宗教思想,指的是西方古希腊神话中的多神教和希伯来人的《圣经旧约》中的一神教,所谓欧洲传统源头的"二希文化",也包括后起的世界性宗教如基督教、伊斯兰教、佛教主导的传统。因此将宗教思想归入欧洲乃至世界的传统时代应可成立。科学阶段指称现代已是常识。于是弗雷泽的三段论可以更明确地表述为原始、传统和现代。这一表述可以涵盖西方,同时更适合没有国家、民族统一宗教,以世俗主义为特征的儒家文

---

① 摩尔根:《古代社会》,杨东莼、马雍、马巨译,商务印书馆1983年版,第一章"人类文化的几个发展阶段"。
② 弗雷泽:《金枝》,徐育新、汪培基、张泽石译,中国民间文艺出版社1987年版,第1005页。
③ 弗雷泽:《金枝》,徐育新、汪培基、张泽石译,中国民间文艺出版社1987年版,第1006页。

化主导的中国情况。鲁迅将中国传统文化归结为原始性与半原始性，则是对弗雷泽三段论的简约化，以突出原始与传统的合一以及原始、传统二者与现代的对立。

人类学进化论也有二分法，如法国学者列维-布留尔。他在《原始思维》一书中将人类思维分为原逻辑思维与逻辑思维两大类型。前者是原始思维，涉及亚洲、非洲、大洋洲、南北美洲的有色人种民族的思维方式，尤其是他写此书的念头萌起于读中国司马迁《史记》法文译本中关于星象与人事互渗的记述；后者则是现代思维，是"白种成年文明人"的思维，是"地中海文明"的思维。正如他在此书"绪论"中概括指出的："'原始人'的智力过程，与我们惯于描述的我们自己的智力过程是不相符合的。"① 显然，布留尔的人类学模式是原始与现代、他者与自我。这种人类学模式的流布在西方是广泛的、大众化的。鲁迅在《随感录四十二》②中提到的那位英国教会里的医生，称中国人为土人，归于野蛮民族，即属一例。但鲁迅是赞同这位医生的观点的。这就是说，鲁迅是将西方已经大众化了的原始与现代、中国与欧洲这一二元对立甚至两相对应模式中国化了、再大众化了。

鲁迅将西方人类学进化论简约化、中国化的必然逻辑结论是：因为中国传统文化的原始性或半原始性，中国人必定离现代更远，文化冲突必然更激烈，转型过程必将更加漫长。这往往是鲁迅与同时代的其他思想家相比，情绪更悲观和思想更激进的内在原因。由事实判断、二元概念框架和人类进化推论三者所构成的鲁迅思想的文化逻辑，影响并制约着他的斗争与反抗的策略选择：以激进手段应对遥远目标。具体来说，鲁迅充分考虑到从原始达成现代这一目标的难度，摒弃渐进主义与中庸之道，选择高调与极端的策略手段，以加快中国的进化历程。鲁迅在1935年致曹聚仁的信中阐述了这种策略："老先生们保存现状，连在黑屋子开一个窗也不肯，还有种种不可开的理由，但倘有人要来连屋顶也掀掉它，他这才魂飞魄散，

---

① 列维-布留尔：《原始思维》，丁由译，商务印书馆1981年版，第6页。
② 鲁迅：《鲁迅全集》第1卷，人民文学出版社1981年版，第327页。

设法调解,折中之后,许开一个窗,但总在伺机想把它塞起来。"①鲁迅在1934年《拿来主义》一文中,曾将中国传统文化(用"祖上的阴功"来暗示)比喻成继承来的"一所大宅子"。他主张"我们要或使用,或存放,或毁灭",使它"成为新宅子"。② 这里似乎并未有全部、彻底拆毁的意思。但按照鲁迅早期思想的理解,如果仅仅说部分拆毁、部分改建,则恰如说传统有好有坏,有精华有糟粕,处于人类进化论链条中野蛮的原始与文明的现代之间,那么在中国中庸之道主宰的现实中,则将一事无成。故必须将"传统"钉在"原始"的耻辱柱上,才能获取在屋子里开一扇窗的功效。

  需要指出的是,鲁迅生前最后几年,已经不如1926年及之前那般激进了。或者更确切地说,早期是人类学思想的激进,晚年是马克思主义思想的激进。在早期的1925年写的《灯下漫笔》,并不是十年后《拿来主义》中的那个观点。鲁迅早期的主张可是统统摧毁:"所谓中国的文明者,其实不过是安排给阔人享用的人肉的筵宴。所谓中国者,其实不过是安排这人肉筵宴的厨房……扫荡这些食人者,掀掉这筵席,毁掉这厨房,则是现在青年的使命!"③这里哪有"或使用,或存放,或毁灭"的占有与挑选。但即使在1935年,鲁迅的人类学思想及其文化选择策略依然未曾完全退场。鲁迅给曹聚仁的信是因自己的一篇文章《从"别字"说开去》而起的。鲁迅在文中说:"我以为方块字本身就是一个死症,吃点人参,或者想一点什么方法,固然也许可以拖延一下,然而到底是无可挽救的。"④鲁迅给方块字即汉字判了死刑,缓期执行,颇有早期思想激进、极端之遗风。但其真义,也许不是彻底废除表意汉字,改为西式表音文字;而可能是主张表意向表音过渡,汉字与拼音字母并行,甚或先允许别字合法存在。值得寻味的是,鲁迅在信中表示:"那一篇文章,因为不能一直写下去,又难以逗心而谈,真

---

① 鲁迅:《鲁迅全集》第13卷,人民文学出版社1981年版,第107页。
② 鲁迅:《鲁迅全集》第6卷,人民文学出版社1981年版,第39—40页。
③ 鲁迅:《鲁迅全集》第1卷,人民文学出版社1981年版,第216—217页。
④ 鲁迅:《鲁迅全集》第6卷,人民文学出版社1981年版,第280页。

弄得虎头蛇尾,开初原想大发议论,但几天以后,竟急急地结束了。"①如果鲁迅"逞心"大论,是否会将方块字归入原始、西式表音文字归于现代,真未可知。然而我们知道鲁迅对方块字的死刑判决以及掀屋顶以开窗的策略表述,当然,策略表述同样出现在私密信件之中,犹如1918年鲁迅给许寿裳关于"食人民族"的信。

综上所述,鲁迅的人类学思想及其内含的文化逻辑与策略选择是独具特色的,至今犹如此。鲁迅思想之所以深刻、之所以独特,其原因大抵在于他的人类学视角,在于这一视角在同时代的阙如。

---

① 鲁迅:《鲁迅全集》第13卷,人民文学出版社1981年版,第107页。

原始主义与文学批评[①]

一

"原始主义"(primitivism)在中国当下语境中还是一个较为生疏的概念和术语,与其内涵和意义相反的"现代主义"一词却广为流传。其原因之一,是"五四"新文学运动以来,我们已经习惯于"传统"与"现代"二元对立的思维方法和表述模式;原因之二,是进化论的社会发展观使我们误以为"原始(社会)"不但离现实十分遥远,而且还意味着蒙昧与野蛮。因此,尽管在西方文化研究与文学批评中"原始主义"已成为一个常用术语,尽管在中国现当代文学中一些创作倾向和批评视角已到了用"原始主义"来概括才更为准确,但国内大多数批评家还不太乐于直接使用这一概念。

这里需要比较一下原始与现代、传统与现代这两组二元对立概念的异同与用法。一般而言,西方学者用前者甚多,而中国学者则钟情于后者。西方学者用前者来表述西方现代文明与非西方、前现代的对立,中国学者

[①] 本文原载于《学术月刊》2009年第2期。

用后者来概括中国与西方的文化差异与现实转型。在某种程度上,这两组二元对立概念的不同用法表明了中、西方对非西方、前现代文化的命名权与话语权之争。在中国学者看来,将中国前现代的社会、文化视为"原始"无异于出自西方中心主义的一种偏见和歧视,典型如法国学者列维－布留尔在《原始思维》中列举的大量中国实例,而用"传统"来表征中国前现代社会和文化则源于与"原始"撇清的警惕和自尊。然而有意思的是,在这种看似对立的话语权之争的背后,却往往躲藏着一致的进化论价值观念,即认为"原始"是价值的低端或无价值的东西。

对"原始"的重新认知与评判是与文化人类学中的相对主义潮流密切相关的,原始主义更是对"原始"一词的进化论内涵的颠覆性反转。暂且抛开价值评判而从学理角度探讨,"原始"一词的引入无疑比传统与现代二元对立的视野更为广阔,从而更具有从整体审视人类文化的人类学意义。英国文化人类学家弗雷泽在其名著《金枝》中,曾经将人类思维方式的历史进程凝聚为一个简要公式,即巫术—宗教—科学。作为中国语境下的借用,我们可以将其转换为人类文化过程的原始—传统—现代。站在现代的立场上看,原始与传统都是前现代的文化形态,与其说传统近于现代,不如说传统更近于原始。换言之,传统是半原始的文化。如此,原始与现代的二元对立不仅能包容传统与现代二元对立的内涵,而且更彰显现代与前现代的根本差异。总之,"原始"这个词并非时间概念,而是文化概念,是相对于文明尤其是现代文明而言的。"原始"概念的引入比传统与现代的两分法更具新意,更能体现人类学思考与写作的价值。"原始主义"这一术语的作用同样如此。

二

任何能指都是所指的相对确定性与终极不确定性的混合。相对确定性说明一个术语的有用性和共识性,而终极不确定性则暗示人所创造的概念从来就不具有基于"客观本质"之上的定义。"原始主义"主要有三层含义或三种用法,分别是人性的原始主义、文化的原始主义和文学的原始主义。

首先,原始主义是人性的一种基本情感,是人对自身生命历程在价值评判上向过去看、向后看的一种情感倾向。正如人们把原始时代称为人类的童年时期一样,根据同样的比喻逻辑,我们也能把人的童年时期(相对于成人或老年而言)喻作人的原始时代。通常人在儿童阶段,其价值倾向是朝前看、朝将来看的,总希望快快长大,总认为将来会比现在好;相反,人到了中老年阶段,则会滋生怀旧情结,以童年和青春时代为最美好,价值评判上向后看。老子主张的"复归于婴儿",不过是甚为夸张的人性原始主义的表达。作为人性的一部分,原始主义情感可以说是人皆有之,犹如人的爱与憎、生的欲求与死的恐惧一样是一种常态化情感,只是它往往与人的某个生命阶段相关联。任何人文现象的透视,人性因素总是最根本的。如果说,人具有追怀往古、返璞归真的天性,那么这种天性也是建立在人对自身生命价值朝后看的情感倾向基础之上的,或者说,是人性原始主义的外在化、延伸化与文化化。

其次,原始主义是一种尚古的文化现象和思潮,以怀疑文明现状、要求返璞归真为其特征,以原始、自然状态作为价值评判的准绳和理想。《圣经·旧约》中的创世记故事是非常典型的原始主义文本。人类最初的时代是伊甸乐园,亚当和夏娃犯了原罪才受罚于苦难的人间;而原罪则是偷吃了智慧树(或善恶树)上的禁果,人类心明眼亮而有了羞耻感。这些象征性情节寓含着原始的美妙与文明的罪恶。另一原始主义思想的著名表达方式是由古希腊诗人赫希俄德提出的,他认为历史经过了黄金时代、白银时代、青铜时代、英雄时代和黑铁时代五个阶段,但却一代比一代退化和粗俗,就像是其命名时代的金属的价值一样。法国启蒙思想家卢梭曾经描绘过一幅原始自然状态下和平悠闲的生活图景,"漂泊于森林中的野蛮人,没有农工业、没有语言、没有住所、没有战争,彼此间也没有任何联系"[①],人人都自由平等。只是随着知识的积累和技术的进步,社会才出现了贫富对立、不平等和一切罪恶。他还设计了一个奇妙的比喻,将森林里

---

① 卢梭:《论人类不平等的起源和基础》,李常山译,商务印书馆1982年版,第106页。

的野生动物比作野蛮人,把驯养的家畜比作文明人,推论出文明人是野蛮人的退化、野蛮人比文明人更具有生命活力的结论。① 据此,他提出了"高尚的野蛮人"的赞词和"返归自然"的口号。这可以说是工业文明时代原始主义思潮的滥觞。最惊世骇俗的观点在于对原始生活质量的评价上。在马尔修斯学派后期代表作《熵,一种新的世界观》里,作者明确表示赞同赫希俄德关于原始黄金时代的说法,认为原始人比现代人生活得更好。当代的环境保护主义和生态主义都是具有原始主义思想倾向的。因为它们将原始自然的生态环境视为理想状态,将尽量减少对这种状态的破坏和改变视为最高目标。

当下,由现代文明弊端所激发的不满情绪和出自人之天性的怀旧心理,共同推动着这股原始主义文化思潮。它在时间序列上表现为现代对古代和原始的推崇与重新评价,在地域空间上则转化为西方对东方文化的浓厚兴趣与敬意。具有鲜明东方文化特征的萨满教、印度教、佛教、中国老庄哲学、日本禅宗以及瑜珈术、气功、针灸等,在当代西方都成为文化热点。西方社会生活中现代宗教的兴起、嬉皮士运动、"绿党"政治以至日光浴的盛行、对乡间别墅的追求、绿色生态食品的倡导等,事实上都直接或间接与原始主义思潮相关。

最后,原始主义是一种文学创作倾向,它以原始来对比和批判现代文明为其思想内涵的主要特征,以返归神话的超现实想象方式及表现形式为其艺术追求。

小说的源头是神话,神话思维是人类最早的艺术思维方式。随着人类跨入文明社会和理性领域,神话的地位才发生了根本改变,现实主义成为文学的主流。西方现代派文学重新肯定和张扬主观幻想的、超现实的艺术思维方式,主张以主观真实代替客观真实,已经昭示了返归神话的倾向。拉美魔幻现实主义更是将具有原始艺术幻想特征的神话、传统、巫术成分纳入创作,实现了艺术思维方式的原始转向。加拿大学者弗莱认为,西方文学经过了神话、传奇、高模仿、低模仿、反讽等五种模式的历时态演变,而

---

① 卢梭:《论人类不平等的起源和基础》,李常山译,商务印书馆1982年版,第80页。

现今出现的反讽文学则向神话回流,构成循环。这是因为,神话是最基本的模式,是所有其他模式的原型。① 闻一多则提出了中国文学史的大循环设想。他在《四千年文学大势鸟瞰》的文学史大纲中,将中国文学分为四段八期,而第四段的题目为"未来的展望——大循环",时间是"五四"新文学运动至今(1944年)。② 也就是说,文学四千年的发展螺旋式地回到了起点——原始的神话时代。晚近的例子是英国作家罗琳《哈利·波特》系列小说的世界性成功。它不仅表明运用超现实的想象方式创作的现代神话正在回到世界文学中来,而且还将建立在神话思维基础之上的巫术文化视为抗衡现代文明弊病的一种力量和疗救方法。

张扬原始题旨是原始主义文学的显著标志。艾略特的《荒原》是深奥难解的象征主义诗篇。其所以深奥,据艾略特自己的解释,是作品融合了寻找圣杯神话故事的构思和主题。他说:"这首诗不仅题目,甚至它的规划和有时采用的象征手法也绝大部分受魏士登女士有关圣杯传说一书的启发。该书即《从祭仪到神话》。确实我从中得益甚深。它比我的注释更能解答这首诗中的难点。谁认为这首诗还值得一解的话,我就向他推荐这本书(何况它本身也是饶有兴趣的)。"③这就是说,《荒原》不过是一个现代版的寻找圣杯神话,而神话中的宗教信仰与仪式崇拜则是拯救现代人脱离心灵"荒原"的唯一途径。

原始主义的三种含义之间存在着明显的互动关系。人性原始主义是本原性的,与人如影随形。当它投射于群体行为和文化形态时,便成了文化原始主义。美国文化人类学家米德曾经将文化类型分为三种,即后象征、前象征与互象征。"后象征"文化是"未来重复过去",是青年人向年长者学习,年长者是权威,传统社会基本上是后象征类型的。④ 这就易于解释人性上的向后看与文化上的向后看在价值观上的一致性,以及文化原始

---

① 弗莱:《批评的剖析》,陈慧、袁宪军、吴伟仁译,百花文艺出版社1998年版,第3—5页。
② 闻一多:《闻一多全集》第1卷,生活·读书·新知三联书店1982年版,序言第21页。
③ 袁可嘉、董衡巽、郑克鲁:《外国现代派作品选》第1册,上海文艺出版社1980年版,第88页。
④ 米德:《代沟》,光明日报出版社1988年版,第20页。

主义在前现代普遍和兴盛的原因。文学原始主义是内在人性与外在文化双重因素促成的。当然,19世纪以来现代文明的危机与文化选择的困惑也是其现实的酵母。

三

在狭义上,原始主义文学批评是对原始主义文学的批评,即对具有原始主义创作倾向的作品与现象的研究和评论。在广义上,原始主义文学批评则是一种着眼于原始以及与原始主义话题相关的特定批评视角。需要指出的是,原始主义文学批评只是预设了研究对象的范围和批评的特殊视角,并不意味着指称原始主义的价值立场。在价值观层面上,原始主义文学批评所持的是中性的、开放的、多元的态度,它甚至完全可以包容反原始主义的观点。

事实上,在西方原始主义文学内部,尽管它们都持有直接或隐蔽的原始与现代相对比的文学架构和思考线路,但其显露的价值倾向却是多元的、分歧的以至对抗的。基本上我们可以将其归为三种态度,即原始主义的、半原始主义的和反原始主义的。

原始主义倾向最为鲜明的代表性作家是劳伦斯。他在一系列作品中,以颠覆性的姿态鼓动扬弃现代文明,返归原始人性。他的最后一部长篇小说《查特莱夫人的情人》,曾因赤裸裸地表现和歌颂了人的自然性本能而在西方引起轩然大波,并遭到英国当局的查禁。其实小说只是用现实主义方法叙述了一个老套的三角恋故事:查特莱夫人背叛了瘫痪的贵族丈夫而爱上了自家庄园看管森林的雇工。从阶级论观点解读,这似乎是一个女主人公抛弃本阶级立场而投奔劳动人民的进步故事。但是从象征论角度看,查特莱夫人是在原始与现代的对立中做出了一种关系重大的文化选择。在她身上,劳伦斯附体于作家的"第二自我",即价值观和文化选择的自我。也就是说,贵族查特莱象征着现代文明及其异化的人性,瘫痪的细节喻示着文明的衰落和生命力的缺失;而看管森林的雇工则代表着原始的文化和自然的人性,就像卢梭笔下的"森林里的野蛮人"一样,因贴近原始自然而"高尚"、强壮有力和生命勃发。在此基础上,我们才易于理解那些发生在森林里的性爱场面描写不是可有可无的,它突出的其实是"返归自然"和原始野性的生命力。小说里的性实际上是人的本能、本性和原始的一种象征。作者通过三角恋故事和性描写所要表达的是这样的思想:崇尚科学理性和过于发达的物质文明扭曲了人的本质即原始人性,导致整个社会以及代表这个社会的上层阶级的精神萎缩和生命虚弱症,而下层阶级之所以在灵与肉两方面都单纯强健、充满生命活力,是由于他们更多地贴近自然并与现代文明保持相当距离,使自然人性未遭泯灭。

如果以上分析有"过度阐释"之嫌,那么我们可以参照劳伦斯的另一篇作品《骑马出走的女人》。小说描写一位现代美国女性厌倦物质文明和由此带来的空虚、压抑的精神生活,向往原始生活方式的单纯和充满野性。主人公作为一个寻根者,做出了比查特莱夫人更直截了当的文化选择,并以决绝的态度抛弃现代文明,以宁为玉碎的赴死决心皈依原始信仰。这就从哲学高度和象征层次上彰显了原始主义的共同母题:自然与社会的分离、对立以及由文明向原始的寻找和返归。在这个意义上,这篇小说可以当作劳伦斯的原始主义宣言来读,也可以视为原始主义文学的经典标本。

半原始主义是对摆动于原始主义与现代主义之间的双重性或矛盾性价值倾向的一种概括。一些作家敏感察觉到现代文明所带来的弊病,但也不愿意丢弃文明的自我。他们同情地注意到原始主义批判思潮的某些合理性,却又现实地认为返归原始终究不是一种出路。他们守持着一种困惑的复杂的心态,在原始与现代的对峙中瞻前顾后、疑虑丛生。毛姆的《月亮与六便士》就是这样的作品。作为象征意象,月亮与六便士暗喻着亘古不变的原始生活状态与金钱至上的现代文明社会的对立。小说以法国后印象派画家高更逃离文明社会,在塔希提岛上过着与土著人一样的原始生活方式为原型和素材,塑造了一个原始寻根者的形象斯特里克兰德。通过第一人称叙述者"我"的观察、叙述和议论,试图理解和评价主人公执着于"野蛮人"生活的行为和动机。"我"的态度表现了赞同主人公动机和否定其行为的双重意向,具体地说,就是认同主人公对西方现代文明弊端的批判,但无法赞赏他对西方现代文明的彻底抛弃;惊叹主人公返归原始生活后艺术上的巨大成就,却不认为原始生活方式具有优越于现代生活方式的合理性。

反原始主义依据的是现代性原则,但其现代理念是在原始与现代对比的文学架构下达成的,因此与众多的以现代性为旨归却不深涉原始题旨的作品区别开来。戈尔丁的《蝇王》在西方被称为现代神话。它描写一群孩子在战争中沦落到大洋上的孤岛,回到与文明隔绝的原始蛮荒的生活境况之中。接着,孩子们分成了两派:一派以拉尔夫、猪崽子为首,代表着现代理性;另一派由杰克、西蒙率领,象征着原始野蛮。可悲的是,原始野蛮的一派很快就压倒了现代理性的一派。小说的情节安排似乎是作者设计的一个原始对垒文明的实验。作者的立场显然是站在现代性一边,满怀着对原始野蛮的警惕,当然也流露出导致文明失败的文明自身脆弱性的深层思考和忧患意识。"蝇王"作为原始信仰与万恶之源的象征意象,表明了戈尔丁的反原始主义倾向。他并不认为现代文明和理性十全十美,但他的立场是"补天",而非推倒重来。

十分有趣而又耐人寻味的现象是,原始主义文学的福地在英国。英国作家较早地思考和表现原始与现代的二元对立及其文化选择。在西方社会,英国最早完成了工业革命,现代文明也已经过数百年时间的发展,其病态和弊端因层累积淀而愈加外露彰显。一般而言,对现代文明的批判力度和察错敏感度,是与文明痼疾的长期性和深重性成正比例的。

四

原始主义视角同样可以用来考察中国现当代文学。从比较文学的意义上说,"中国的劳伦斯"是沈从文。在沈从文的作品里,对乡村的眷恋与对都市的反感,对东方传统以至原始情操的赞美和对西方现代文明的讥讽,建构起他原始主义倾向互补的两面。他的笔下,湘西少数民族地区原始性的民风民俗,成了美和理想的所在。穴居山洞、猎兽充饥、对歌定情、原始野性的爱和无拘无束的生活,幻化为牧歌式的诗意描绘。通常人们都会提到他的名著《边城》,但我觉得最能表现他纲领性思想的作品是不那么有名的《龙朱》。其理由有三。首先,龙朱是苗族族长的儿子,小说直接点出其苗族身份,这与他的其他小说中人物的民族身份模糊处理的手法相异。而且,龙朱的名字还在《月下小景》《神巫之爱》等多篇小说中反复出现,每一次都大受赞扬。其次,沈从文的大儿子就取名龙朱[①],沈从文是否在潜意识里把自己当成了苗族领袖,将现实与虚构混为一体?如是,则小说折射出他更深潜的梦想和追求。最后,《龙朱》写于1929年,艺术上远不如五年后的《边城》成熟,形象不足便用议论替代的毛病更显露,这反而有利于我们直接把握他的思想。小说一开头就把龙朱塑造成几近神的形象:"族长儿子龙朱十七岁,是美男子中之美男子。这个人,美丽强壮像狮子,温和谦驯如小羊。是人中模型。是权威。是力。是光。种种比譬全是为了他的美。其他德行则与美一样,得天比平常人都多。"[②]在作者看来,龙朱以及他身上的原始情操,才是拯救当今世界之道。小说以龙朱的爱情故事为主干,但作者写爱情却是为了表达他在原始与现代冲突中所持的文化选择立场:"妇女们,在爱情选择中遗弃了这样完全人物,是菩萨神鬼不许可的一件事,是爱神的耻辱,是民族灭亡的先兆。女人们对于恋爱不能发狂,不能超越一切利害去追求,不能选她顶喜欢的一个人,不论是什么种族,这种族都近于无用。"[③]从个人性的恋爱扩展至整体性的女人们,由恋爱观念和方式象征民族文化和种族存亡,其"小题大作"的姿态和杰姆逊所说的第三世界国家的文学都是"民族寓言"的观点倒是极为一致的。"发狂"是基于自然人性的原始情操,而计算"利害"则是现代文明下理性思维的特征。沈从文以原始来对比和批判现代文明的创作倾向在这里得到了淋漓尽致的发挥。

新时期寻根文学的真正代表是汪曾祺。这不仅是因为他的寻根倾向的名篇《大淖记事》发表得早(1981年,而"寻根文学"则是1985年提出的),而且他的创作也对后者起到了思想启蒙和艺术示范的作用。更重要

[①] 金介甫:《凤凰之子:沈从文传》,符家钦译,中国友谊出版公司2000年版,第244页。
[②] 凌宇:《沈从文小说选》第1集,人民文学出版社1982年版,第42页。
[③] 凌宇:《沈从文小说选》第1集,人民文学出版社1982年版,第47页。

的是,汪曾祺由师生关系而直接继承了沈从文的原始主义思路,而"寻根"虽然包括传统,但终点却指向原始。汪曾祺的经验中没有沈从文那样的苗族原始文化的资源,他只能从故乡高邮层累的民间习俗中挖掘出原始自然人性的光彩和远古遗风。在《大淖记事》中,作者勾勒出一幅古老的村社生活背景,并且将城区与乡下、官方与民间、有文化与没有文化之间的差别,建构成自然与文明、原始与现代的文化冲突和二元对立。与其师一样,汪曾祺特别关注女人。大淖边的女人像男人一样干重活,骂粗话,走相、坐相也像男人。做了媳妇后"要多野有多野",甚至几个媳妇齐动手,把"叔公"的裤子扒了挂在树顶上取乐。这使人联想起马林诺夫斯基在《野蛮人的性生活》一书中提到的"约萨"风俗,该风俗允许土著妇女对某一男子发动放荡的集体袭击,带有明显的性侵犯的意味。大淖妇女与此相似而不受道德性谴责,可见在这特殊的社会群体中颇有原始遗风。对此,作者也像其师一样发议论:"街里的人说这里'风气不好'。到底是哪里的风气更好一些呢? 难说。"①在似乎确定无疑的结论上打个疑问,显然是作者表达贬褒态度的另一种方法。在汪曾祺看来,用理性和文化武装起来的城里人、文明人、知识人,富有心计和善于矫饰,从而失落了生命的原初本色和活力,扭曲了自然人性的朴野古拙之美。

更好地理解鲁迅可能也要从他的反原始主义立场入手。否则我们就难以解答这样的问题:为什么那么多作家、思想家都反封建传统文化,偏偏就鲁迅一个人最彻底和最坚决? 事实上鲁迅独有一个其他人都不具备的思想认识,即对中国封建传统文化内在原始性的确认。正因为鲁迅的反传统是以反原始为理论前提的,所以他才获取了独具的彻底性和加倍的火力。在进化论的价值链上,原始意味着野蛮和蒙昧,比一般人认知的传统社会文化距离现代文明目标更为遥远。我们非常熟悉鲁迅对《狂人日记》小说主题的剖析:"意在暴露家族制度和礼教的弊害。"②其实这只是鲁迅

---

① 汪曾祺:《菰蒲深处》,浙江文艺出版社1993年版,第86页。
② 鲁迅:《〈中国新文学大系〉小说二集序》,见《鲁迅全集》第6卷,人民文学出版社1981年版,第239页。

在创作本篇十七年后追加的认识,在很大程度上是为了体现当时左翼文论的主流意见。不幸的是,这也成了现在中国现代文学史教科书中最常见的定论。鲁迅在小说刚发表时却有另一番表述。他在1918年8月20日致好友许寿裳的信中说:"《狂人日记》实为拙作……偶阅《通鉴》,乃悟中国人尚是食人民族,因成此篇。此种发见,关系亦甚大,而知者尚寥寥也。"① 作为私信,鲁迅当时不可能考虑到死后会发表。而"中国人尚是食人民族"的立意也确实惊世骇俗。鲁迅在日本是接触到文化人类学方面的书的,"国民性"的概念以至原始"食人民族"的知识也由此而来。因此,《狂人日记》中的"吃人"不仅仅是一个隐喻性意象,而且还具有实体指认意义上的文化人类学内涵。换言之,野蛮人的习俗和原始的文化传统才构成了"吃人"意象的事实性喻本。散见在《资治通鉴》里的中国历史上的人吃人现象,是作为文化人类学资料被移植在作品里的,以此证明中国人、中国社会和传统文化尚未割断原始的脐带。顺着鲁迅反原始主义立场的思路去阐释另一名著《阿Q正传》,我们便发觉所谓的阿Q的"精神胜利法",实际上是原始思维和原始心态的一种批判性重塑。最典型的例子是阿Q在光洋被抢后用力打自己耳光,"似乎打的是自己,被打的是别一个自己,不久也就仿佛是自己打了别个一般"。这就是弗雷泽所说的远距离交感作用的巫术思维,也符合列维-布留尔关于两个存在物之间神秘互渗的原始思维。其实,鲁迅是注意到思维方式的进化以及原始思维的命题的。他在1924年西安讲学时说:"虽至今日,而许多作品里面,唐宋的,甚而至于原始人民的思想手段的糟粕还在。"②这似乎可以作为两年多前发表的《阿Q正传》关注思维的原始性的一个注脚。

正如汪曾祺传承沈从文,韩少功的《爸爸爸》在很大程度上是效法《阿Q正传》的。两者之间不难找到相似的基质,如叙述语调中透露出的冷峻、调侃和讥讽,如主人公形象的不三不四、行为的荒唐可笑、命运的尴尬和悲

---

① 鲁迅:《鲁迅全集》第11卷,人民文学出版社1981年版,第353页。
② 鲁迅:《中国小说的历史的变迁》,见《鲁迅全集》第9卷,人民文学出版社1981年版,第301页。

惨,如大量历史和人类学资料融进情节。从这点上说,韩少功是深得个中三昧的。丙崽,这个永远穿开裆裤的小老头,这个智力不随年龄而增长的傻子,这个喝毒药而不死的怪物,这个只知"爸爸爸"和"×妈妈"两个符号以及以不变应万变的心理格局,究竟象征了什么? 我们知道,个体智力发育和认识过程通常是人类种族思维演进史的缩影和参照。丙崽作为负面形象和批判意识的载体是显而易见的。这就产生了一个疑问:以《文学的根》这篇寻根文学宣言式文章而为世人熟知的韩少功,怎么在同一时段写出了反原始主义的作品?为什么他的理论主张与创作实践之间产生了那么大的反差? 一个可能的合理性解释是,韩少功寻根文学的理论依据基本上是西方来的。如他所列举的汤比因、毕加索、笛卡儿、莱布尼兹、爱因斯坦、海森堡、托尔斯泰、萨特、博尔赫斯等一长串名字,而他的创作则因应于本土的现代化需求和新时期的启蒙理性。十多年后,韩少功的《马桥辞典》则已经转向。"辞典"是"有意味的形式",具有普遍性和权威性知识体系的象征蕴涵。韩少功将"马桥"这一半原始性、地方性的知识提升到如此高度,显然透露出对抗和颠覆现代性知识观的原始主义倾向。

半原始主义的文学创作在中国现代文学中是鲜见的,而在新时期寻根文学中却层出不穷。知名度最高而具代表性的作品当属张承志的《黑骏马》。主人公白音宝力格是个"有根"的"寻根者"形象。他曾在草原生活过,因不能容忍草原的愚昧落后而走向城市,后又由于痛恨城市喧嚣的气浪、刻板的公文、无休止的会议、数不清的人际摩擦和关系门路、沙龙里的虚伪而回到草原,然而,草原生活单调与丑陋的一面又很快将他返璞归真的冲动和心造的幻影击碎,无奈之下他又只能回到他所厌弃的城市中去。主人公走完了一个文化选择的情节"圆圈"。他在寻根的初始和中途是怀着原始主义理想的,但从中途到结尾又显露出现代主义者的倾向性。问题的关键是,尽管他不满城市文明的现状,但在心灵深处仍潜伏着一个文明的自我(现代性大学教育的成果),他无法克服现代人的文明优越感及其价值评判尺度。因此确切地说,他在本质上是半原始主义者,始终徘徊于原始与文明之间,始终承受着内心、矛盾和困惑的煎熬。

五

原始主义文学批评的特色在于它与文化人类学的紧密联系。这可以从五个方面加以概要阐释。

第一,借鉴文化人类学的视野。文化人类学兴起于地理大发现与"人类"大发现,在时间和空间(或者历时态与共时态)上都大胆拓展了研究的对象范围。作为学科历史形成的特点,文化人类学将原始文化如神话、仪式、图腾、传说、民俗等列为重点。正是在此宏观视野和研究重点的基础上,原始主义批评才有可能。

第二,运用文化人类学的方法。文化人类学研究人类文化的"过程",探讨各民族文化的"异同",既关注人类文化的"阶段性",更重视人类文化的"连续性"。由此而来,原始主义批评将自己的方法定位于原始与现代相联系、各民族文学相比较,以体现文学人类学的特征,并与一般不重视原始与现代相联系的比较文学学科和方法区别开来。

第三,吸纳文化人类学的成果。文学本身是文化的组成部分,文学创作和功用都源于人类心理。因此,文化人类学的资料和研究成果有助于解释文学现象以及文学作品的文化内涵和心理因素。对于现代的批评家来说,他们欠缺的不是现代知识,而是知识结构中原始文化部分的空白。

第四,挪移文化人类学的价值观。文化人类学的主流价值观是相对主义的,尤其表现在对"原始"词义的价值评判上。"原始"不再意味着野蛮、蒙昧和未开化,不再是贬义词,而是"中性化"甚至某种程度上带有褒扬的用语。同样,文化人类学不以进化论价值观为唯一选择也启迪了原始主义批评。

第五,参照文化人类学的目标。从某种意义上说,文化人类学的目标是在宏观视野下整合人类的文化经验,以裨益当下人类困惑和难题的解决。同理,原始主义批评也可以帮助整合人类的文学经验,不仅为了文学自身发展,而且还能够强化文学的现实治疗功效。

在归整批评实践的基础上,原始主义批评方法在操作上可以表述为以下三个环节。首先是批评对象的选择。要善于发现和开掘作品所蕴含的有意识或潜意识的原始题旨；要关注描写原始、半原始生活形态和自然人性的作品，对表现崇古慕俗、返璞归真主题意向的作品要特别留意。其次是批评方法的运用。对作品中呈现出或自己分析出的与原始相关的题旨、内涵，将其与文化人类学资料及成果为支撑的原始文化范畴、形态做比较考察，互相印证和阐发。同时，又要把这种原始倾向或原始与现代相冲突的文学构架，置放回现实文明的背景中，去揭示其产生的根源、动机、合理性和内在矛盾。最后是批评目标的达成。阐释离不开评判，阐释中已包含了评判。因此，需要在人类不同文明阶段、各民族不同文明形态各自长处与缺陷的宏观观照下，对作品的意义及启发性做出适度的价值评判。所秉持的价值观尺度则可以是多样的、开放的、包容的甚至是不回避内在矛盾的。

美国学者布洛克曾经指出："在当代文学批评中，文化人类学的作用具有特殊意义，不仅因为它通过种种途径影响了批评的标准，而且还因为人类学为人们提供了一个线索，从中可以找到当今伟大的创造性思想家们正在思索的许多问题。"[①]就原始主义而言，文明陷于困境是产生抛弃文明、返归原始情绪的主要土壤。因此，原始主义文学事实上反映了现代人所面临的各种文化危机及其解脱方案的思考，包容着人类文明从何处来、向何处去这个重大而又敏感的现实课题。以与原始主义相关的文学创作倾向为对象的原始主义批评，其人类学意义就在于此。

[①] 周宪、罗务恒、戴耘：《当代西方艺术文化学》，北京大学出版社1988年版，第283页。

新时期文学人类学批评述评[①]

一、引 言

文学人类学是文学与人类学的交叉学科。它以运用人类学的视野、方法和成果于文学领域的研究、批评为其显著特色。在我国,文学人类学滥觞于20世纪二三十年代,代表人物有茅盾、闻一多等人。

茅盾于20世纪20年代曾致力于神话研究,著有《神话杂说》《中国神话研究初探》《北欧神话ABC》等书。他在论著中介绍西方比较人类学的研究方法:"要从人类的思想制度发展的全景里求得进化的阶段;要从野蛮人的怪异风俗研究到近代的法律,从石斧木矢研究到最新的机关枪,从游牧时代原始共产主义研究到现代社会组织。这一门科学,把最落后民族的生活思想,看得和文明民族的一般重要。"并主张"把这种研究方法用在神话上"。[②]他在一书的《序》中申言:"但作者并不忘记在此编的著作时,

---

[①] 本文原载于《上海文论》1992年第1期。
[②] 茅盾:《神话研究》,百花文艺出版社1981年版,第10页。

处处用人类学的神话解释法以权衡中国古籍里的神话材料。"①茅盾在这里所讲的研究方法,已经包含了文学人类学的一个中心原则,即原始与现代相联系(时间上)、中外各民族相比较(空间上)、对文学(茅盾与鲁迅一样,将神话看作文学的源头与一部分)持宏观的整体研究态度。

如果说茅盾开创了我国文学人类学的研究方法,那么在他之后的闻一多,则把这一方法引入更广阔的文学领域。他不仅以此研究神话,而且还把对象扩展到民间文学、古典文学。闻一多在20世纪三四十年代所写的二十一篇有关论文,都收录在《神话与诗》这本专辑里。事实上,这些研究成果只是他的一个规模宏大的写作计划的一部分和准备工作。他运用人类学方法研究文学的目的,是为了写一部上限大大推前的中国文学史,可惜英年早逝,未及完成。据朱自清在《闻一多全集·序》中披露,这部中国文学史的大纲名为《四千年文学大势鸟瞰》,分为四段八大期。虽只是一个大致上粗略的轮廓,但仍可见其整体构想和方法论上的特点。第一,神话在这部文学史中占有极重要的地位。第一段第一大期命名为"黎明期",从夏商至周成王中叶(前2500—前1100年),其最显著的标志是新石器时代的仰韶文化。第二,突出不同地域的文化和文学的交渗、比较研究。第一第二大期是本土文化的东西交流时代,以后是南北交流时代,而文学的最终发展是"世界性的趋势"。第三,灌注原始与现代相联系的时间意识。第四段的题目为"未来的展望——大循环"。也就是说,文学四千年的发展螺旋式地回到了起点——原始的神话时代。

在一封给臧克家的信中,闻一多更明确地提到了他的研究方法:"我始终没有忘记除了我们的今天外,还有二三千年前的昨天,除了我们这角落外还有整个世界。我的历史课题甚至伸到历史以前,所以我研究了神话,我的文化课题超出了文化圈,所以我又在研究以原始社会为对象的文化人类学。"②这一系列相关性思考:今天与昨天,中国与世界,历史与前历史,神话与文化圈,概而言之,就是原始与现代相联系,中外各民族相比较。

---

① 茅盾:《神话研究》,百花文艺出版社1981年版,第225页。
② 闻一多:《闻一多全集》第3卷,生活·读书·新知三联书店1982年版,第638页。

它体现了文学人类学方法的精义,得益于文化人类学视野、方法和成果的引入。闻一多在《中国文学史稿》里,还提出中国文学研究的"两大原则",即"民间影响"与"外来影响"。前者追溯到原始神话,后者指向世界范围的联系与比较,贯彻的也是同一个方法论思想。闻一多对文学人类学的信念,还表现在他对世界各民族的文化、文学交融性与趋同性的认识上。他在《文学的历史动向》一文里认为,"对近世文明影响最大最深的四个古老民族——中国,印度,以色列,希腊",经过文学的接触与交际,"最后,四个文化慢慢地都起着变化,互相吸收,融合,以至总有那么一天,四个的个别性渐渐消失,于是文化只有一个世界的文化。这是人类历史发展的必然路线,谁都不能改变,也不必改变"。①

然而在当时,正在开辟一条新的研究道路的闻一多颇受非议,应者寥寥。诚如朱自清在回顾当时情况时所说的:"正统的学者觉得这些不免'非常异义,可怪之论',就戏称他和一两个跟他同调的人为'闻一多派'。"②造成这种局面的原因有二。其一,在学术方法方面。闻一多借助西方新起的文化人类学的工具研究神话与古典文学,与传统治学方法产生相当大的反差,有离经叛道之嫌。其二,在政治功利方面。时值民族危亡的现实背景,闻一多不强调民族的特殊性而更多地着眼于各民族文化的整一性;处在反封建的民主革命时期,闻一多不突出新文化代替旧文化的时代性而专注于原始与文明的连续性;这难免要引起误解。对于"钻故纸堆"的指责,闻一多在致友人的信中辩解说:"你诬枉了我,当我是一个蠹鱼,不晓得我是杀蠹的芸香。"③其实,文学人类学只是一种研究方法,它在思想倾向上完全可能导出不同的结论。

从20世纪50年代到70年代,由于一些众所周知的原因以及学术上长期的闭关锁国,文学人类学的研究在大陆范围内留下一片空白。照搬苏联模式的结果是,人类学即体质人类学,它主要研究人类的体质特征、类型

---

① 闻一多:《闻一多全集》第1卷,生活·读书·新知三联书店1982年版,第201页。
② 闻一多:《闻一多全集》第1卷,生活·读书·新知三联书店1982年版,序言第16页。
③ 闻一多:《闻一多全集》第3卷,生活·读书·新知三联书店1982年版,第639页。

及其变化规律。于是文化人类学的部分研究对象转入民族学和民俗学。这样,文学人类学也就失去了它方法论的前提和借鉴。继起茅盾、闻一多等人所开辟的中国文学人类学研究的道路,是新时期文学尤其是1985年、1986年以后的事情了。

二、文学人类学批评的复兴

新时期的文学人类学批评发轫于1985年、1986年。一些与文化人类学、神话原型批评有关的概念、术语,如神话、图腾、禁忌、仪式、原型、自然崇拜、神秘互渗律、巫术、原始情操、原始意象、文化模式、集体潜意识、中国梦、宗教、文明与野蛮等开始在批评文章中频繁出现。一批站在人类学立场上审视文学,将原始与现代、神话与当前创作相联系的论文也纷纷出笼。最初的如蔡翔的《野蛮与文明:批评与张扬》,李书磊的《从"寻梦"到"寻根"》,凌宇的《重建楚文学的神话系统》,方克强的《神话和新时期小说的神话形态》《阿Q与丙崽:原始心态的重塑》,郭小东的《母性图腾:知青文学的一种精神变格》,靳大成的《论艺术人类学的"文化"范畴》,周永明的《原型论》,彭富春的《文艺本体与人类本体》,杨春时的《审美范畴的原型》,王斌、赵小鸣的《"神话"的再现》,等等,这些文章都发表于1985年到1987年之间。此外,一些比较文学、神话学、民俗学的研究文章也从各自的角度对这一潮流积极推动或直接参与。它们显示出一种强烈的主观意向,即从人类本位出发对文学现象做跨文化的探究,或者用神话原型批评的理论整合人类的文学经验,从而力求在常识与传统确认的差异性(如原始与现代、中国与外国)中寻找出其中的同一性和连续性。这就是新时期的文学人类学批评。其中可分成两种类型:一类借用人类学(主要是文化人类学)的视野和理论方法,另一类则取之于被称为"文学上的人类学"的西方神话原型批评的角度。

然而在1985年、1986年的"方法论"热潮中,文学人类学批评并未受到足够的重视。人们更热衷于"三论"(系统论、信息论、控制论)研究方法的引入,其次是文艺心理学、接受美学和结构主义。在1985年发表的一篇题为《近年来文艺学研究中六种方法的探讨概述》的总结性文章中,就只提到上述六种方法。当时,文学圈对神话原型批评还较为生疏,评介性文章亦不多。对那些运用文化人类学术语和观点的评论文章,一般也习惯于把它归入文化批评,论者也往往缺乏建立文学人类学批评的自觉意识。尽管已有人提出艺术人类学、文学人类学、感性文化人类学等概念,但影响面较小。所有这些造成了文学人类学批评呈悄然兴起的情状,而不同于像"三论"那样的轰动效应。

1987年以后,文学人类学批评获得了较大的发展势头。其标志主要有三个方面。第一,一些报纸、刊物、出版社对文学人类学批评给予重视。如有影响的《文艺报》发表了《原型批评的理论及由来》《文学人类学批评的兴起及原则》《批评中的人类学思想》等文章;权威性的理论刊物《文学评论》刊登了《文学本体的人类学思辨》《集体无意识—原型—神话母题》《神女归来——一个原型和〈洛神赋〉》《神话的衰落与复兴》等论文;《文艺争鸣》杂志组织了"方克强的文学人类学批评"一组三篇论文和"中国文学与原型批评笔谈"一组五篇文章;上海社会科学院出版社出版"艺术与人类学丛书",其中《艺术家生命向力》《英雄与太阳——中国上古史诗的原型重构》两书已出,《文学人类学批评》等书即将出版。第二,一些以文学人类学为研究课题或批评方法的作者写出专著或系列论文。如叶舒宪的专著《探索非理性的世界》《中国神话哲学》《英雄与太阳》及论文《水:生命的象征》《原型数字"七"之谜》,笔者的系列论文《原型题旨:〈红楼梦〉的女神崇拜》《原型模式:〈西游记〉的成年礼》《我国古典小说中的原型意象》,罗强烈的《乡土意识:现当代文学中的一个主题原型》《酒神精神:二十世纪中国文学中的一个主题原型》《才子佳人模式:二十世纪中国文学中的一个主题原型》《生命和死亡:现当代文学中的主题原型》,等等。第三,原来以文学史、文化史批评见长的一些知名青年评论家,也对神话原型批评产生兴趣,或者用神话、原型观点写作文章。如蔡翔的《独在异乡为异客——中国文学中的"游子"主题》,追寻到原始神话,文中分析的"传统母题"和"反复出现的意象"其实已具有原型意义;赵园的《人与大地——中国现当代文学中的农民》,则对"农民－父亲"原型、"农民－母亲"原型、"农民－智慧老人"原型、"农民－土地"原型做了分类研究;陈思和的《谈〈渴望〉的文化原型》,将该电视剧与好人"信而见疑,忠而被谤"的文化原型进行联系与比较的思考;季红真的《神话的衰落与复兴——读〈探索非理性的世界〉有感》,对神话原型批评加以评述,并表现出浓厚的兴趣。与上述情况相应的是,近几年来运用文学人类学批评方法的文章,在数量上与质量上都比1985年、1986年有所提升。

新时期文学人类学批评的复出,是当时三种因素合力推动与孕育的结果,它们是文化热、方法论热和寻根文学热。

文化热是一个长期自我封闭的社会转向全面开放后必然出现的反弹性热潮。其显著标志,便是敏感的出版界纷纷推出各式各样的文化丛书,以满足这种欲无止境的社会需求。其中如浙江人民出版社的"世界文化丛书"和"比较文化丛书",上海人民出版社的"中国文化史丛书"和"文化新视野丛书",中国民间文艺出版社的"民间文化研究参考丛书",山东文艺出版社的"文化哲学丛书",上海三联书店的"中国本土文化丛书",山东人民出版社的"文化人类学名著译丛",四川人民出版社的"走向未来丛书",辽宁人民出版社的"面向世界丛书",等等。这批以"文化"为总主题的出版物的风起云涌,大大地打开了人们的视野,展现了当代世界文化的整体格局,展现了从原始到现代的文化的连续性与阶段性。于是,现代中国人已经不再满足于囿于单一民族、单一社会和单一文化形态的本位思考,而喜欢将之纳入人类整个进化链条和世界图景中去做比较参照与系统检视。此外,一批世界著名的文化人类学家如波亚士、弗雷泽、马林诺夫斯基、本尼迪克特、米德、列维－布留尔、列维－斯特劳斯等人译著的出版,一些人类学分支学科如文化人类学、哲学人类学、语言人类学、心理人类学、宗教人类学、社会人类学、结构人类学、生态人类学、马克思主义人类学等的引入介绍,使人们渐渐懂得,人类学的兴起是"全球意识"深化的反映,人类学在当代世界已成为"内容最丰富、包含人的各种知识分支的学科"①。这些都直接促成了文学与人类学杂交融合的思想,提供了借用人类学方法的文化基础。

方法论热是1985年前后的又一个重要文艺理论现象。人们从最初的艺术表现方法之争(如朦胧诗、意识流小说、荒诞派话剧等),逐渐转到深一层次的审美原则之争和理论专题之争(如关于"新的美学原则的崛起",关于典型论、艺术反映论,等),最后趋向于探讨作为研究工具因而更具实质性的方法论本身之争。方法论热就是这样兴起的。当时的主流是强调对文学做宏观的、比较的、系统的整体研究。在这样的背景下,具有宏观、系统、比较研究优势,并被西方列为当代文学研究四大方法之一或五种模式之一的神话原型批评,被引进国内,从而启发、推动了文学人类学批评的形成与发展。最早较全面介绍该派批评方法的是张隆溪在1983年《读书》杂志上发表的《诸神的复活:神话与原型批评》。接着1986年出版的傅修延、夏汉宁编著的《文学批评方法论基础》和赖于坚编著的《西方文学批评方法评介》等书,也对神话原型批评的基本理论及文学实践做了介绍与评析。在这方面有突出成绩的当推叶舒宪。他在1988年推出了有关的三本书:《神话-原型批评》是一本选编的译文集,分基本理论和批评实践上下两编;《探索非理性的世界》系统介绍了原型批评的理论与方法,并对其特点和局限做出了较客观的评价;《符号:语言与艺术》系与俞建章合著,论及神话思维、原型符号与原始艺术的关系。西方神话原型批评强调从神话、宗教、仪式、梦幻和文学之中,寻证出一套普遍的原初性的原型意象、象征、主旨和性格类型、叙述模式,发掘积淀在其中的种族以至人类的集体潜意识和深层心理特征,这种注重综合与宏观的研究方法无疑是非常诱人的。它不仅使人观照到文化史和心态史的发展轨迹,而且令人更深地领悟到作为整体的人类和作为系统的文学内在的连续性和同一性。因此,它为新时期文学人类学批评所重视、借鉴和吸收是理所当然的。

新时期文学到1985年前后形成了一股寻根文学热。其间有一个不断

---

① 见《韦伯斯特大辞典》人类学条目,转引自欧阳光伟:《现代哲学人类学》,辽宁人民出版社1986年版,第6页。

地从现实推向历史,由政治转入文化的发展的逻辑线索。寻根文学将对"文革"十年的反思追溯到历史、传统的深远乃至原始,是更纯粹的文化性反思。寻根文学的倡导者是一群思想上和创作上都很活跃的青年作家。如郑义认为:"五四"新文化运动造成了我国传统文化与现代文化之间长期的"断裂",文学应充当联结两者的桥梁;郑万隆则主张远古和现在是同构并存的,他生命的根和文学的根是在原始蛮荒的黑龙江"野蛮女真人使犬部";韩少功申言"文学之根应深植于民族传统文化的土壤里,根不深,则叶难茂",并引西方之说反证东方文明、原始文化的重要性,"西方大历史学家汤因比曾经对东方文明寄予厚望。他认为西方基督教文明已经衰落,而古老沉睡着的东方文明,可能在外来文明的'挑战'之下,隐退后而得'复出',光照整个地球。……科学界的笛卡尔、莱布尼兹、爱因斯坦、海森堡等等,文学界的托尔斯泰、萨特、博尔赫斯,都极有兴趣于东方文化,尤其推崇老庄,十分向往中国和尊敬中国人民。传说张大千去找毕加索学画,毕加索也说:你到巴黎来做什么?巴黎有什么艺术?在你们东方,在非洲,才会有艺术"①。与这种寻根思想相应,寻根文学也热衷于选择原始蛮荒的自然景观和闭塞滞后的人文环境,表现渔猎、放牧、村社等自然经济状态下的原始或半原始的生活题材,潜心于发掘古老的神话传说、祭祀仪式和民风民俗,注重于少数民族、初民和"化外之民"形象的塑造,在主题上则不同程度地流露出赞美和返归原始、批判现代文明的情绪意向,或者在原始、传统与现代文明两者之间持矛盾、困惑的"两难"心态和整合两者长处的"两全"愿望。事实上,寻根文学反映了现代人在原始与现代相联系、中外各民族相比较的人类文化大背景下的文化反思和文化选择。它激活我们对文学作品做原始文明、传统文明、现代文明以及中外文明相比较的跨文化思考。在这方面,文化人类学日益显示其在方法论上的重要性和独到性,于是寻根文学热推动了文学与人类学的结合。

---

① 韩少功:《文学的"根"》,载《作家》1985年第5期。

三、文学人类学批评的理论

新时期文学人类学批评的理论可以分为三个方面。第一,关于文学与人类学关系的理论及其批评原则和理论建构。第二,关于西方神话原型批评的理论,它的特点、局限和新的开拓。第三,关于文化人类学批评的理论,它作为有特色有深度的文化批评与神话原型批评的互补性。它们分别来自当代世界人类学与各门学科广泛结合的思想、西方神话原型批评理论和文化人类学的研究成果三者的启发与影响。

笔者在《人类学与文学》[①]一文中认为:人类学(Anthropology)的希腊文词源是 anthropos(人)与 logos(学说),即"关于人的科学"。而"文学是'人'学"的观点为人们所普遍接受。因此文学与人类学之间存在着天然的结缘关系。宋耀良在《批评中的人类学思想》中指出:"艺术本是世界与人这两极间联系的符式表现,人类学则透过人与世界的历史联系,更看清了隐在背后的艺术的本质;同时透过自史前以来的艺术的深层结构,把握住了人与世界联系的那种假定模式。文学研究和批评,于是渗进了人类学思想。"[②]这些论述探讨了文学与人类学结合的可能性和必然性,为提出文学人类学的命题而从文学艺术的本质方面寻找依据。

王海龙在《文化人类学与文学艺术研究》中,将人类学对文学艺术研究产生的影响归结为三个方面。第一,它开辟了文学、艺术史研究的崭新道路。第二,人类学为文学和艺术理论研究的纵深发展做出了贡献,为之提供了无比宽广的背景和理论批判武器。第三,人类学为研究文学作品的风格和文艺创作提供了可贵的镜鉴。[③] 这三条可以做这样的补充理解,即人类学的价值与作用体现在它的视野、方法以及材料与成果三个方面;同时,它也对艺术史、艺术理论、艺术创作三方面产生影响。

彭富春、杨子江在《文艺本体与人类本体》中提出了艺术人类学的定

---

① 方克强:《人类学与文学》,载《上海文学》1986 年第 10 期。
② 宋耀良:《批评中的人类学思想》,载《文艺报》1989 年 9 月 2 日。
③ 王海龙:《文化人类学与文学艺术研究》,载《上海师范大学学报》1988 年第 3 期。

义与基础问题。他们认为:"人类学的文艺理论,或谓艺术人类学,是关于人的生存和人的艺术关系的思考(它的基础是哲学人类学、审美人类学),它构成了我们艺术理论的转向。"①这一定义具有哲学化的倾向,也就是说,他们试图从哲学出发笼罩具体的艺术理论问题。它来源于对艺术本质的一种理解:"艺术不在于理性意识,也不在于非理性意识,而在于纯粹的生命意识。……艺术实质上构成了最高的生存哲学。"②这就有将艺术向某一派哲学思潮或观点靠拢的嫌疑,而且,哲学的高度抽象是否有利于具体艺术理论问题的释解还是一个疑问。与此不同,靳大成的《论艺术人类学的"文化"范畴》则以文化为中心,并强调艺术本体的特点。他说:艺术人类学"作为人类学与文艺学、艺术史的边缘学科,应该把重心偏向后者,即以人类学为远祖,以文艺学为近亲"。③这一提法的意义在于,它力求避免文学人类学作为文化人类学或哲学人类学的附庸,从而丧失自身。事实上,文化人类学或哲学人类学都经常引用文学材料来证明自己的观点和扩大影响面。但文学人类学是借助于人类学的方法来解决文学问题,而不仅仅是重复或佐证人类学已有的结论。这两者有根本的区别。

叶舒宪在《英雄与太阳》一书的"引言:文学的人类学研究"中认为,中国文学人类学研究自20世纪二三十年代闻一多、郑振铎发端,它的特点是运用人类学的视野和方法,打通原始与文明之间的隔膜,对文学做跨文化的比较分析。④ 笔者在《人类学与文学》中提出文学人类学的一个中心原则:"就是对文学持一种远古与现代相联系、中外各民族相比较的宏观研究态度。"⑤继而在《文学人类学批评的兴起及原则》中又主张这一批评方法的三条原则:第一,原始与现代相联系、中外各民族相比较的宏观文学视野和研究态度;第二,共时性方法与历时性方法并重;第三,文化方法、心理

---

① 彭富春、杨子江:《文艺本体与人类本体》,载《当代文艺思潮》1987年第1期。
② 彭富春、杨子江:《文艺本体与人类本体》,载《当代文艺思潮》1987年第1期。
③ 靳大成:《论艺术人类学的"文化"范畴》,载《当代文艺思潮》1987年第3期。
④ 叶舒宪:《英雄与太阳》,上海社会科学院出版社1991年版,第1—2页。
⑤ 方克强:《人类学与文学》,载《上海文学》1986年第10期。

方法与文学本体方法的融合。① 这些观点,可以看作为建立文学人类学批评理论的初步尝试。它们强调对文学的研究应在时间与空间两个向度上做人类学意义的拓展。

在理论框架的建构上,靳大成《论艺术人类学的"文化"范畴》提出了一个基本设想:"根据艺术活动的文化特性,艺术人类学分别提出艺术发生论(个体发生和种系发生)、艺术目的论(包括功能、需要)、艺术构成论(艺术构成因素的文化特性和形式与意义的对应)、艺术传播论(时、空间的传播包括接受过程、评价过程等)、艺术批评论(文化批评原理)等五个部分的理论,构成艺术人类学的完整内容。上述理论并不能直接进入文化批评,它们需要通过一些中介环节与具体的艺术实践沟通,这就是文化批评原理。"② 此一构想规模宏大,突出文化批评,具有自身的系统性与完整性,不啻是一种有建设性的见解。笔者在《文学人类学批评的内容与前景》中将文学人类学批评的内容和理论分为原始主义批评与神话原型批评两个部分。文章认为:把文学人类学批评等同于神话原型批评是一种误解,它们之间是一种从属关系;原始主义(Primitism)可以指人的追怀往古、返璞归真的天性,也可以指怀疑文明、回归自然的文化思潮,还可以指用原始来对比和批判现代的文学创作倾向;从外延上看,原始主义包容着许多相对的范畴,如原始主义与反原始主义,刚性原始主义与柔性原始主义,文化性原始主义与时代性原始主义,古典原始主义与现代原始主义,无意识的原始主义与有意识的原始主义,等等;凡是与原始主义这一独特角度有关的文学现象和作品,都可以称之为原始主义文学,原始主义批评就是运用文化人类学的方法和材料对原始主义文学所进行的批评,它包含着对现代人所面临的各种文化危机及其解脱方案的思考。③ 笔者的这一设想是否言之成理,还有待理论界同行的指正。

新时期神话原型批评的理论,首先发端于对西方该派批评理论的特点

---

① 方克强:《文学人类学批评的兴起与原则》,载《文艺报》1988 年 7 月 2 日。
② 靳大成:《论艺术人类学的"文化"范畴》,载《当代文艺思潮》1987 年第 3 期。
③ 方克强:《文学人类学批评的内容与前景》,载《上海文学》1992 年第 1 期。

及其局限的研究上。叶舒宪在《神话－原型批评》一书的序言里,将神话原型批评的特点归结为宏观性、系统性、重认知而轻判断三个方面。他同时认为:"原型批评的特点往往也反映出它的弱点,我们还不能说这是一种理想的批评方法。"例如,"重认知轻判断的要求反映了文学批评向学术研究深度进展的趋势,但将认知理解与价值判断完全割裂和对立起来的做法,同时也是原型批评本身局限的反映。这种批评能帮助人们理解其他批评难以描示的作品的深层内容,却不能圆满地回答下列问题:为什么一部包含了原型内容的优秀作品能够给我们以审美的愉悦,而另一部包含了同样原型内容的低劣作品却不能呢?"①这一见解包含着辩证思想,且切中西方原型理论轻视审美特征的明显局限。

持同一观点的杨春时在《审美范畴的原型》中提出对原型论加以改造,进而运用科学的原型论来考察审美意识。他认为:"艺术形象的意义不能等同于其原型,这是我们区别于西方原型论的根本点。"②邹贤敏在《马克思主义与神话——原型批评的实践》则补充了另一局限:"神话－原型批评的主要局限——忽视民族的文学的时代、阶级差异,忽视文学作品的审美价值。"③笔者在《文学人类学批评的兴起及原则》中曾将神话原型批评的失误和不足归纳为三点:第一,跨文化研究的不彻底性,主要是西方中心主义的传统思想往往造成对东方文学包括中国文学的忽视与隔膜;第二,过于重视共性而轻视个性,强调连续性而疏忽阶段性;第三,注重文化的、心理的价值标准,缺乏审美的价值标准。④ 以上这些论述表明了一种强烈的主观意向,既不简单照搬和重复西方的神话原型理论,而是以辩证的、具体分析的、创造性的态度审视之,并试图丰富和补充这一批评理论。

在神话原型批评的方法上,叶舒宪在《英雄与太阳》中提出原型模式分析的基本原则,他表述为"试图从可经验的、文学(文化)对象的表层分析入手,探讨不可经验的,但又实际存在着并主宰、决定着表层现象的深层

---

① 叶舒宪:《神话－原型批评》,陕西师范大学出版社1987年版,第44页。
② 杨春时:《审美范畴的原型》,载《当代文艺探索》1987年第3期。
③ 邹贤敏:《马克思主义与神话——原型批评的实践》,载《文艺争鸣》1990年第4期。
④ 方克强:《文学人类学批评的兴起及原则》,载《文艺报》1988年7月2日。

结构模式,进而从原型的生成和人类象征思维的普遍性方面对这种深层模式做出合理的发生学阐释,力求在主体——人的(思维)心理结构和客体对象的结构之间的对应关系中,把握某些跨文化的文学现象生成及转换的规律性线索。"①这一段深奥的话,其实可以简括为一个三段论的模式,即从作品的形象层面分析入手,进而揭示作品的深层结构,最后阐明深层结构发生的文化心理机制。

笔者在《文学人类学批评》一书的"绪论"中概括了神话原型批评在操作上的三个环节或阶段,它们各以一个相应的重要概念为其内核:"其一是'神话'的概念与批评对象的选择。神话原型批评以狭义的神话(指远古的神话)和广义的神话(指运用超现实的想象方式创作的亚神话或现代神话)为批评的主要对象,因为它假设神话倾向的作品比写实倾向的作品更接近于原型。这样,对现代人的创作就要有所选择,需要确认作品的幻想性质或神话意味。其二是'原型'的概念与批评方法的运用。这主要是原型的归纳与溯源。在大量的文学作品中发现相同或相似的类型,然后再建立起它与某一原始意象或原始模式之间的原型联系;或者,将单一的文学作品放回到预设的某一原型系统中去考察,证明其间的联系,而这一原型系统将描绘出从远古作品到现代作品相沟通的共性。其三是'人类集体意识、集体潜意识'的概念与批评目标的达成。这是确证原型形式之后的原型内容分析阶段。其目的是为了揭示原型所积淀和遗存的人类集体意识或集体潜意识的内蕴,并评判其在人类文化史或心态史方面的意义和价值。"②

上述两人的方法,并非来自西方理论的现成结论,而是结合自己批评实践后总结出的"改进型"理论。他们都试图将外来的神话原型理论改铸成可操作性的新的批评工具。在神话原型理论的建设上,许多论者不满足于介绍、引进西方理论,而致力于提出与之相区别的新见。周永明在《原型论》中推出原型态、原型模和原型场的概念,其中最重要的是原型场:

---

① 叶舒宪:《英雄与太阳》,上海社会科学院出版社1991年版,第3页。
② 方克强:《文学人类学批评》,上海社会科学院出版社1992年版,第12页。

"原型场指的是原型存在的特定环境。原型场是我们虚拟的一个时空。原型在不同的原型场中表现出不同的状况。这里显示出我们和荣格的根本分歧所在,即怎样看待原型存在的条件、时空、环境以及它们之间的相互关系。"①他还把原型场分解为生理场、心理场和文化场三个不同的层面。段炼在《论原型批评》里则从自己的逻辑方法出发,把文学原型的种类归并为六大类,即集体无意识,原始仪式和图腾崇拜,古代神话和《圣经》故事,民间传说,文学名著,人类思维和行为的基本模式。他的归类方法显然与荣格、弗莱的模式理论不同。②他不是按具体的原型分类,而是依据原型的主要来源为归类原则。杨春时的《审美范畴的原型》开拓性地将原型理论运用于美学领域,追寻传统审美范畴如优美与丑陋、崇高与卑下、喜剧与悲剧的原型形态。他认为,优美的原型是原始意识中的赞美这一范畴,崇高范畴的原型是原始崇拜,喜(剧)的原型是原始巫术或宗教活动中娱神的狂欢;丑陋的原型是原始的恐惧感,卑下的原型是原始人的自卑感,悲(剧)的原型是原始牺牲所产生的悲痛意识。③从上述诸人的研究成果中我们可以发现,新时期的神话原型理论的建设,已经越过了单纯介绍、照搬和模仿西方理论的阶段,正在逐步取得与西方神话原型批评学派"对话"的平等地位。

在文化人类学批评理论方面,由于缺乏来自西方某一批评流派的直接借鉴,故建树还不多。然而诚如美国学者布洛克所说:"在当代文学批评中,文化人类学的作用具有特殊意义,不仅因为它通过种种途径影响了批评的标准,而且还因为人类学为人们提供了一个线索,从中可以找到当今伟大的创造性思想家们正在思索的许多问题。"④在西方,一般把这类批评视为文化批评,而不称其为文学人类学批评。笔者在文章中曾用"原始主义批评"指称这类运用文化人类学视野、方法和成果所进行的文学批评,

---

① 周永明:《原型论》,载《文艺研究》1987年第5期。
② 段炼:《论原型批评》,载《文艺理论研究》1988年第4期。
③ 杨春时:《审美范畴的原型》,载《当代文艺探索》1987年第3期。
④ 布洛克:《文化人类学与当代文学批评》,见周宪等编:《当代西方艺术文化学》,北京大学出版社1988年版,第283页。

并对其操作性步骤及意义做了探讨。笔者归纳了原始主义批评的三个步骤：第一，要善于发现和开掘作品所蕴含的有意识或潜意识的原始题旨，并将其与相关的原始文化的形式或内涵做比较考察；第二，要把这种原始倾向放回到现实文明的背景中，去揭示其产生的根源、动机、合理性和内在矛盾；第三，在人类不同文明阶段、各民族不同文明形态各自长处与缺陷的宏观观照下，对作品的意义及启发性做出价值评判。对原始主义批评的特点、地位及意义，笔者做了如下阐述："神话原型批评与原始主义批评都是人类学方法在文学领域的具体运用。但两者在批评对象、批评方法和批评目标等方面却各有不同的侧重。前者以超现实的想象为特征的神话类作品为主，后者则以反映文化困惑及其现实冲突的写实类作品为主；前者注重于从远古到现代人类在文化心理上的连续性，后者则强调原始与现代对立的人类文明的阶段性；前者揭示作品在显现原型方面的永久性价值，后者则评论作品在返归原始意向上的现实性意义。两者的差异与互补，使文学人类学批评具有更大的内在活力和发展潜力。"①

四、文学人类学批评的实践

为了确认新时期文学人类学批评的实践特征，我们可以以三个参照系作为比较考察的视点。其一，与主张宏观、整体和比较研究的其他批评方法相比，它具有更大的时空跨度；其二，与我国20世纪二三十年代茅盾、闻一多等人在神话、古典文学领域所开拓的文学人类学批评相比，它更注重现当代文学的研究；其三，与重认知而轻判断的西方神话原型批评相比，它体现出现实感很强的价值判断倾向。

宏观、整体和比较研究是新时期文学批评的主流之一。

文学人类学倚靠人类学的视野、方法、成果及实证科学的特性，提出原始与现代相联系、中外各民族相比较的中心原则，因而在跨文化（文学）研究的彻底性和具体性上，都具有一种综合优势。例如，相对于比较文学，它

---

① 方克强：《文学人类学批评》，上海社会科学院出版社1992年版，第12—13页。

强调时间上的横跨古今与联系；相对于文学史方法，它又突出空间地域上的拓展与比较；与哲学化的美学、抽象化的符号学、自然科学化的系统论信息论控制论相对照，人类学讲究具体实证的方法及其人文科学的近亲血缘，还使它的研究既高瞻远瞩又符合实际；与一般社会学、文化学、心理学等方法相比较，文学人类学批评比它们更重视原始社会、原始文化、原始心理的地位和绵延现代的影响。因此，文学人类学批评与其他批评方法既有追求宏观、整体的沟通一面，也有显示自己特色和综合性的另一面。

具体地说，文学人类学批评在方法论上有两个特征。首先是注重原始与现代的联系。刘川鄂的《天平的倾斜　价值的翻转——试论中国文学的爱情与事业冲突模式》从爱情与事业冲突模式出发，剖析了神话传说、古典文学和当代文学的一系列作品，如大禹治水、牛郎织女、廪君与盐神故事及《红楼梦》《水浒传》《西游记》《人到中年》《人生》中一些情节内容，归结出"大禹－廪君"原型。[①] 聂运伟的《痛苦痉挛中新生的神话英雄》从中国现当代文学中的知识者形象中梳理出共有的情感特征：孤独、惶恐、困惑、寻觅、苦闷、彷徨，认为这实质是一种落拓的英雄形象。再将之与中国英雄神话女娲补天、大禹治水、后羿射日进行比较，得出结论说："从上古英雄神话情感状态的空白到贾宝玉经历的情感危机。从中国世代文化结构中情感的分化到情感的重聚，完整地构成了现当代知识者形象情感特征的内在基质。"[②] 如果说刘文突出原始与现代异中之同，那么聂文则强调同中之异。他们都对一类文学系统有尽可能周延的大时间跨度的思考。笔者的《阿Q与丙崽：原始心态的重塑》[③]，论证阿Q的"精神胜利法"实质就是一套原始的思维模式和反应模式，从两个存在物之间的互渗，事件与事件的互渗，人与灵魂、命运的互渗三个方面体现了原始思维的"神秘互渗律"特征；韩少功的《爸爸爸》中的丙崽则是原始心态的象征性批判重塑，从而建立起原始与现代的另一种文化心理内涵的联系。

---

① 刘川鄂：《天平的倾斜　价值的翻转——试论中国文学的爱情与事业冲突模式》，载《文艺争鸣》1990年第4期。
② 聂运伟：《痛苦痉挛中新生的神话英雄》，载《文艺争鸣》1990年第4期。
③ 方克强：《阿Q与丙崽：原始心态的重塑》，载《文艺理论研究》1986年第5期。

其次,在注重原始与现代联系性的同时,还力求将中外文学加以比较。它强调时空两方面的拓展,强调历时态方法与共时态方法的兼容,更体现了人类学方法的特征。叶舒宪的《水:生命的象征》从岳飞出生的传说谈起,分析了中国的弃儿型故事,并将它与世界上不同民族的同类故事如耶稣、摩西(以色列)、俄狄浦斯(古希腊)、罗慕洛(古罗马)、莎慕达罗(古印度)等整合比较,归结出"水"作为反复出现的原型意象普遍象征生命本源的意义内蕴。① 他的另一篇论文《原型数字"七"之谜》选择世界文学中的原型数字"七"为对象,阐释它在不同文化中平行发生的普遍规律,并着重就中国文化中的"七"展开跨文化的比较考察,同样显示了文学人类学批评方法的时空特征。② 笔者的《寻根者:原始倾向与半原始主义》一文,从新时期寻根文学的原始倾向追溯到它的神话传说源头,如古希腊诗人赫希俄德"金、银、铜、铁、英雄"时代之说,《圣经》中"伊甸乐园"之说,中国在古史传说中"原始舜尧时代"之说和世界各民族神话中普遍存在的"原始黄金时代"的记忆,并将寻根派的一组作品与西方原始主义文学作品如康拉德的《黑暗的心脏》、劳伦斯的《骑马出走的女人》、毛姆的《月亮与六便士》等进行跨文化比照。③ 李念的《金羊毛神话的现代变形与原型解码》,则对古希腊的金羊毛神话、古罗马史诗《埃涅阿斯说》、易卜生的《玩偶之家》、托尔斯泰的《安娜·卡列尼娜》、唐传奇《莺莺传》、鲁迅的《伤逝》、张贤亮的《男人的一半是女人》等一组古今中外的作品进行原型归纳,揭示其共同的三个情节阶段:一,英雄奋斗而遇阻(遇难),二,女子相助而解围,三,男子抛弃而超越。④ 与比较文学方法相比,文学人类学批评致力于打通神话与现代作品的特点由此可见。

茅盾、闻一多等人开创的中国文学人类学批评是从神话、古典文学入手的。在这一领域,新时期的同类批评也有不少实绩。叶舒宪的《英雄与太阳》对关于"羿"的神话做了专题研究,得出了全新的认识。张晓琴的

---

① 叶舒宪:《水:生命的象征》,载《批评家》1988 年第 5 期。
② 叶舒宪:《原型数字"七"之谜》,载《外国文学评论》1990 年第 1 期。
③ 方克强:《寻根者:原始倾向与半原始主义》,载《上海文学》1989 年第 3 期。
④ 李念:《金羊毛神话的现代变形与原型解码》,载《上海文论》1991 年第 5 期。

《神女峰的倒塌》对中国古典爱情诗中的一种原型进行了思考,透视其爱情观和女性观的意识内核。吴光兴的《神女归来》则专论曹植的名篇《洛神赋》,评析它与"人神交配"的神话原型的相关性。① 笔者关于古典文学的三篇论文,分别阐述了《红楼梦》的原型题旨:女神崇拜,《西游记》的原型模式——原始成年礼,古典作品中的八个原型意象——星、石、花、狐、鬼、梦、镜、书。② 上述研究在原型的理解与分类上,比茅盾、闻一多等人更具灵活性和丰富性。也就是说,茅盾、闻一多着眼于原型情节、原型意象两者的研究,新时期的同类批评则把原型理解为更广泛的"文学的结构单位",它可以是情节、意象,也可以是主题、人物、情景、象征或结构模式,从而拓展了分类研究的多向通道。

然而,最重要的区别还在于新时期人类学批评对现当代文学尤其是当前创作的极为关注和积极贡献,大部分文章是追踪现实、与创作保持同步的。中国文学走向世界,这是新时期文学企盼的一个目标。这里有一个民族文学与世界文学、总体文学,传统文化背景与现代文化背景、人类文化背景的关系问题。文学人类学批评力图在这两者之间建立起可比性和联系性的理论桥梁,从而为文学创作表现超越时代、地域和民族的深层意蕴提供新思路与艺术手段,使之顺应当代世界文化和文学日益走向交际与汇通的大趋势。这一强烈的"现在时态"和"将来时态"的动机,是仅仅研究神话和古典文学的"过去时态"的动机所不及的。

对现当代文学的研究可以分为两类:一类是神话原型角度的批评,另一类是文化人类学角度的批评。在神话原型方面,罗强烈选择了乡土意识、酒神精神、才子佳人、生命与死亡等十二个主题的原型模式,探讨他们在中国现当代文学中存在形态及其在不同时代的衍变轨迹,现已辑录成书。③ 李俊国的《睿智与洒脱:任性纵情的狂狷者形象》④和冯黎明的《天

---

① 吴光兴:《神女归来》,载《文学评论》1989年第3期。
② 方克强:《原型题旨:〈红楼梦〉的女神崇拜》、《原型模式:〈西游记〉的成年礼》、《我国古典小说中的原型意象》,载《文艺争鸣》1990年第1、3、4期。
③ 罗强烈:《原型的意义群——二十世纪中国文学主题》,百花文艺出版社1991年版。
④ 李俊国:《睿智与洒脱:任性纵情的狂狷者形象》,载《文艺争鸣》1990年第4期。

真的男子汉:作为一种原型的莽汉形象》①都从人物原型出发,前者分析了《狂人日记》中的狂人、《长明灯》的疯子、《漂流三部曲》的爱牟、《棋王》的王一生、《卷髦》的卢森、《你别无选择》的孟野,归结出原型后又将之与老庄学说及其人品、晋人竹林七贤的怪诞狂放、陶渊明的狷秀厌世、李白的旷达傲世、八大仙人的洒脱、济颠的荒诞做相关性考察与比较;后者从当代文学中的人物形象如石东根、刘勋苍、鲁汉、赵大大等提炼出一种兼有崇高与滑稽两种因素的莽汉原型,并寻根到古典文学中的张飞、李逵、程咬金、牛皋等。凌宇的《重建楚文学的神话系统》②对新时期湖南作家群具有类神话或现代神话的创作特征进行了归纳,认为它是楚神话中楚人浪漫情绪的复活与狂放无羁的艺术想象力的释放。笔者的《神话与新时期小说的神话形态》③则将神话定义为超现实想象的艺术思维方式和艺术表达方式,并分别对新时期小说的三种神话形态:象征－梦幻型,童话－寓言型,历史－传说型进行了阐释。上述研究都试图对现当代和新时期文学的经验加以整合,或者揭示其原型沿袭与深层动因。

如果说神话原型角度是从文学引申出文化,那么文化人类学角度则是用文化去包容文学。它也常常使用"神话"这个概念,但它不是在文学思维方式意义上而是在文化意识积淀意义上使用的。王斌、赵小鸣的《当代神话:"图腾"的衰落》评析了郑万隆的《黄烟》、莫言的《红蝗》、洪峰的《瀚海》、苏童的《1934年的逃亡》和《飞越我的枫杨树的故乡》,认为它们是一组"亵渎"神话,以反长辈(权力、地位、威望和荣誉)的方式来反"图腾"(人类无意识心理情结之一种)④。阎建滨的《月亮符号·女神崇拜与文化代码》则通过考察贾平凹创作中反复出现的两个符号——月亮符号与女性符号,发现贾平凹不仅是一位月亮崇拜者,而且还是一位女神崇拜者。并从贾平凹创作中月亮－女性符号的同构,发现了月亮－女性符号在象征

---

① 冯黎明:《天真的男子汉:作为一种原型的莽汉形象》,载《文艺争鸣》1990年第4期。
② 凌宇:《重建楚文学的神话系统》,载《上海文学》1986年第6期。
③ 方克强:《神话与新时期小说的神话形态》,载《上海文学》1986年第10期。
④ 王斌、赵小鸣:《当代神话:"图腾"的衰落》,载《小说评论》1988年第2期。

意义与潜层意义上,正与我们民族文化有着内在的重构。① 这些研究都借助于文化人类学的透视作用,去揭示作品表层主题下隐藏着的深层内蕴,帮助作家重新认识自己无意识投入作品的人类学意义。

西方神话原型批评的一个重要特征是重认知而轻价值判断。这就是说,他们认为从大量的文学作品中发现和归纳出原型、追溯到其神话的原始源头、揭示出原型的意识或无意识内涵,就大功告成了。至于对原型意蕴的主观价值评判,他们是不屑于去做的。其代表人物弗莱将文学批评分为"学术式"与"审判式"两类,认为前者以知识为基础,以客观描述和分类为原则,属科学领域;后者以个人趣味为标准,以优劣得失评判为目标,属"书评"领域;他的贬褒态度显而易见。新时期文学人类学批评从西方神话原型学派学来了不少方法与原则,但在这一点上却不肯苟同。他们不满足于只当以知识丰富自夸和善于分析见长的学者,而更进一步要去充任以文化反思者和现实功利者身份出现的评论家。这大概是因为他们正处在从传统向现代过渡的历史性转折关头,他们对身处其中的各类社会矛盾与文化困惑不愿保持沉默。文学人类学批评对他们来说是介入现实的一种实用工具,而不是逃避现实的一种华丽摆设。于是,原型及其意蕴的归结与其说是他们批评的终结点,不如说是他们表达主观价值评判和思想倾向的出发点。

对原型的意义内蕴所做的价值评判有两种倾向:一是否定性摒弃,二是肯定性返归。《神女峰的倒塌》把"神女峰"看成一种积淀着民族深层文化心理的文学原型,作者张晓琴认为:"深究这种原型的意识内核,不难发现它渗透了封建的爱情观和女性观。千百年的历史积淀是难于轻易消除的,人们要获得真正的爱情,要唱出真正自然纯美的爱情之歌,还有一段艰难的历程。"②《天平的倾斜 价值的翻转——试论中国文学的爱情与事业冲突模式》则在归结出"大禹-廪君"原型后评价道:"当代文学重复这一

---

① 阎建滨:《月亮符号·女神崇拜与文化代码》,载《当代作家评论》1991年第1期。
② 张晓琴:《神女峰的倒塌——对中国爱情诗中一种原型的思考》,载《山东师范大学学报》(社会科学版)1988年第4期。

原型,表明中国人仍还受着无情的煎熬和情弱的痛苦。愿未来的中国文学不再有爱情与事业的冲突。"①这都说明作者站在现代意识和文化进化的立场上,对某一类原型所暗示的封建传统性内涵持批判和否定的态度。蔡翔《野蛮与文明:批判与张扬》分析了一组具有原始倾向的新时期小说,认为:"我们在这些作品中,首先遇到的是各种'汉子',在这些汉子身上,我们似乎感受到了那种我们渴望已久的男子气质。那就是刚健、勇武、坦率、重然诺、充满探险精神,感情上的一以贯之……坦率而言,他们太像男人了,而这种男人在我们今天的生活中似乎已经很少了。"②作者肯定和赞美论文所整合出的"汉子"原型,并持非直线进化论和否定之否定的辩证观念,以原始对比和批判现代文明的缺陷。上述两种态度的立场和出发点各不相同,但都属于人类文化的自我反省,都是借助于原型的方法和文学的对象表达自己的价值观和文化理想。总之,新时期文学人类学批评的这一特色,强化了批评与当前文学创作的互动关系,并刺激起人们对民族和人类文化所面临的现实课题的思考。

五、文学人类学批评的展望

文学人类学作为一种批评方法确实是雄心勃勃的。这从它所标榜的方法论原则(原始与现代相联系,中外各民族相比较)的宏观性与综合性就可看出来。它企图透视人类不同文明阶段与不同文化形态之间深潜着的连续性和同一性,企图整合人类古今中外的文学创作与文学经验。这样的要求与目标事实上往往同它的现实可能性产生距离以至矛盾,容易引起怀疑和争论。于是,从事文学人类学批评无异于一种冒险,意味着自己的方法、原则向实践者自己的知识结构、能力的挑战。但任何立意创新的当代批评方法中,又有哪一种方法是四平八稳、免于冒险的呢?

---

① 刘川鄂:《天平的倾斜 价值的翻转——试论中国文学的爱情与事业冲突模式》,载《文艺争鸣》1990年第4期。
② 蔡翔:《野蛮与文明:批判与张扬》,载《当代文艺思潮》1986年第3期。

文学人类学又是一种充满内在活力的批评方式。它的活力来自它的宽容与开放,它能够自如地运用其他批评方法如心理学、社会学、美学、比较文学、哲学、结构主义、女权主义等为自己的批评目标服务,丰富和补充自己的思想和工具的武库。其原因有两个:首先,文学人类学相信人类文学本身是统一的、完整的,追求人类文学经验的整合。这一信念和目标使它在对其他批评方法的态度上不仅不抱偏见,而且认为结合和统一其他批评方法的运用是理所当然的。其次,文学人类学批评只规定了一个原始与现代相联系、中外各民族相比较的文学方法论的总原则,这一原则在根本精神上并不与其他方法相冲突,而是相包容的。正如美国学者格莱勃斯泰因在评价神话原型批评时所说的:"他在技巧上是多元论。在信念上是一元论者。由于他受到一个自身并不显示出某种特殊方法的中心原则的指引,神话批评家可以相当舒适地把其他的批评方法用于他自己的目的,更不用担心会有什么前后不一贯的地方。"[①]在弗莱名扬西方的该派专著《批评的解剖》中,他就同时运用了历史的批评、修辞的批评、伦理的批评,并与原型批评并列为该书的四编。因此,从事文学人类学批评并不会感到它的体系的狭隘与单一,相反会担心批评家自身知识面的不够宽广、多样和整合能力的不足。

文学人类学批评所提供的方法与视野,还将对广义的文学所包括的各个分支产生巨大的影响。在文学评论领域,它所运用的人类学方法,将启示多元的批评理论提升到人类整体经验的高度。也就是说,文学人类学从其他方法吸取营养,反之亦然。诸如文学社会学、文学语言学、文学心理学这样的交叉批评,可以而且应该从拓展了的人类社会、人类语言、人类心理的角度去重新审视拓展了的人类文学。

对文学史的建构来说,文学人类学批评具有更加直接的方法论意义。它强调要把文学作品放回到从原始到现代的同一系统中去考察,认为有必要把作品所表现的内容视作跨地域的人类经验整体的一部分,将有助于发现更为隐蔽的"史"的纵向联系和"论"的横向联系。如此,传统的国别文

---

① 格莱勃斯泰因:《关于神话原型批评的一篇导论》,载《文艺理论研究》1989年第2期。

学史和断代文学史,则有可能更新为世界文学背景下的比较文学史和人类文化背景下的原型文学史。

文学人类学方法也将为建立人类学意义上的文学理论新体系做出尝试。理论的基础是概念和术语。以往的文学理论经常在概念术语的释义上争论不休,这主要是它依赖的逻辑演绎方法和抽象思辨性质所决定的。人类学从根本上说是一门具体实证的科学。人类学方法的引入,不仅可以拓展文学理论所概括的时空视野,而且可以以实证方法弥补逻辑、思辨方法的局限与不足,澄清概念术语上的语义混乱和形而上的武断。

与西方神话原型批评相比,我国目前的文学人类学批评还处于开创阶段。其中一个很大的矛盾,就是批评实践的涌起和批评理论体系建设的相对不足。也许可以说,我们引进西方的理论迈出了注重批评实践的第一步,下一步该是着重从批评实践中总结出富有自己特色和创造性的新理论。只有这样,文学人类学作为一门独立学科才得以确立,我们与西方同行们也才能真正进入平等"对话"的时代。前景是诱人的,未来有待于志同道合者的共同努力。

修订后记

《文学人类学批评》一书最初是作为"艺术与人类学丛书"一种,由上海社会科学院出版社于1992年4月出版。丛书中另有叶舒宪著《英雄与太阳——中国上古史诗的原型重构》、宋耀良著《艺术家生命向力》等几种。此书首版至今,二十六年过去了,已经很难再买到。我在华东师大给本科生、硕博研究生开设文学人类学方面的选修课、专题课,都因买不到书而让学生用复印的办法解决。在中国文学人类学研究年会上,从设置文学人类学专业的各校听到的也是类似的消息。由此想起重版的事,先联系本校出版社,交去书稿。不久约谈时不谈学术,而是先问我开的课程每学期能消化多少册书,外校能包销多少本,终因销量不合他们的预期而退回书稿。此事给我刺激甚深,"千做万做,蚀本生意不做"的生意人逻辑在我心里投下消散不退的阴影,从此断了重版此书的念想。这次陕西师范大学出版总社主动联系我谈重版之事,我是感到意外和惊喜的。两相比较,真是感叹良多。

回想起来,本书的起因与完成,得益于编辑的学术眼光处甚多。1986年,我将论文《神话与新时期的小说的神话形态》投稿于《上海文学》,负责理论的编辑周介人要求我再写一篇相关的短论文,为我出"方克强评论小辑",以表重视与推荐之意。这才第一次促使我反思自己论文的特色以及学术研究的方向,写成《人类学与文学》短论文,提出"人类学方向的实质,就是对文学持一种远古与现代相联系,中外各民族相比较的宏观研究的态度"。也就是说,从那时起,我渐渐地有了文学人类学批评的方法论上的自觉意识。1989年,《文艺争鸣》的青年编辑、后来长期担任主编的张未民来华东师大中文系召开约稿会议。会上我谈了文学人类学的研究特点与方向。张未民当即拍板,要连发我的三篇论文,并打出"方克强文学人类学批评"的栏目。我当时的职称还是讲师,论文的题目还没有,就受此重视,真有受宠若惊之感。后来的三篇论文《原型题旨:〈红楼梦〉的女神崇拜》《原型模式:〈西游记〉的成年礼》和《我国古典小说中的原型意象》就是这样给逼出来的,并成了此书的三章。

  这次修订,我未动结构和基本内容,只修改了个别词句,主要增补注释以合现在的规范。二十多年前,引文的注释是不完全或不规范的。例如,引文有的没注,注释有出版社但不注何年版次,中译本未注译者姓名,等等。此事原以为难度不大,但实际操作起来却大费时间与体力。要找出当时引用过的书,在家里十几个书橱爬上爬下后,才发觉有的书原以为用不到已送学生了,有时书找到了但引自何页记不起来,只得再翻看一遍,有时为了一个注花上半天一天的时间,有时实在想不起出处而导致夜里失眠。甚至好几次内心泛起打退堂鼓的念头:我已退休,多出或少出一本书已无所谓了。此事,陕西师范大学出版总社人文学术出版中心主任冯晓立给了我建议与鼓励,编辑王晓飞做了许多具体工作,在此表示衷心感谢。此书的顺利再版,与他们的辛勤劳动是分不开的。

  此书的另一个变动是增加了三篇附录。《新时期文学人类学批评述评》是对文学人类学研究领域早期成果的一次概论与总结。这同样起因于编辑的鼓励。1991年《上海文论》组织作者为刊物内容献计献策,在马鞍山召开的一次会议上,我提议做一些学术史的工作,即对当时的各种理论与方法做一番检视与反思。此意见被采纳,并要求文学人类学这块由我来写,并破格给我二万字的版面。这篇论文的意义与价值在于第一次做学术史角度的工作,以后叶舒宪、张婷婷都继续为之。今年刚出版,由徐新建、叶舒宪主编的《文学人类学研究》创刊号上,有我的博士生代云红教授撰写的论文,全面总结了文学人类学四十年的历程。

《原始主义与文学批评》发表于《学术月刊》2009年第2期,后被《新华文摘》2009年第13期全文转载。这可能是我在国内较早使用"原始主义"这一学术概念,并提出原始主义批评为文学人类学一支的观点,有些新意。《鲁迅与人类学思想》发表于《文艺研究》2015年第5期,论文起因于对鲁迅致许寿裳一封信观点的疑惑,想另开一条新路贴近鲁迅心灵。

我已退休,文学人类学研究也将告一段落,因此,此书的重版可以视为一个学术上的句号。修订至此,仍留有不少瑕疵与遗憾,望读者诸君鉴谅。

方克强
2018年9月16日
于上海华东师大三村